Goran Vojnović

Tschefuren raus!

GORAN VOJNOVIĆ
TSCHEFUREN RAUS!

oder

Warum ich wieder mal
zu Fuß bis in den zehnten
Stock musste

Roman

Aus dem Slowenischen von Klaus Detlef Olof

TransferBibliothek
FolioVerlag

All den Meinen gewidmet

Wer ist ein Čefur oder Tschefur? Ein Tschefur ist eine Person, die auf dem Gebiet eines bestimmten Staates lebt, aber kein Angehöriger des dortigen Mehrheitsvolks ist. In unserem Fall sind das Menschen, die aus Gegenden südlich oder östlich des Flusses Kolpa kommen. Zu den Tschefuren zählen wir in den meisten Fällen auch ihre Nachkommen. Nach ihrer Physiognomie unterscheiden sie sich von den Angehörigen der Mehrheitsbevölkerung durch die niedrige Stirn, gepaart mit dichten Augenbrauen, betonten Backenknochen und stärker ausgeprägtem Unterkiefer. Ihre grundlegenden Verhaltensmerkmale sind die Liebe zum leichten Leben, zum Fluchen, zum Alkohol, zum sanfteren Geschlecht, zum Fußball. Sie vergöttern Kitsch und Goldschmuck. Am Herzen liegt ihnen die Kampfkunst, und nicht selten werden sie auch ohne richtigen Grund aggressiv. Ihr Akklimatisierungsprozess dauert in der Mehrzahl der Fälle sehr lang.

Aus dem Gedicht *Čefur* von Robert Pešut Magnifico

Čefur, -ja *m* Zugewanderter aus den südlichen Republiken des einstigen Jugoslawien (20. Jh.), geschrieben auch čifur, čufur, čefurka, čifurka, čufurka, čefurski, čifurski, čufurski, alles pejorativ. Vermutlich übernommen aus dem kroat., serb. *čift, čivut* („Jude"), was in der Mehrzahl der Mundarten als pejorative Kennzeichnung eines Angehörigen dieses Volkes gilt. Die slowenische Endung *-ur* anstatt des ursprünglichen *-ut* hat sich nach dem Muster *nemčur* („Deutschtümler") aufgrund ihrer pejorativen Bedeutung eingebürgert.

Marko Snoj, *Slowenisches etymologisches Wörterbuch*

Čefurji raus!

Verbreitetes Graffito in den Straßen von Ljubljana

1. Warum ich keinen eigenen Fußballklub habe

Ich habe keinen eigenen Fußballklub! Das geht mir von allem am meisten auf den Sack. Würde ich in Belgrad wohnen, wäre ich Fan von Roter Stern und wäre *Zvezdaš*. Ein *Delija* von der Wiege bis zur Bahre! Würde ich in Sarajevo wohnen, wäre ich ein *Maniak*, ein Fan von Željezničar. Aber hier ist alles verfotzt. Für Olimpija kannst du nicht sein, wenn du für Slovan spielst, so wie ich. Für Slovan kannst du nicht sein, denn das ist tschechisch. Das ist ein Fotzenrauch von einem Klub. Soll ich vielleicht ein *Red Tigar* werden? Ja, hallo! Was denn noch? Slovan spielt in der nullten Liga. Und das Stadion hat tausend Stehplätze. Olimpija ist ein Klub von Papa- und Mamasöhnchen. Dort spielen nur die Weicheier aus Murgle. Ist ja nicht so, dass ich nicht für Olimpija mitschreie. Aber ein *Green Dragon* wäre ich für kein Geld auf der Welt. Ich weiß nicht, warum. Ist einfach uncool. Vergiss es. Vielleicht ist das eigentliche Problem, dass ich ein Tschefur bin. Aber gerade weil ich ein Tschefur bin, macht mich das ziemlich fertig, dass ich keinen eigenen Klub habe. Das liegt mir im Blut. Das Bedürfnis nach einem Fußballklub, für den ich mit jedem fighten würde, der einen Scheiß über ihn sagt.

Meine Mitschüler, die Slowenen, scheint das überhaupt nicht zu jucken, dass sie keinen Klub haben. Denen geht das am Arsch vorbei! Aber mich zerreißt das innerlich so, dass ich am liebsten jemanden durchwalken würde. Diese Scheißtradition gibt es hier einfach nicht. Wenn du in Barcelona auf die Welt kommst, kaufen dir deine Alten einen Dress von Ronaldinho, eine Mitgliedskarte vom Klub und nehmen dich sonntags mit ins Camp Nou zum Derby gegen Real, und dann gehst du dein ganzes Leben zu den Spielen. Und wenn du heiratest, gehst du mit deiner Frau zu den Spielen, und dann mit den Kindern und dann mit den Enkeln und so weiter. Und Barca ist für dich ein Heiligtum. Wenn jemand nur Real sagt oder Ronaldo, dann schmierst du ihm eine. Keine unnötigen Fragen. *Šamari geri!* Wenn du im Dress von Eto'o in die Schule kommst, bist du echt der Zampano. Wenn du den Dress von Raúl anziehst, kriegst du eins auf die Nuss. Nicht so wie in Slowenien, wo du schon der Chef bist, wenn du im Dress von Cime zur Schule kommst. Und mitten auf dem Prešerec kannst du im Dress von Maribor rumlaufen, und dir wird keiner die Schnauze polieren.

Mein Vater, Radovan Đorđić, ist Zvezda-Fan. War ich auch, als ich klein war und mir immer wieder Radovans Kassetten mit den Spielen angesehen habe, als sie Weltmeister waren. Stojanović, Radinović, Najdovski, Šabanađović, Belodedić, Jugović, Prosinečki, Savičević, Binić, Mihajlović, Pančev. Ich hab sie gegen Milan gesehen, als es eins null für Zvezda stand und das Spiel wegen Nebel abgebrochen werden musste und sie im Wiederholungsspiel im Elfmeterschießen ausgeschieden sind. Ich hab sie gegen Köln gesehen, als sich Stojanović verletzt hat und der Ersatztorwart Milojević in der zweiten Halbzeit drei Tore kassiert hat. Aber dann haben sie alle der Reihe nach auseinandergenommen und haben den Europapokal geholt. Ranka, was meine Mutter ist, hat mir erzählt, dass bei uns zu Hause das reinste Tollhaus war, die ganze Hütte war voll. Vaters Kollegen, jeder ein alter Tschefur. Die haben so für Zvezda mitgefiebert, dass sie während des Spiels ganz ruhig dagesessen und auch mal was Kluges von sich gegeben haben, aber dann plötzlich explodiert sind: „Gib aaab! Nein, neeeein. Du egoistisches Arschloch! Ich fick dir die Mutter, du blöder Affe! Mach bloß, dass du vom Platz kommst! Warum hat dich dein Vater nicht gegen die Wand gespritzt!" Und dann philosophieren sie wieder gemeinsam bis zur nächsten Zvezda-Chance. Mein Vater ist ja Bosnier, nur dass er in erster Linie Serbe ist und seit Geburt Fan von Roter Stern und dass er als Fan zu den Spielen nach Belgrad und Sarajevo gefahren ist. Aber ich kann kein *Delija* sein. Ich weiß nicht, weshalb. Das ist alles arschkompliziert. Ich bin zwar Zvezda-Fan, aber dass das mein Klub wäre, macht für mich überhaupt keinen Sinn. Das macht es für die Belgrader. Wenn du ein Kerl bist, bist du für den Klub deiner Stadt. Aber Ljubljana ist eben eine komische Stadt.

Vielleicht ist es ja deshalb, weil ich ein Tschefur bin. Wäre ich so ein kleiner Slowene, würde ich für Olimpija sein und höchstwahrscheinlich zum Eishockey gehen. Und mein Vater Janez würde ruhig dasitzen und mir erklären, wie Olimpija in den Siebzigern Staatsmeister im Basket wurde und wie die Fußballer in den Achtzigern gegen Roter Stern, gegen den Weltmeister, unentschieden gespielt haben und wie sie dann gegen Milan angetreten sind und wie in dem

Spiel Marco van Basten zum letzten Mal gespielt und Olimpija nur drei zu null verloren hat. Denn das ist es. Wenn du erst einmal für einen Klub bist, der Weltmeister gewesen ist, dann kannst du nicht umschalten und dich für unentschiedene Partien, ehrenvolle Niederlagen, Vorrunden der Champions League, den Slowenischen Pokal und Kantersiege über NK Beltinci begeistern. Also wirklich, das geht nicht. Ich habe ja für die Basketballer von Olimpija mitgefiebert, als sie beim Final Four in Rom waren und Panathinaikos mit Dominique Wilkins und Kinder mit Predrag Danilović auseinandergenommen haben. Aber dann haben sie der Reihe nach gegen Krka und Laško verloren, und da ist mir doch die Kinnlade runtergefallen. Hier gibt es keine angeborene Tradition. Ich habe etwas von einem Tschefur in mir. Entweder bist du ein Champion oder du gehst Bleistifte spitzen, wie Radovan immer sagt.

Meine Kumpel sind Fans von Zvezda. Dejan ist Fan. Aco auch. Nur, deren Alte sind aus Serbien. Serbianzen. Wir Bosnier sehen die Sache etwas anders. Radovan gehen die Tschetniks auf die Eier, Arkan und Ceca und Gurović mit der Tätowierung von Draža Mihailović, und dass sie Zvezda zu einem Klub gemacht haben, der genauso wie Olimpija in der Champions League erst noch in der Vorrunde antreten muss. Scheiß drauf. Dejan trägt den roten Fan-Schal um den Hals und fährt ab auf Zvezda-Spiele gegen Finnen, Ungarn, Esten und andere Schwachmatiker. Aco fährt nur auf die Kroaten ab, ich nur auf die Deutschen. Das ist mir von einem Kollegen meines Vaters geblieben, der einmal von Dinamo Zagreb zu Zvezda gewechselt ist und dann erzählt hat, wie verschieden die beiden Klubs und die Leute an der Spitze sind. Wenn die Zagreber sich seelisch auf die Auslosung zur Champions League vorbereiten, machen sie sich fast in die Hose: „Jungs, das wäre super, wenn wir die Deutschen nicht schon in der ersten Runde kriegten. Dann kommen wir vielleicht in die zweite Runde. Bloß nicht die Deutschen." Zur selben Zeit trompeten sie bei Zvezda: „Wenn wir nur die Deutschen kriegen, dann ficken wir ihnen die Mama wie im Fünfundvierzigerjahr. Fünf Stück machen wir ihnen rein!" Es ist ja nicht so, dass die Deutschen damals alle der Reihe nach auseinandergenommen hätten, nur sind deine Chancen natürlich größer, wenn du Eier in der Hose hast. Und darauf steh ich. Ich scheiß auf ein Spiel, in das du mit der Einstellung reingehst, dass schon eine minimale Niederlage ein Erfolg ist. Das ist keine Mentalität. Deshalb stehen wir, Aco, Dejan und ich, und manchmal kriegen wir auch Adi dazu, auf die Jugomannschaft. Wir haben unseren Gott, das ist Dejan Bodiroga! Wir schreien gemeinsam für die Basketballer, aber ich habe keine Lust, für Volleyballer, Wasserballer und sonstige Arschlöcher zu schreien. Fußball und Basket. Vielleicht noch Handball. Alles andere ist Pipifax.

Fužine müsste einfach einen eigenen Fußballklub haben. Das wäre cool. Wir sind schließlich zwanzigtausend. Mit den Illegalen sogar dreißigtausend. Wobei ich die Junkies gar nicht mitzähle. FC Fužine. Das wäre echt der Hammer. Entweder du bist für einen großen Klub, der um den Weltmeistertitel kämpft, oder für einen kleinen Klub aus dem eigenen Viertel, der alle Spiele verliert und wo alles zusammen die große Show ist und zu den Spielen hundert Klugscheißer kommen und nach jedem Spiel erst mal einen abwatschen und sich dann abfüllen. Ljubljana ist irgendwas zwischen Stadt und Dorf, und die Klubs hier sind irgendwas zwischen gut und überhaupt nicht. FC Fužine wäre die Lösung. Darauf könnte man abfahren. Fužine ist mega!

Es hat ja lange Zeit so ausgesehen, als würden wir einen eigenen Klub kriegen. Die Alten brachten regelmäßig, jeden Sonntag, Netze mit auf den Platz, und dann wurde gespielt. Neben dem Feld spielten die Pensionisten Schach, jemand hatte einen Kofferraum voll Bier, die Tribünen waren voll mit halbwüchsigen und erwachsenen Tschefuren, die nicht Fußball spielen können, weil sie Wasser im Knie haben oder andere Geschwülste. Vor allem aber war da nie eine Frau zu sehen und kein einziges slowenisches Wort zu hören. Nur der Postler Matej spielte mit, dafür wurde er auch von allen Slowenac gerufen, weil er als Einziger kein Tschefur war. Aus demselben Grund hieß unser Hausmeister Vlado bei ihnen Tuđman. Weil er aus Slavonski Brod war. Unwichtig, dass er kein Kroate war. Und Smajlagić wurde von allen Janša gerufen, weil er einmal mitdemonstriert hatte, dass sie Janša aus dem Gefängnis freilassen. Und gespielt wurde, dass es ein Traum war. Wir schauten und lachten über die Meldungen, die die Alten so rausschoben. Am komischsten waren natürlich die, die etwas Slowenisch gelernt und das Tschefurische schon leicht vergessen hatten und jetzt eine Mischung aus beidem redeten. Fužinerisch. Da fielen dann Sätze wie: „Gib mich ab! Ich hab mir den Knochen ausgerenkt! Es zwickt mich im Rückgrat!“ Und dann alle diese nazistischen und rassistischen Beleidigungen, die diese Hausmeister, Installateure, Chauffeure, Schaffner, Bauarbeiter und sonstigen Fužiner Tschefuren feixend von sich gaben und die alle, wie sie sie rausschoben, gesellschaftspolitische Konnotationen des einstigen gemeinsamen Lebensraums enthielten: „Schieß, Slowenac! Fick dich, Milka Planinc! Da fick doch einer den Ustascha, diesen Stümper! Ja, seid ihr Bosnier alle blind oder bescheuert? Ich steh allein vorm Tor, und du siehst mich nicht!"

Danach ging alles den Bach runter. Nicht mal Schach spielen diese Invaliden mehr. FC Fužine ist keine Option mehr. NK Olimpija ist beim Teufel und existiert nicht mehr. Das ist sowieso der totale Wahnsinn. Könnt ihr euch vorstellen, dass Barca den Bach runtergeht. Oder Bayern? Oder Liverpool? Die Leute würden auf die Barrikaden gehen, es gäbe Demonstrationen. Sie würden das Parlament anzünden. An den Eiern würden sie die Verantwortlichen aufhängen. Aber nicht hier. Da geht der größte Fußballklub des Landes zum Teufel, und nichts passiert. Würden sie die Philharmonie zumachen, würden all die Künstler irgendwas tun und über Tradition, über Kultur und ich weiß nicht was philosophieren. Aber wenn du einen Klub gegen die Wand fährst, gegen den Marco van Basten sein letztes Spiel gemacht hat, ist das egal. Das sind ja nur Sportler. Dumme, ungebildete, kulturlose Sportler. Und Fußball spielen sowieso nur die Tschefuren. Die haben ja auch alle kurze Krummbeine. Das ist eben diese beschissene Mentalität. Keinen Respekt. Wie soll der Mensch auf etwas abfahren, was von allen verachtet wird. Und dann faseln sie was von Assimilierung. Das geht langsam. Da kommen die Arbeiter aus der ehemaligen

Jugovina und sollen jetzt auf Prešeren und Cankar abfahren. Was denn noch alles? Als wären sie zu Hause auf ihre Dichter abgefahren. Ich würde gern auf einen Fußballklub abfahren. Kann ich aber nicht. Eben. Und deshalb leidet der slowenische Teil meiner Identität. Und der tschefurische auch. Wie soll ich mich assimilieren und quasi Slowene werden, wenn ich keinen eigenen Fußballklub habe. Das geht nicht. Und das geht mir auf den Sack.

2. Warum wir uns nach dem Finale geprügelt haben

Mit einem Buzzer Beater beim Finale lässt sich kein Fick vergleichen. Gut, vielleicht wenn du Angelina Jolie fickst. Brad Pitt erinnert sich bestimmt nicht an jeden Fick mit Angelina. Aber Michael Jordan erinnert sich sicher an alle seine Buzzer Beater in den Finalspielen der NBA. Das ist Tatsache, garantiert. Ihr alle, die ihr gerade am Vögeln wart, und sei es J. Lo in ihren dicken Arsch, als ich in der letzten Sekunde des Finales der Staatsmeisterschaft gegen Olimpija den Korb gemacht habe, ihr könnt wissen, dass ich in dem Augenblick der King war. Der Stärkste! Das tausche ich nicht gegen einen Dreier mit Severina und Ceca. Gegen die beiden vielleicht noch, aber gegen keinen anderen Dreier auf der Welt. Bestimmt nicht. Kein Interesse, Alter. Ein Buzzer Beater ist besser als jeder Fick, und fertig!

Ich war aber so nervös wie noch nie in meinem Leben. Das packst du nicht, wie mein Nachbar Senad sagen würde. Schon so war ich das ganze Spiel über nervös, weil mir die Director's Schwänze von Olimpija so auf den Sack gehen, dass mir schon schlecht wird, wenn ich sie nur sehe. Bei jedem Spiel haben sie neue Jordans, und es spielen alle die, von denen die Alten auf der Tribüne sitzen und dem Trainer Karten für den Skilift zustecken oder deren Unternehmen den

Klub sponsern und die im Verwaltungsrat sind. Ich sag ja nicht, dass Slovan ein cooler Klub ist. Aber Olimpija ist echt fucking shit! Kurac palac portugalac! Statt einem Trainer haben sie ein fettes Schwein, aufgeblasen wie ein Ballon! Und dann spielst du gegen sie und bist vielleicht nervös und schwitzt an den Händen und zitterst, und dann pfeifen die Schiedsrichter noch für sie, dass du ihnen am liebsten die Fresse polieren würdest, diesen verdammten Arschlöchern! Und dann unser Trainer, ein Vollidiot mit einer Stimme, dass er in der vollen Halle überhaupt nicht zu hören ist, du siehst nur seine dämliche Fratze von Gesicht, so verzerrt, dass du nicht weißt, ob sie nicht gleich aus dem Leim geht. Aber du weißt genau, warum er schreit, und würdest ihn am liebsten dahin schicken, wo der Pfeffer wächst, weil er sowieso keinen blassen Schimmer hat und ein totaler Loser ist. Dann kommt noch Radovan zum Spiel und ätzt nonstop was von der Tribüne herunter, und das, obwohl er beim Basket nicht bis drei zählen kann, weil er Fußball gespielt hat. Aber er denkt, dass er alles weiß, und dann höre ich ihn während des ganzen Spiels schreien: „Marko! Maaarkoooo! Hol dir den Ball! Stell dich frei! Was versteckst du dich! Du siehst doch, dass sie ihn gedeckt haben!" und lauter solchen Schwachsinn. Und dann hörst du die Fans von Olimpija, die alle komplett ausrasten: „Der kann nix! Der hat nix drauf. Der scheißt sich an!", und überhaupt, wenn die Papis irgendwelche slowenischen Sprüche ablassen: „Primooož, lass dich nicht von dem crossover überspielen!" Wo ich ihm am liebsten crossover ein paar über die Rübe geben würde. Und dann kriegst du den Ball und rennst zum Korb und wirfst ihn irgendwohin. Ins Nirgendwo!

Und der Ball landet im Korb. Du weißt selbst nicht, wie, und dir ist sowieso nichts klar, aber du hast gewonnen. Und das ist es, verdammt noch mal! Und du siehst das verdutzte Gesicht von Primož, der dich angeblich gedeckt hat und den du crossover überspielt hast, und brüllst ihm ins Ohr und zeigst ihm den Mittelfinger und würdest am liebsten die Hosen runterlassen, ihm deinen zeigen und klarmachen, dass er sich verpissen kann. Wir sind die Stärksten, die Stärksten! Die ganze Nervosität löst sich, das Adrenalin schießt ein und du wirst zum Tier, zur Bestie, wie Senad sagen würde. Du lässt einen solchen tierischen Schrei raus und schlägst auf alles ein, was dir gerade unter die Finger kommt, und wenn du Glück hast, ist es keine Betonwand, denn das könnte höllisch wehtun. Du rennst die Halle rauf und runter und brüllst, dass dir die Stimmbänder platzen. Wir sind die Stärksten, die Stärksten! Du umarmst die anderen, presst die total durchgeschwitzten Mitspieler an dich, klopfst mit aller Kraft auf Schultern, haust dich rein und stößt dich ab, wirfst dich auf den Boden, kommst wieder hoch und lässt diese Wahnsinnsenergie raus, die dich in der Halle hin und her schleudert. Wir sind die Stärksten, die Stärksten!

Das ist sonst der Slogan der Zvezda-Fans, aber wir rufen ihn alle in der Mannschaft seit damals, als in der Halle der Pioniere in Belgrad am Ende eines Spiels, das Zvezda vergeigt hatte, einer der Fans aufs Spielfeld gestürmt kam und anfing, den besten Spieler der italienischen Mannschaft, einen Schwarzen, mit Fäusten zu bearbeiten, und die anderen Fans schrien: „Wir sind die Stärksten, die Stärksten! Zigos sind wir, Zigos!“ Dieser tschefurische Primitivismus, verfickt, vulgär, grauenvoll, krank, dieser morbide balkanische Narzissmus ist für dich auf eigenartige Weise immer cool, wenn dir etwas so Tierisches passiert oder du abgefüllt bist wie eine Mamba. Da ist etwas Genetisches in uns, zumindest in den Tschefuren. Und deshalb brüllst du: „Wir sind die Stärksten, die Stärksten! Zigos sind wir, Zigos!" Und mit dir brüllen alle anderen in der Kabine, auch die Slowenen, und wedeln mit ihren nassen Handtüchern über ihre nackten Arschbacken, sie hüpfen und grinsen, und als diese grünweißen Luschen vorbeimarschiert kamen, hast du einem direkt in die Fresse gebrüllt: „Wir sind die Stärksten, die Stärksten! Zigos sind wir, Zigos!" Er stößt mich nur kurz weg und schon fallen Schläge. Und wir klopfen uns wie nie im Leben! Mein Gott, wie haben wir uns geprügelt! Ich hab ihnen echt die Mutter gefickt, meine Fresse!

3. Warum wir wegen Radovan im Kübel gelandet sind

Die Bullen sind wegen Radovan gekommen. Davon bin ich überzeugt. Schon als ich noch zu Hause war, war er fertig, plus dass bei uns noch Rile und Krstić waren. Meiner Schätzung nach haben sie sich Miroslav Ilić oder Šaban Šaulić oder einen von den anderen alten Säcken reingezogen, die Radovan auf Originalkassetten hat und die er jedes Mal rausholt, wenn er abgefüllt ist. Und dann brüllen sie „Komm, wir werden gemeinsam alt". Wir haben noch zusammen angestoßen, ich mit Holundersaft und sie mit Scharfgebranntem, den sie ich weiß nicht wann aus Bosnien mitgebracht und für besondere Gelegenheiten gebunkert hatten. Allerdings ist bei ihm jedes Mal, wenn er sich einen Schluck genehmigt, eine besondere Gelegenheit. Nicht, dass er so oft abgefüllt wäre, aber wenn er mal zulangt, ist das jenseits von Gut und Böse. Ich kann mir richtig vorstellen, wie er im Flur auf die Blauen zuschwankt, mit dem Pokal unterm Arm, und ihnen erklärt, dass sein Sohn Marko gewonnen hat und dass sie ein bisschen feiern und lustig sind, weil Marko in der letzten Sekunde einen Korb gemacht und den Pokal als bester Werfer des Turniers gekriegt hat. Dann hat er ihnen wahrscheinlich versprochen, dass er die Musik leiser dreht und schlafen geht, und die Cops sind wieder gegangen, aber dann hat er gebrüllt, sie sollen die Musik voll aufdrehen, und hat gegen die Tür der dicken Maršička getreten, was sie die Polizei zu rufen hat und dass er ihr jedes Kilo zu viel extra fickt und dass er nicht schuld ist, wenn ihr Sohn ein Fixer ist. Obwohl Pero kein Fixer, sondern Kiffer ist, nur was weiß Radovan, dass nicht jeder Kiffer automatisch an der Nadel hängt und dass er möglicherweise nur Blätter raucht. Das ist für ihn alles ein und dasselbe. Er würde sie alle auf die Baustelle jagen, damit sie ein oder zwei Jahre malochen. Die Bullen hatten ihn sicher gehört, aber sie hatten keinen Bock, noch mal zurückzugehen. Sie waren ja nur gekommen, um eine Ermahnung auszusprechen. Von Gesetzes wegen sind sie dazu verpflichtet. Aber dann sind sie uns im Parterre entgegengekommen. Ach, Radovan, da hast du uns was eingebrockt.

Wir hatten uns mit dem Schnaps niedergekübelt, den Dejan bei seinem Vater hatte mitgehen lassen. Der alte Mirtić kriegt das gar nicht mit, der hat genug andere Flaschen, und dem ist das sowieso egal, was für'n Schnaps er trinkt. Jedenfalls hatten wir uns voll die Ölung gegeben. Dann ist einer von uns vier Genies, also Dejan, Aco, Adi und ich, auf die Idee gekommen, wir singen für den ganzen Block *We Are the Champions*. Und haben bei allen Sprechanlagen gedrückt und uns alle vier umarmt und angefangen zu brüllen, was sich aber mehr nach Kotzen als nach Singen angehört hat. In dem Moment kamen die Bullen vorbei, die Radovan erklärt hatten, dass sein Šaban zu laut sei. Sie waren schon an uns vorbei und verdrehten nur die Augen, aber dann fing Adi, der den meisten Schnaps intus hatte, damit an, auf die Sprechanlage einzuschlagen.

„Uns kann keiner was, wir sind stärker als das Schicksal!"

Der verfickte Mitar Mirić machte die ganze Situation noch schlimmer, die Bullen verloren die Geduld, und noch vor dem Ende des Refrains der inoffiziellen Hymne der Republika Srpska waren wir alle vier im Kübel. Ich weiß nicht, wie ich plötzlich da drin war, ich weiß nur, dass Adi unter mir lag und Dejan auf mir. Und dass die Tür zuknallte und der beschissene Kübel losfuhr und wir im Dunkeln durchgeschüttelt wurden.

Mir war klar, worum es ging. Das ist der Klassiker. Gewöhnlich stecken die Bullen die, die an der Ljubljanica ein bisschen die Angel ausgeworfen haben, in den Kübel. Die fahren sie dann ein bisschen spazieren und werfen sie irgendwo in der Pampa wieder raus, mitten im Wald. Auch Adi haben sie einmal hopsgenommen. Da ist er herumgeirrt und auf ein anderes Polizeiauto gestoßen. Er machte ihnen weis, er komme von der Tanzstunde und habe sich verquatscht, und ob sie ihn nach Hause fahren könnten. Und das taten sie auch, die Spackos. Damals haben sie ihn nicht so durchgeschüttelt wie uns jetzt. Am Anfang war noch alles cool, und Dejan hat rumgebrüllt wie ein Wahnsinniger.

„Wir sind von Fužine, wir wissen, wo wir sind. Ihr werdet uns nicht verarschen, denn wir haben den Konpas!"

„Was für ein Konpas! Kompass, du Pfosten!"

Dejan drehte auf und wir grinsten bis über beide Ohren und Adi machte weiter mit dem Song von Mitar Mirić.

„Uns kann nur hassen, wer uns nicht liebt!"

„Fährt Miško nach Belgrad!"

„Das kann Miško auch mit geschlossenen Augen!"

Aber dann war Schluss mit lustig. Wir wurden in dem Kübel hin und her geschleudert, einer fiel über den anderen, und die Idioten machten die Sirene an, fuhren wie die Wilden und legten sich wie die Verrückten in die Kurve. Keiner von uns brachte mehr einen Ton heraus. Du hörtest nur das Poltern und das Jammern, wir prallten gegeneinander, und ich wusste nicht, ob ich mit den Armen lieber das Gleichgewicht halten oder meinen Kopf schützen sollte. Ich tat irgendwas dazwischen, und plötzlich flog in einer Kurve jemand gegen mich, dass ich mit dem Kopf gegen die Wand knallte, zu Boden ging und wieder hochgeschleudert wurde. Es drehte sich mir im Kopf, und ständig flogen die anderen drei auf mich drauf. Ich versuchte meinen Kopf mit den Händen zu schützen und wartete, dass dieser Wahnsinn ein Ende hatte. Das hier war kein Spaß mehr. Ich hab mich angeschissen hundert die Stunde und gedacht, mit uns ist es aus. Der Kübel legte sich immer mehr in die Kurve, wir lagen auf dem Boden und hielten uns aneinander fest. Und dann trat der Idiot mit einem Mal auf die Bremse und schleuderte uns mit den Köpfen direkt gegen die Wand. Der Kübel hielt. Dann ging die Tür auf und jemand zog mich am Bein raus und ich flog auf die Erde. Direkt in den Dreck. Und Aco auf mich drauf. Und der Kübel raste davon. Ich lag auf der Erde, und Aco wälzte sich langsam von mir runter. Ich hörte Adi, wie er am Kotzen war. Dejan weinte, wie mir schien. Wir waren mitten in einem tiefen Wald. Am Arsch der Welt. Und dazu regnete es noch. Wir lagen im stinkenden Dreck, und mindestens fünf Minuten rührte sich keiner.

Hundert Jahre liefen wir in diesem verfickten Wald herum. Was für eine ausgemachte Sauerei, dass sie dich hier rausschmeißen, und du dann sehen kannst, wo du bleibst. Adi war wieder am Reihern. Dejan ging es auch schlecht. Wir fuckten uns an, weil wir uns nicht einigen konnten, in welche Richtung wir gehen sollten. Wir schrien uns an und Aco setzte sich auf den Boden und sagte, er gehe nirgends hin. Wir sollten uns verpissen. Dejan fauchte ihn an, und Aco wollte ihn sich schon vorknöpfen, um ihn zu vermöbeln. Aber dann sprintete er einfach los, ab durch den Wald. Und wir hinterher. Ich weiß nicht, ob ich jemals im Leben so wütend war. Ich hätte ihn umbringen können. Drecksäcke, verfluchte! Ich reiß ihnen die Tuntenärsche auf! Dejan und Adi stritten sich um etwas.

„Soweit ich weiß, ist das Šiška."

„Was für Šiška. Šiška ist da, wo Dravlje ist."

„Dann ist das Črnuče."

„Im Leben warst du nicht in Črnuče."

„Und wo sind wir dann?"

„Was weiß ich? Šmarna gora."

„Ja, bestimmt. Šmarna gora ist ein Berg, du Pfeife!"

Mir wurde ganz anders. Mir wurde tatsächlich schlecht. Richtig trübe wurde mir vor Augen. Ich zitterte, mir kamen die Tränen, fuck, in den Zähnen hatte ich so ein komisches Gefühl. Ich biss mit aller Kraft ins Leere. Ich ballte die Fäuste und bohrte die Fingernägel in die Haut. Wenn ich in dem Moment einen Polizisten gesehen hätte, hätte ich ihn kaltgemacht. Worauf du einen lassen kannst. Ich war verrückt. Ich war richtig verrückt. Für die Anstalt. Die ganze Angst, die mich in diesem beschissenen Kübel hin und her geworfen hatte, alles das hatte mich so fertiggemacht, dass ich dachte, ich kriege einen Herzkasper.

„Für mich sieht das nach Golovec aus. Nur von der anderen Seite."

„Auf der anderen Seite vom Golovec ist die Autobahn."

„Komm, ruf 'ne Taxe, Alter!"

„Und was willst du ihm sagen? Er soll hintern Golovec, unter die Šmarna gora nach Črnuče kommen?"

„Und, hast du 'ne bessere Idee?"

Als ich dann diese abgefuckte Jagdhütte sah, oder was für eine Schickimickibude der alte Holzkasten sein sollte, riss bei mir der Film. Ich fing an, mit allem zu werfen, was ich in die Hände kriegte. Steine, Erde, Äste, was mir unterkam. Ich trat mit aller Gewalt mit dem Fuß gegen die Tür.

„Diese verfluchten Wichser! Was haben wir ihnen getan, verfickte Arschlöcher! Was haben wir ihnen getan!"

Die anderen schlossen sich mir an. Wir zerschlugen alle Fenster, die Tür rissen wir heraus, den Zaun zerlegten wir komplett. Totales Blackout!

4. Warum ich sonntags nicht aus dem Bett komm

Am beschissensten ist es, wenn ich Radovan und Ranka höre, wie sie sich sonntagmorgens beharken. Der einzige Tag, wo beide morgens zu Hause sind und in Ruhe zusammen Kaffee trinken und Wiederholungen mexikanischer Serien schauen könnten und alles schön und gut wäre, aber nein, die beiden müssen sich natürlich aus irgendwelchen debilen Gründen streiten. Und dabei flüstern sie dann auch noch, wie um mich nicht zu wecken, und dann höre ich nur etwas, wenn Radovan sich nicht mehr zurückhalten kann und voll losbrüllt.

„Ich kann krepieren, aber es läuft so, wie du es dir ausgedacht hast! Stimmt's? Gib es zu! Gib es zu, verdammt noch mal!"

Und dann wieder so ein Flüstern, und du wartest, wann es wieder einschlägt.

„Es ist nicht sooo! Hööörst duuu?"

Radovan zieht den letzten Teil seiner Sätze in die Länge, weil sonst schon Ranka mit ihren Finten hineinstößt. Und Ranka lässt nicht locker. Sie macht ihr Ding. Ruhig wartet sie, dass Radovan langatmig absondert, was er abzusondern hat, und macht dann weiter. Ranka kannst du nicht verarschen. Sie hat Radovan schon durchschaut, und ich weiß nicht, warum er immer noch herumschreit, wenn er keine Chance hat, irgendwas zu erreichen.

„Hast du gesagt, dass du den Topf auf den Balkon gestellt hast? Hast du das gesaaagt?"

Und so. Wieder die debilsten Gründe. Der Topf auf dem Balkon. Radovan regt sich auf, weil die Sarma nicht im Kühlschrank steht, sondern auf dem Balkon. Zwar ist es ziemlich blöd, dass sie auf dem Balkon steht, aber dass du dich deshalb so aufregst, ist nun auch wieder für die Anstalt. Der Witz besteht aber darin, dass ihm der Kopf wehtut und dass er einen Kater hat und jetzt zum Frühstück Sarma will. Sarma zum Frühstück, das ist seine fixe Idee. Wenn das nicht das Bosnische in Reinkultur ist.

„Ist es irgendwann mal so gewesen, wie ich gesagt habe? Ist es das? Irgendwann? Sag. Los, sag! Saaag!"

Zisch ab dahin, wo der Pfeffer wächst. Jetzt rollen sie die Geschichte auf. Sie zerlegen ihre Ehe in die Urbestandteile, dass kein Schwein sie bis zum nächsten Sonntag wieder zusammensetzt. Wenn sie sie aufs Neue zerlegen. Also, deshalb steh ich sonntagmorgens nicht auf. Ich nehme die *Sportske* von unterm Bett und lese die Ergebnisse der NBA, und wer wie viele Punkte gemacht und wer wie viele Sprungwürfe gehabt hat. Statistik eben. Hier zum Beispiel, Gilbert Arenas aka Agent Zero hat 36 Punkte gemacht, mit einem schwachen Prozentsatz Würfe aus dem Spiel, aber er hatte noch sieben Assists. Vince Carter aka Half Man Half Amazing hat Sacramento 45 reingedrückt, nur dass sie's trotzdem vergeigt haben. Bei Sacramento haben Bibby und Artest jeder 22 Punkte gemacht. Ron Artest ist der größte Idiot, der ist sogar mal die Tribüne hochgeklettert, um Zuschauer zu verprügeln. Aber ich kann nicht in Ruhe lesen, weil im Wohnzimmer wieder Stille herrscht und ich darauf laure, wann es wieder einschlägt. Stille ist der größte Shit. Da könnte ich mich umbringen. Da, jetzt geht's los.

„Fick dich ins Knie, du Vollkoffer."

Töpfe fliegen. Türen knallen. Dann herrscht eine Zeit lang Ruhe. Zum Verrecken ruhig. Beide sind beleidigt und lassen Dampf ab. Radovan wird ständig schnaufen, Ranka wird so tun, als sei sie zu Tode gekränkt. Ein bisschen ist sie es auch, nur bei ihr ist es nicht schlimm. Sie scheißt Radovan auf diese Weise gern ins Hirn. Das Schlimmste aber ist, dass Radovan jetzt keine Ruhe geben kann, sondern anfängt, durch die Wohnung zu tigern. Deshalb lege ich die *Sportske* weg und tu so, als würde ich schlafen. Er öffnet die Tür und glotzt eine Zeit lang auf mich runter, dann macht er die Tür zu und geht zurück. Soll er sich doch ins Hirn ficken. Wenn ich keinen Hunger hätte, würde ich so den ganzen Tag liegen bleiben, denn jetzt zwischen sie zu gehen ist das totale Desaster. Aber ich muss, zum Teufel. Das ist so im Leben.

Am schlimmsten sind die dummen Fragen, die Radovan mit seiner finsteren beleidigten Stimme stellt. Mir geht sowieso alles auf den Sack, und ich hab keine Lust, auf sie zu antworten. Und unausgeschlafen bin ich auch noch. Und alles tut mir weh. Aber Radovan muss was fragen.

„Gehst du heute irgendwohin?"

Ich nicke.

„Wann?"

„Weiß ich nicht."

„Wieso weißt du das nicht? Gehst du oder gehst du nicht?“

Jetzt bin also ich dran. Ranka hat ihren Teil zu hören gekriegt, jetzt muss ich herhalten. Aber ich habe keine Lust, die Situation zu befrieden. Ich hab heute keine Kraft dazu. Ich sage nichts. Ich sitze da wie ein Idiot. Radovan dampft ab und zappt sich wütend durch die Programme. Ranka platzt herein.

„Wo wart ihr gestern?“

„Hier.“

„War es gut?“

Ich hab keine Lust zu antworten und nicke nur. Das bringt bei Radovan das Fass zum Überlaufen. Es hat nicht viel gebraucht.

„Was ist los mit dir?“

„Nichts, wieso?“

„Eben, nichts. Deine Mutter hat dich wirklich schön erzogen. Weck ihn nicht, lass ihn schlafen bis zwölf. Er muss nicht reden, wenn er nicht will.“

Ich hab ja gewusst, dass sie sich über mich in die Haare kriegen. Blitzartig raffe ich meine Sachen zusammen und will aus dem Zimmer.

„Wo willst du hin?“

„Ich gehe …“

„Wann kommst du zurück?“

„Weiß ich nicht.“

Als ich an der Tür bin, springt Radovan auf und kommt mir nach.

„Mutter macht Essen.“

Ich verschwinde nach draußen. Vor den Block. Diese ewige Fragerei macht einen wirklich fertig. Totale Scheiße.

5. Warum wir nicht wie sonst vor dem Block sitzen

Vor-dem-Block-Sitzen ist in Fužine Nationalsport. Wahrscheinlich ist es in jeder Wohnsiedlung so, aber in Fužine ist diese Disziplin aufs Perfekteste entwickelt. Ist ja logo, kleine Wohnungen, große Familien, angespannte Beziehungen, niedriger Standard. Jede große Familie hat wegen des niedrigen Standards in der kleinen Wohnung nur einen Fernseher, und klarerweise sind dann die Beziehungen angespannt, weil du dich ständig darum streitest, wer fernsehen darf. Und dann macht sich ein Glücklicher auf der Couch lang und zappt durch die Kanäle, und die anderen können sehen, wo sie bleiben. Wenn Mama ihre mexikanische Limonade schaut, geht Vater in die Kneipe, und wenn Vater sie mit Pink oder mit 24sati oder mit Trenja anödet, geht Mama auf einen Kaffee zur Nachbarin. In jedem Fall ziehen die Kinder den Kürzeren, und wenn sie dann noch keinen Computer haben, sitzen sie vor dem Block. Die Tschefuren sind nicht für Computer zu haben. Playstation, das geht noch irgendwie, aber Programmieren und Hacken, das ist nichts für uns Tschefuren. Und dann hat die Mehrzahl der Tschefureneltern irgendwo mal von wem gehört, dass Computer für Kinder gefährlich sind, und wollen dir deshalb natürlich keinen guten Rechner kaufen. Da sitzt du dann eben vor dem

Block und drehst die Bässe auf. Du starrst Löcher in die Luft, mit anderen Worten. Drei Tage debattierst du darüber, ob der Merđo besser ist, der von deutschen Maschinen gemacht wird, oder der Ferrari, der von Hand gemacht wird. Maschine gegen Mensch. Ein großes Thema. Dann bringst du den Terminator ins Spiel, und *RoboCop*, und Schumacher, und Adis Onkel Emir, der in Deutschland Merđos schraubt, und den Kollegen von Dejan, der in Italien Ferraris testet, und Juventus, und Bayern, und den Pullover von Acos Oma Stojadinka, und den Pullover aus dem Emporium, und so drei Tage und drei Nächte lang. Und zwischendurch siehst du die abgelutschten Väter, die von der Arbeit kommen, brave kleine Nachbarn, die aus der Schule kommen, die Moderatorin aus dem achten Stock mit den hohen Absätzen, deren Arschbacken so tanzen, dass mir immer der Hals wehtut, wenn ich sie sehe, Božos sexy Mama, von der wir immer noch nicht wissen, ob sie vierzig oder fünfzig ist, den Alki Šuškić aus dem elften Stock, der einmal so abgefüllt war, dass er den Block verwechselt hat und beinahe beim Achter-Block eingebrochen wäre, weil er die Tür nicht aufkriegte, und Hausmeister Vlado, der ständig am Rumstinken ist, der Arsch. Und am Ende weißt du immer noch nicht, ob der Merđo besser ist oder der Ferrari, weil der Merđo ist ein Švabo und schon deshalb super und ihn fahren alle Gastarbeiter und Mafiosi, und Ferrari ist eben Ferrari, und das ist es dann.

Du sitzt vor dem Block und setzt Schimmel an. Aber das ist wenigstens cool. Besser als Radovan und Ranka hören zu müssen.

Und jedes Mal ist es dasselbe. Dejan behauptet etwas, und Adi zieht ihn auf und beweist ihm, dass das, was er behauptet, Blödsinn ist.

„Wirst schon sehen, dass wir in Črnuče waren."

„Einen Scheiß waren wir in Črnuče. Was für ein Črnuče! Črnuče ist da, wo der Sechser hinfährt. Du bist echt ein Spacko."

„Kauf doch 'ne Zeitung und sieh nach, wo diese Jagdhütte ist. Sicher schreiben sie im Lokalteil, dass wir sie verwüstet haben."

Das sind so diese genialen Ideen von vor dem Block. Dass du, wenn du mal Rambazamba machst, gleich in die Zeitung kommst.

Aco fällt natürlich auf diesen blöden Schmäh rein und geht zur Trafik. Und kommt zurück mit dem *Dnevnik*. Ich hab nicht mal gewusst, dass dieses Käseblatt überhaupt existiert.

„Sieh dir den Debilen an, was der gekauft hat. Willst du was über Kultur lesen? Ich hab dir doch gesagt, du sollst die *Novice* kaufen."

„Hier ist doch auch ein Lokalteil drin!"

„Jetzt wirst du sehen, wo wir waren. Črnuče. Wirst sehen, dass wir in Vič waren."

Sowieso.

„Das sind wir! Wir sind drin!"

„Gib her! Lass mich, du kannst sowieso nicht lesen."

„Einen Scheiß kann ich nicht!"

Es ist nicht zu glauben! Diese Jagdhütte ist ein total angesagter Partyschuppen, und jetzt schreiben sie über uns in der

Zeitung. Gut, das ist nicht wer weiß was, aber irgendwo muss man ja anfangen.

„Van...da...len ... Was ist das denn?"

„Das sind Blödmänner. Lies weiter."

„Vandalen haben gestern Abend eine Hütte in Dolgi Most verwüstet ... Siehst du, Dolgi Most."

„Aber das ist doch da, wo Črnuče ist. Der Sechser fährt doch nach Dolgi Most."

„Einen Scheiß ist das da, wo Črnuče ist. Weißt du, wo Dolgi Most ist?"

„Na wo?"

„Das ist ... wenn du nach Vič fährst und dann ..."

„Das ist nicht Vič, wenn es Dolgi Most ist. Wenn es Vič wäre, hätten sie Vič geschrieben."

„Hör doch auf, wenn du keine Ahnung hast. Erinnerst du dich, wo er nicht gewusst hat, wo Tromostovje ist."

„Das hab ich gewusst, ich hab nur nicht gewusst, dass das der Prešeren-Platz ist."

Wer weiß, ob diese Debatte im Leben einmal zu Ende gegangen wäre, wenn es nicht Samira gegeben hätte, Adis Mutter.

„Adi, da kommt deine Mutter."

„Oh, verdammt!"

Jetzt kommt Samira auf uns losgestiefelt, sie ist nicht aufzuhalten. Adis Vater, Mirsad, arbeitet in Österreich. Adi sagt, dass er Chauffeur ist, und wir, dass er Müllfahrer ist. Und dann schleicht Samira ständig hinter Adi her und will ihn nach Hause holen. Aber Adi hat keinen Bock drauf und verdünnisiert sich, und dann sagt sie das Mirsad, und Adi kriegt eins auf die Nuss. Und dann fährt Mirsad zurück nach Klagenfurt, und Adi entwischt Samira wieder und sie läuft wieder durch Fužine und sucht ihn.

„Adi, komm, wir gehen nach Hause."

„Aber ich geh nicht nach Hause. Ich bleib hier."

„Heute kommt Papa."

Der Schmäh ist, dass Mirsad nie dann einfliegt, wenn er einfliegen müsste, und Samira wartet ständig auf ihn mit dem fertigen Mittagessen und sammelt die Kinder in Fužine ein, damit sie so etwas hätten wie ein gemeinsames Familienessen, wenn Mirsad nach Hause kommt. Adi fängt sie vielleicht noch ein, aber Sanel, Adis älteren Bruder, nie, der ist total abgetaucht.

„Und was, wenn er kommt? Wenn er wirklich kommt, dann komm ich auch."

„Komm nach Hause, es gibt Mittagessen."

„Ich komme nicht. Mach 'ne Fliege!"

Immer dasselbe. Verdammte Kacke, aber wieso ihr das nicht über wird, weiß ich auch nicht.

„Nun komm schon …"

„Mach 'ne Fliege! Wo wir doch zusammen essen gehen. Marko lädt ein, weil er gestern gewonnen hat."

Scheiße ist das, weil mir Samira am Ende immer leidtut. Noch nie ist Adi mit ihr nach Hause gegangen, aber sie steht immer da und sieht uns an und bettelt, und Adi nimmt sie nicht für voll, und wir stehen daneben wie die Idioten und sehen zu Boden. Manchmal ist mir das so zu blöd, dass ich am liebsten mit ihr zu diesem Mittagessen gehen würde.

„Geh nach Hause und lass mich. Kommt, wir gehen, wenn sie nicht weggeht."

Und dann gehen wir gewöhnlich hinter Adi her und lassen sie stehen wie einen Haufen Unglück. Mirsad baggert inzwischen Österreicherinnen an. Mirsad ist mir überhaupt suspekt, es würde mich überhaupt nicht wundern, wenn er in Kranj arbeitete und er Samira das mit Klagenfurt nur vormachte. Was weiß Mirsad, wo Klagenfurt ist.

6. Warum man nach einem guten Essen ein bisschen Bewegung braucht

Keine richtige Tschefurenfamilie geht zum Essen ins Restaurant. Nicht mal zu Jovo. Erstens ist es zu teuer, zweitens müssten sie sich zwei Stunden über irgendwas unterhalten, was für eine Tschefurenfamilie nicht zu packen ist. Zu Hause isst du in zehn Minuten und gehst weiter fernsehen. Oder Geschirr spülen. Je nach Geschlecht. Aber ich kann mir nicht vorstellen, mit Radovan und Ranka zwei Stunden beim Essen zu sitzen. Ich kann mir nicht vorstellen, dass Radovan und Ranka zwei Stunden beim Essen sitzen ohne mich. Too much! Diese Familienunterhaltungen gibt es sowieso nur in amerikanischen Serien. Ich hab mich im Leben nicht mit Radovan unterhalten. Oder mit Ranka. Wir fragen uns nur was und geben Antwort.

„Hast du deine Hausaufgaben gemacht?"

„Mhm!"

„Hast du heute ein Spiel?"

„Morgen."

Radovan hat mit sich selbst die Challenge, wie viele blöde Fragen er zu fragen imstande ist, und ich habe mit mir selbst die Challenge, wie ich möglichst kurz darauf antworte. Ranka hat einen anderen Typ Fragen.

„Warum hast du nach dem Abendbrot den Tisch nicht abgeräumt? Warum hast du nach dem Training das nasse Zeug nicht aus der Tasche genommen?"

Das ist noch einfacher. Auf solche Fragen gibt es keine Antwort. Und Ranka erwartet keine. Ich tue immer genügend Sachen nicht, sodass sie immer genügend Fragen hat.

„Warum hast du dein Zimmer nicht aufgeräumt? Warum hast du das Licht im Klo nicht ausgemacht? Warum hast du den Müll nicht rausgebracht? Warum hast du die schmutzigen Strümpfe nicht in die Schmutzwäsche getan?"

Wie du dich zwei Stunden mit den Alten unterhalten kannst, wird mir nie klar werden.

Aber dann ist da noch ein dritter Grund, weshalb die Tschefuren nicht mit der Familie ins Gasthaus gehen. Weil die Frau kocht. Dass sie einen Tag mal nicht kocht, ist keine Option. Immer gibt es Sarma oder Musaka oder Pita oder Sataraš oder Gefüllte Paprika. Wenn die Frau zufällig einen Tag mal nicht kocht, gibt es Gulasch vom Vorabend oder Bohnen von der Vorwoche. Oder es gibt was Tiefgefrorenes aus dem Freezer, das man nur aufzutauen braucht. Deshalb hat ein Tschefur es nie eilig nach Hause zum Essen. Weil sich all dieses Essen löffelwarm aufwärmen lässt. Und Pita ist auch kalt ganz in Ordnung. Nur sonntags, wenn es Huhn gibt und Bratkartoffeln im Schmortopf aus dem Rohr, muss man quasi pünktlich zum Essen sein. Dann essen wir so wie alle zusammen. Aber dann habe ich keine Lust dazu. Weil Radovan und Ranka so was von behämmert sind und ich keine fünf Minuten Lust habe, mit ihnen zusammenzusitzen. Scheiß auf Huhn und Bratkartoffeln im Schmortopf aus dem Rohr.

Deshalb sind wir zu Babnik gegangen. Das ist ein Dorfgasthaus auf der anderen Seite der Ljubljanica, wo sie ganz annehmbare Preise haben, wenn du schnell bist und verschwindest, wenn die Kellnerin nicht hersieht. Ein einziges Problem gibt es mit diesem Gasthaus, und zwar, dass du da nur einmal hingehen kannst. Ich weiß nicht, ob es auch nur einen Tschefur auf der Welt gibt, der bei denen zwei Mal war. Denn jedes Wochenende rennt jemand aus dem Babnik weg, satt wie ein Schwein. Bin ich etwa dafür verantwortlich, dass Fužine so nah ist und dass die Kellnerin uns nicht durch die Siedlung nachläuft?

Nur, dass mich die Kellnerin aus dem Babnik total angefuckt hat. Die Scheißfotze, weil sie uns von Anfang an so angesehen hat, als wären wir die größten Verbrecher. Weil wir so aussehen wie Tschefuren, oder was? Du hast richtig ihren Blick sehen können, wie sie uns angesehen und sich gedacht hat, dass wir uns nach dem Essen bestimmt französisch verabschieden. Wir sind dann ja wirklich abgehauen, aber das ist jetzt nicht entscheidend. Entscheidend ist, dass sie nicht wissen konnte, dass wir abhauen werden, und dass sie uns trotzdem so angesehen und uns ganz mickrige Portionen serviert hat, und all so was. Denn was, wenn Getafe gegen Alaves verliert und Aco beim Wetten richtig liegt und wir Cash hätten und am Schluss zahlen würden? Was wäre dann? Sie hätte uns genauso angesehen. Und da liegt der Hase im Pfeffer! Nutte, verfickte. Dass sie dich ansieht, als wärst du ein Verbrecher, schon bevor du überhaupt einer bist. Und so sehen uns alle andauernd an. Immer schauen alle nur, wann wir abhauen und was wir zerlegen und wen wir anpflaumen werden. Ich wollte am Ende richtig aufstehen und an den Tresen gehen, auf den Tausender spucken und ihr den an die Stirn kleben. Verfickte Zigeunerfotze. Die soll mich noch einmal so ansehen.

Nur dass ich sowieso keinen Tausender hatte. Ich hatte nicht mal einen Hunderter. Ich hatte fünfzig beschissene Tolar und noch was an Kleingeld. Und wir sind gerannt. Das ist immer komisch, wenn vier Typen wie die Idioten vor einer altersschwachen Kellnerin davonrennen. Du rennst, als wären die Cops hinter dir her. Und nicht, dass du anhältst, wenn du nach Fužine kommst, und dann langsam weiter. Nein, du rennst immer weiter, bis ganz zum Basketplatz. Keiner dreht sich um und sieht zurück. Das hab ich echt nie kapiert. Vier eigentlich starke Typen, die stärksten, und eine dicke Kellnerin. Und dann noch in Fužine, wo alle sportlich leger gehen, als hätten sie es gerade mit Seka Aleksić getrieben, und wenn du dann noch „Aufpassen!" rufst, zucken alle zusammen und fangen wieder an zu rennen! Mann, wenn das nicht wieder so ein psychologischer Trick ist.

7. Warum keiner mehr Basket spielt

In der letzten Zeit sind die Basketplätze in Fužine leer. Das ist so, wenn die Schulen ihre Spielplätze nicht renovieren und wenn die Gemeinde, zu der Fužine gehört, nichts auf die Reihe kriegt. Dann gibt es keine Bretter, keine Netze, nichts. Für mich ist das ein echt trauriger Anblick. Du kommst auf den Platz, und kein Mensch weit und breit. Die Kleinen fixen oder ziehen sich Videospiele rein. In Fužine gibt es sechs Basketplätze plus einen Korb bei den Tennisplätzen und ein Spielfeld vor der Verrücktenanstalt, wo sie auch eine Leitung haben und du Wasser trinken kannst. Von allen diesen Spielplätzen wird nur auf dem Krajevec gespielt, und das ist dazu noch der abgefuckteste Platz der Welt, wo die Mittellinie kein Aus bedeutet. Die Regel hat sich irgend so ein Kretin vor hundert Jahren ausgedacht und die gilt jetzt noch immer. Auf allen Spielfeldern ist beim Basket die Mittellinie das Ende des Spielfelds, wenn du nur auf einen Korb spielst, nur auf dem Krajevec nicht. Und außerdem gibt es heute keinen richtigen Basketball mehr. Früher gab's an jedem Korb ein paar Dreier, da spielten Rašo Nesterović und voll ein paar super Typen, und da spielten ein paar Greise, bei denen du keinen dunken konntest, egal was du versucht hast. Vor der Gastgewerblichen waren immer ein paar gefährliche Typen aus dem Fünfzehner-Block, die, den Kassettenspieler voll aufgedreht, Public Enemy laufen ließen und einen verdammt unangenehmen Basketball spielten. Auch wenn der Typ nicht dribbeln konnte, war er stark und hat mit dir den Boden gewischt. Wer weiß, wo diese Legenden jetzt sind, all diese verschiedenen Jordans. Nur, vor der Kochakademie hängt schon mindestens zehn Jahre kein Brett mehr. Bei uns, am Rusjan, wurde nur so easy Basket gespielt, aber das war trotzdem immer eine coole Angelegenheit, da haben sich voll die Leute versammelt, und jetzt kommen wir hin, und da ist ein Zwerg ein bisschen am Schießen, der Ball größer als er. Hast keinen, mit dem du zu dritt spielen könntest. Ein wahres Trauerspiel. Und dann hörst du in der Glotze, wie irgendwelche bemühten Warmduscher klugscheißen, dass es immer mehr Junkies gibt und so. Sollen sie doch mal von Platz zu Platz spazieren und sehen, wo die Kids sind. Klaro wird da gefixt, wenn du zum Basket kommst oder zum Fußball, aber da siehst du keinen von denen. Meiner Schätzung nach gibt es mehr Fixer als Basketballer auf diesen Spielplätzen.

„Gibst du mir mal den Ball, dass ich einen Dreier werfe?"

Aco muss die Kleinen immer erst mal anblaffen. Angeblich weil sie uns auch angeblafft und vom Platz geworfen haben, als wir die Kleinen waren, und jetzt bringt er quasi den Kleinen Ordnung bei. Damit klar ist, wer hier das Sagen hat. Aber die Kleinen von heute scheißen dir was. Wir haben uns damals angeschissen und uns nicht getraut zurückzublaffen und sind schön runtergegangen vom Spielfeld, aber heute blasen sich die Kleinen auf und blaffen zurück.

„Gib schon her, ich fress ihn dir schon nicht auf. Ich werf nur mal einen Dreier."

Da hast du diese Pimpfe. Die reißen das Maul auf, und die Alten nehmen nie den Gürtel, wie es sich gehört. Von wegen moderne Erziehung. Und dann muss ihm Aco den Ball mit Gewalt wegnehmen, um seinen fucking Dreier zu werfen, und der Kleine ist beleidigt und will zu seiner Mami laufen und ihr was vorplärren und Aco kriegt die Wut und haut ihm den Ball irgendwohin Richtung Ljubljanica.

„Da hast du deinen Ball, du Nervensäge!"

Und der Kleine läuft weinend nach Hause. Und wir sitzen schön auf der Tribüne vorm leeren Platz und sind gut drauf.

„Willst du 'n bisschen Gras? Von Hasch-Jovo?"

Gras will ich keines. Ich meine, wo ich doch Sportler bin. Ein Tschick geht manchmal bei mir. Nur so zum Angeben, denn wenn Radovan wüsste, dass ich qualme, würde er mich in meine Einzelteile zerlegen. Die Eier würde er mir um den Hals binden. Da versteht er keinen Spaß. Drogen oder Basket. Zigaretten, eine, zwei, das ist es nicht, Radovan hat ja auch geraucht, als er jung war, aber wenn ich einen Joint rauchen würde, würde ich kopfüber aus dem dreizehnten Stock fliegen. Nicht, dass unser Block dreizehn Stock hätte, aber für die Gelegenheit würde Radovan den dreizehnten dazuerfinden. Dann wär der Kopf ab. Deshalb sehe ich Dejan und Adi zu, wie sie rauchen, und ich stecke mir eine auf easy an und inhaliere nicht. Mehr zum Angeben.

„Keiner spielt mehr Basket?"

„Kein Geld."

„Was brauchst du Geld. Nimmst dem Kleinen den Ball ab und machst ein Dunking und so."

„Ach nee, das hat keine Perspektive."

Manchmal schiebt Dejan was raus, dass es dir den Magen umdreht. Was weiß der, was Perspektive ist. Der Mensch hat keine blasse Ahnung von gar nichts. Die ganze Grundschule durch hatte er alles Fünfen. Für 'ne Vier in Geografie brauchte er nur alle Kontinente auswendig zu lernen, ging nicht. Am Schluss hat er sich mit der Geografietussi geeinigt, dass er ihr für 'ne Vier alle sieben Londoner Klubs aufzählt, die in der Premier League spielen.

„Ach so, keine Perspektive? Du könntest gern mal Tagebuch schreiben."

„Das hast du gut gesagt! Weißt du überhaupt, was das ist, Perspektive?"

„Werd ich wohl wissen!"

„Was? Dann sag's doch, wenn du's weißt."

„Warum? Sag du."

„Du bist doch der Schlaue."

„Und du der Oberschlaue, wenn sie dir nicht beigebracht hat, was das ist, Perspektive."

„Hör auf, du hast keine Ahnung, was das ist, Perspektive!"

„Das ist das, was später kommt, in der Zukunft. Wenn es cool ist und so."

„Ach, in der Zukunft? Mein Gott, was du heute alles rauslässt, Alter! Machst wohl grad deinen Doktor, oder was? Es gibt keine Perspektive!"

„Basket spielt keiner, weil keiner mehr Lust dazu hat. Die Kids sind zu faul, Alter. Keiner hat Lust, sich zu bewegen!

Nimm bloß mal den Nušić. Wo hat der Lust, auf dem Spielfeld rumzulaufen! Die Leute sind total phlegmatisch. Kein Interesse, Alter."

„Die Leute sind behämmert."

Und so weiter. Gibt nichts Schöneres. Du sitzt da und genießt. Scheißt dich nix.

8. Warum der Kommunismus noch nicht ausgestorben ist

Wenn ich abends nach Hause komm, bete ich zu Gott, dass Radovan schon pennt. Ich hab wirklich keine Lust auf Fragen, wo ich war, mit wem und warum ich nicht zum Essen gekommen bin. Nur, heute hat Radovan direkt auf mich gewartet. Er saß da in Unterhemd und Unterhose, was bei ihm der Pyjama ist, und zappte durch die Kanäle. Und dann fing er an, um mich herumzuschleichen. Und ich wusste, dass ich nicht so leicht davonkommen würde. Irgendwas ging ihm im Kopf herum, und das musste er mir jetzt mitteilen. Scheiße auch.

„Ich habe mit diesem … Krković gesprochen. Er kennt da wen … bei Olimpija! Er steht sich gut mit dem, wie heißt er noch … Ćućić. Er hat gesagt, er wird sehen, was er für dich tun kann."

„Was?"

„Na, für Olimpija. Er steht sich wirklich gut mit diesem … Ćućić."

„Was für Olimpija."

„Na, Olimpija."

„Ich will nicht zu Olimpija."

Soll er sich Olimpija und diesen Ćućić sonst wo hinstecken. Was kommt er mir damit um ein Uhr morgens. Und wieder ist er nervös zum Abwinken. Scheiß auf seine Nervosität.

„Bist du wahnsinnig, du Ochse? Was willst du nicht! Und was willst du? Willst du vielleicht zu den Ingenieuren mit deinen Noten? Wenn du nicht bei Olimpija spielst, bist du nirgends! Glaubst du, da kommt einer nach Fužine, um dich zu sehen! Du Depp du! Dann geh doch … geh doch nach Ježica, zu den Frauen, wenn du so einer bist!"

„Und was macht dieser Ćućić! Er ist da Physiotherapeut!"

„Kennt er Sagadin? Kennt er ihn? Ja, er kennt ihn! Und wer ist der Oberste? Sagadin!"

Nur Ranka hat uns noch gefehlt.

„Was habt ihr um diese Zeit hier zu diskutieren. Ihr weckt die ganze Siedlung auf."

„Und wenn schon! Wann hast du das nächste Training?"

„Morgen."

Radovan schnappt wieder nach Luft, Ranka leidet, und ich habe von all dem die Schnauze voll. Und überhaupt von seinen Krkovićs und Ćućićs. Das ganze Leben habe ich nur Troubles von diesen Krkovićs und Ćućićs und sonstigen Stümpern. Ständig kennt Radovan wen, der irgendwas richten wird, weil der wieder jemanden kennt, und das sind lauter Tschefuren, die sich kennen, und alle richten irgendwas, und am Schluss setzen sie sowieso alles in den Sand. Wenn jemand glaubt, der Kommunismus ist ausgestorben, hat er sich schwer getäuscht. Radovan ist noch immer auf diesem Trip mit seinen Krkovićs und Ćućićs. Bei ihnen ist alles hilfst du mir, helf ich dir. Du kannst nicht mal in den Laden gehn Brot kaufen, ohne dass Radovan zu dir sagt: „Warte, ich rufe Ćućić an, dass er nachsieht, ob in der Bäckerei bei Krković noch ein Laib über ist!" Für jeden Scheiß wird nach einer Verbindung gesucht, man fragt nur, wo jemand auf -ić ist und wer ihn kennt, denn wenn er auf -ić ist, dann ist er ein Tschefur, und ein Tschefur kennt doch einen anderen Tschefur. Und dasselbe, wenn eine Waschmaschine kaputtgeht, dann kaufst du keine neue oder bringst sie zum Service, sondern rufst Krković an, der kennt einen Ćućić, der das umsonst repariert. Und so. Alles umsonst. Ein Tschefur ist für den anderen da. Und dann ist die Waschmaschine nach zwei Tagen wieder im Arsch. Der Kommunismus ist im Arsch, weil die Leute für wenig Geld gearbeitet haben. Nur Radovan und seine Krkovićs und Ćućićs haben das noch nicht geschnallt. Die werden immer mehr und sind überall. Alle kennen sich und alle tun sich einen Gefallen, in Wirklichkeit machen sich die einen auf Kosten der anderen einen Lenz. Als ich anfing, Basket zu trainieren, ging das nicht ohne Krković. Nein, er musste bei Slovan einen gewissen Ćućić kontaktieren und irgendwas fix machen. Alle anderen kamen schön zum Training und fingen an zu trainieren. Was weiß ich, das ist wahrscheinlich deshalb, weil damals in Jugoland alle in eine fremde Republik gekommen sind und keinen blassen Schimmer hatten und sich alle angeschissen und nach ihren Leuten gesucht haben, die ihnen helfen würden, sich leichter zurechtzufinden, weil sie weder die Sprache konnten noch sonst was. Aber nach dreißig Jahren könnte man auf dieser Welt doch mal was ohne Krković und Ćućić machen, verdammter Tito, verdammter.

9. Warum die Tschefuren nicht über Sex reden

Heute Morgen bin ich im Aufzug mit der Moderatorin aus dem achten Stock gefahren. O Mann, was würde ich mit ihr machen. Die ist echt steil. Real ist sie noch besser als im Fernsehen. Und immer maximal aufgebrezelt. Hochhackige plus enge Hose, dass der Arsch nur so wackelt und es dir den Atem verschlägt, wenn du hinter ihr gehst. Mir war es immer zu dumm, ihr was nachzurufen und so. Das ist mir immer auf den Sack gegangen. „Hallo Kleine, lass mi mol eine!", „Mädchen, hast du stramme Bäckchen!" und ähnliche Meldungen mehr. Ich würde zu ihr sonst was sagen, ich bin aber ein zu großer Loser. Ich bin wirklich zu doof für solche Sachen. Sie kommt in den Aufzug und alles duftet nach ihrem Parfüm, und ich starre auf den Boden und dann, wenn sie aussteigt, geh ich ihr langsam nach und sehe auf ihren Arsch, wie er in den engen Hosen hin und her hüpft. Das ist mein Liebesleben. Eine ausgemachte Kacke. Dass ich etwas zu ihr sage oder so, keine Chance. Ich erinnere mich überhaupt nicht, wann ich ihr zum letzten Mal ins Gesicht gesehen habe. Ich weiß ja, sie hätte mich abblitzen lassen, aber es geht mir doch gegen den Strich, dass ich nicht die Eier habe, um was zu probieren. Ich habe richtig Angst vor ihr. Ich scheiß mich voll an, wenn ich sie sehe.

Auch Adi und Dejan sind solche Loser, obendrein sehen die beiden auch noch so aus, dass sowieso nicht daran zu rütteln ist, weil Adi erst noch wachsen muss und Dejan seine Pickel in Ordnung bringen muss und so. Aco ist der Einzige, der Tussen anbaggert, aber nur solche kleinen Tschefurken aus der Grundschule, die ihn sowieso nicht lassen, und dann kriegt er die Wut und lässt sie stehen und sie rufen ihn dann noch ein halbes Jahr lang an. Wir drei sind einfach eine Katastrophe. Adi zieht sich nur Pornos rein, und meiner Schätzung nach wird es ihn davon noch zerlegen, weil er komplett durchdreht. Sowieso kennt er alle Schauspieler aus den Pornos, was an sich schon krank ist, und dann redet er noch dauernd von denen, von wegen wie und was, eine Nervensäge, nur manchmal kannst du ihn nicht stoppen. Am schlimmsten ist es, wenn er anfängt zu erzählen, wie Mirsad Samira fickt. Für mich ist das wirklich krank, aber Adi erzählt und erzählt. Sowieso kommt er immer mit denselben Behauptungen, nur dass mir schlecht wird, wenn ich an Mirsad und Samira denke. Wenn ich die beiden hören würde, wie sie es treiben, würde ich im Leben keinen mehr hochkriegen. Und dann erzählt er noch, wie Mirsad irgendwelche Kellnerinnen nagelt, und ich weiß nicht, was noch alles. Schmerz lass nach. Weiß der Teufel, warum er das erzählen muss, aber seine Familie ist sowieso am Sand.

Dejan ruft ihnen ständig was hinterher, die allervulgärsten Meldungen, dass dann alle Tussen, wenn sie uns nur von Weitem sehen, machen, dass sie wegkommen. Einmal, als er der Moderatorin was nachgerufen hat, hätte ich ihm fast eine gescheuert, weil er wirklich grauenhaft war. Und dann das Hinterherpfeifen. Ständig. Bei jeder, die vorbeigeht. Das ist das Tschefurischste auf der Welt. Keine Ahnung, wo sie sich das ausgedacht haben.

Je mehr ich darüber nachdenke, scheint mir, dass ich mit dem, mit Sex und so, meine Schwierigkeiten habe. Denn wenn ich normal wäre, hätte ich schon mal eine gepoppt. Aber dann denke ich, das ist deshalb, weil bei uns zu Hause Sex ein Tabu ist. Über Sex wird bei den Tschefuren nicht gesprochen. Der existiert nicht. Meiner Schätzung nach haben Radovan und Ranka sowieso schon hundert Jahre nicht mehr. Wo sollen sie auch, wenn ich im Nebenzimmer bin und die Wände in Fužine so dünn sind, dass ich Radovan höre, wenn er schnarcht. Und wenn ein Film im Fernsehen läuft und da zwei anfangen, miteinander rumzumachen und so, wechselt Radovan sofort das Programm. Ich kann mir nicht vorstellen, dass ich Radovan frage, wann er zum ersten Mal hat, oder Ranka. Das Einzige, wo mal ein Fick erwähnt wird, ist, wenn irgendwelche schweinischen Witze erzählt werden, wenn Mujo Fata pempert und so. Sonst keine Chance.

Mit Adi, Dejan und Aco rede ich auch nicht darüber. Ich meine, ernsthaft. Klar sind wir ständig am Flachsen, Adi erklärt, dass er Tanja Ribič und Rebeka Dremelj nageln würde, Dejan Jelena Karleuša, und Aco Nataša Bekvalac. Ich sage dann meistens Severina, und dann heißen sie mich einen Ustascha, diese Wichser. Gute Möpse sind aber eine supranationale Kategorie. Aber ernsthaft reden wir nie darüber. Weil jeder Angst hat, dass ihm die anderen auf den Kopf scheißen, wenn er sagte, was ihn anmacht. Und wie sie das täten. Wenn ich sagen würde, dass ich auf die Moderatorin stehe, würde ihr Dejan jedes Mal, wenn sie vorbeigeht, nachrufen: „He, Moderatorin! Moderatorin! Marko würde dich gern in deinen Arsch pempern!“

Deshalb starre ich wieder auf den Boden. Wieder trägt sie Heels, und wieder riecht der Aufzug nach ihrem Parfüm. Und wieder geht die Tür vom Aufzug auf und wieder warte ich, dass sie sich etwas entfernt, und gehe hinter ihr her. Wieder hat sie die eng anliegenden Hosen an, und wieder schaukeln die Bäckchen links, rechts, rauf, runter. Was für ein Arsch! Und wieder gehe ich hinter ihr her bis zur Haltestelle, und sie steigt in den Bus, und ich tue, als würde ich auf den nächsten warten, und gehe, wenn der Bus weg ist, zurück vor den Block.

Aber auf sie kann ich nicht wichsen. Geht nicht. Komisch ist das, aber es geht nicht. Auf andere Nachbarinnen geht es, und auch auf Mitschülerinnen und so, aber auf sie kann ich einfach nicht. Ob das Verliebtheit ist oder sonst ein Fotzenrauch, weiß ich nicht, ich weiß nur, dass mein sogenanntes Liebesleben total im Arsch ist und dass ich total im Arsch bin und dass ich auch das nächste Mal, wenn wir allein im Aufzug fahren, keinen Ton rausbringen, sondern wieder nur auf den Boden starren werde. Vielleicht war Radovan derselbe Loser, oder ein noch größerer, und deshalb will er jetzt nicht darüber reden, weil es für ihn noch immer peinlich ist. Scheiße, Blut ist kein Wasser.

10. Warum ich das Training geschmissen habe

Zur Belohnung, weil ich einem Vollpfosten von Olimpija die Fresse rechts links poliert habe, war ich für eine Woche suspendiert. Das hat sich unser idiotischer Trainer ausgedacht, der sich aufbläst und ständig was von Fair Play faselt, der Sprücheklopfer. Ein debiler Oberstreber, der Basketball aus Büchern gelernt hat, scheiß auf die. Sein Fair Play kann er sich in den Arsch schieben, weil er von Basket keinen Schimmer hat. Da hat er sich irgendwelche amerikanischen Stehsätze angedudelt und war zweimal in Amerika auf so Lehrgängen, aber das hilft bei ihm überhaupt nicht, wenn der Typ nicht dribbeln kann und sich sogar an der Linie verhakt. Scheiß auf Fair Play und Suspendierung und all den anderen Scheiß. Er hat sich auch dieses Klemmbrett ausgedacht und malt jetzt auf dem herum und denkt, dass das full eine Taktik ist. Diese dämlichen Wichtigtuer machen den slowenischen Basketball kaputt. Das ist diese Mentalität. Wenn du ihn fragst, wer der beste Basketballer ist, wird er sagen, der, der gute Blocks aufstellt und hoch springt, und in der Abwehr zustellt und alle Aktionen im Angriff kennt, nicht aber einer, der über drei Riesen unterm Korb hinweg zehn Dreier einlocht. Wichtig ist, dass du fleißig bist und dass du die taktischen Ideen des Trainers befolgst. Wenn Jordan immer nur auf die Trainer gehört hätte, wäre er noch heute eine gewöhnliche Pfeife und keine Legende. Denn diese Suspendierungen sind nicht deshalb, weil wir die grünen Luschen ein bisschen vermöbelt haben, sondern weil wir in der letzten Sekunde seinen taktischen Schwachsinn nicht befolgt haben und einen Korb gemacht haben. Das ist das Trauerspiel beim slowenischen Basket. All die dicken Tränensäcke, die uns ihre Weisheiten verkaufen wollen.

Und deshalb bin ich absichtlich fünfzehn Minuten später zum Training gekommen, und das noch mit einem Tschick im Mund. Der fette Sack kann mir mal einen blasen. Eine Schande ist das, dass solche Tanzbären bei Slovan überhaupt Trainer sind. Das will ja doch so etwas wie ein ernsthafter Klub sein. Gleich wie ich ihn sehe, wie er da vor der Halle steht, voll wütend, zu jedem Scheiß bereit, und wie er mich mit dem Tschick sieht, fängt er an zu fauchen und seine roten Bauernbäckchen werden dabei noch röter. Und dann will ich in die Halle, und der Typ lässt mich nicht und fängt an, mich wegzuziehen. Der Sack zieht mich zu meinem Tschick, den ich ins Gras gefuckt habe.

„Heb das auf!"

„Weshalb?"

„Heb das auf!"

Und dann hebe ich das auf und drehe mich um, ob es wo einen Mülleimer gibt, wenn er schon ein solcher Kretin ist, dass er mir mit ökologischem Quatsch kommt.

„Ciao. Wenn du Basket spielen willst, kannst du wiederkommen."

Und geht in die Halle und schließt hinter sich ab. Ich fass es nicht. Was für ein Idiot. Der ist doch nicht normal. Diese Streberfotze. Was für ein Schwachkopf! Ich fass es nicht. Aber so ist es. Das ist der Dank, wenn du in der letzten Sekunde einen Korb machst und Staatsmeister wirst. Das gibt's sonst nirgends auf der Welt. Diese Kretins. Deshalb wird Slowenien nie was reißen im Basket. Deshalb wird alles schön den Bach runtergehen. Ihr Arschlöcher, ihr verwichsten. Näht dir die Mami deine Trainerweste, oder macht das dein Stecher? Wirst du deinen Stecher heiraten, Arschlecker, debiler? Blas ihm einen, du abgewichster Affe. Das gibt es nur in diesem abgefuckten Slowenien. Du machst einen Korb in der letzten Sekunde, und am nächsten Tag stellen sie dich vor die Tür. Wenn Jordan in Slowenien geboren wäre, könnte er denen die Handtücher hinterhertragen, die gute Blocks aufstellen. Verpiss dich, du Wichser! Čipša none! Schieß in den Wind, du Schwuchtel! Soll dir der Arsch bluten!

Ich habe keine Lust mehr. Mir reicht's. Ich werde nicht mehr trainieren. Sie werden schon noch anrufen und mich betteln, dass ich komme. Es wird ihnen noch leidtun. Fotzen, slowenische. Was für Arschlöcher. Sollen doch die Nejcis und Rančićis für euch spielen, da werdet ihr einen Dreck Staatsmeister, armselige Loser. Wen interessiert das. Spiel ich eben drei gegen drei in Fužine. Das ist sowieso der bessere Basketball als eure Kritzeleien auf dem Klemmbrett.

Wie ich so gehe und so tue, als wär ich der Stärkste und würde einen Dreck auf alles geben und die ganze Welt könnte mich am Arsch lecken, macht mich das Tap-tap aus der Halle ganz fertig. Man hört das Training, zwanzig Bälle, das

Quietschen der Treter und alles. Das macht mich so fertig, dass ich plötzlich ganz feuchte Augen habe. Ich schwöre, dass ich im Leben noch nie geweint habe, aber dieses Scheißgeräusch macht mich fertig. Das bringt mich um. Ich bleibe stehen und horche auf das Training. Wie hypnotisiert. Und dann fällt mir Radovan ein und ich muss daran denken, was es aus ihm macht, wenn er erfährt, dass ich nicht mehr trainiere, und ich bin fertig. Ich fühle mich saumäßig, ich bin so im Arsch, dass die Tränen nur so laufen. Zuerst will ich zurück in die Halle und es diesem Kretin so richtig zeigen. Aber dann stehe ich nur da und plärre und horche auf das Tap-tap der Bälle. Ich bin total fertig. Und dann drehe ich mich um, dass mich ja keiner sieht, und wische die Tränen weg, ich drehe mich zur Wand der Halle und gehe ganz schnell von dort weg, damit ich niemanden treffe. Und dann gehe ich zu Fuß an der Ljubljanica Richtung Fužine und überlege, dass ich das keinem erzählen kann, dass mich das so fertiggemacht hat. Radovan kann ich das überhaupt nicht sagen, dass ich nicht mehr trainiere, Adi, Dejan und Aco muss ich sowieso vorspielen, dass ich cool bin und so. Scheiße. Ich hab's verschissen, ich hab es echt verschissen. Soll ihm King Kong den Arsch aufreißen.

11. Warum wir auf der Polizeiwache gelandet sind

Ich tat so, als wäre ich vom Training erledigt, und saß ganz still vor dem Block und hörte der Debatte zu, ob eine Fotze oder ein Nigger mehr Chancen hat zum Präsidenten von Amerika. Oder eine Schwuchtel. Zum Glück war Dejan nicht da, weil ich erst dann die richtig schlimmen Argumente zu hören gekriegt hätte. Schon Aco und Adi waren genial genug.

„Gibt es mehr Nigger oder mehr Fotzen? Es gibt mehr Fotzen, und Fotzen werden doch wohl Fotzen wählen!"

„Und was, wenn die schwarzen Weiber einen Schwarzen wählen? Ha?"

„Einen Scheiß werden sie!"

„Sowieso werden die schwarzen Weiber einen Nigger wählen. So sind die Nigger."

Adi hat im Leben mehr Niggerschwänze in Pornos gesehen als Nigger. Aber er weiß Bescheid. Manchmal gehen mir diese superklugen Meldungen echt auf den Sack. Ich kann mir das einfach nicht mehr anhören. Hört endlich auf. Ihr mit euren Negern und Fotzen.

„Der Witz liegt darin, dass die Amerikaner Rassisten sind. Wo werden diese Ku-Klux-Klane für einen Nigger stimmen, red doch keinen Stuss!"

„Du bist ja verrückt. In Amerika sind die meisten sowieso Mexikaner und Chinesen und Italiener. Die stimmen für den Nigger!"

„Die Amerikaner würden eher für eine Schwuchtel stimmen als für einen Nigger."

Scheiß amerikanische Filme. Wegen denen denkt jeder Tschefur, er weiß alles über Amerika und über Burger und über alles. Fuck you Amerika mitten ins Gekröse. Endlich ist Dejan da, blöd, wenn die Mami so streng ist und ihn nicht rauslässt.

„Was ist? Ist Mami zur Arbeit gegangen?"

„Endlich! Scheiße … Sie ist sauer, weil Vater wieder im Kubana sitzt, sicher bis zum Morgen! Bestimmt zieht er dann wieder morgens um fünf mit Terzić durch Fužine …"

Dejans Vater, Duško Mirtić, genannt Agent 003, ist ein richtiger Intellektueller, der sogar mal auf die Uni gegangen ist und es bis zum dritten Jahr Bauingenieur geschafft hat. Aber dann sind Mama Sonja und der kleine Dejan dazwischengekommen. Da war natürlich der Ofen aus. Duško hat sich schön Arbeit gesucht und ganze Tage malocht und so, aber dann kam die Unabhängigkeit und die Slowenen ließen ihn glashart gegen die Wand laufen. Sie löschten ihn aus dem Verzeichnis. Was er gemacht hat, weiß ich nicht, jedenfalls haben sie ihn und Dejan und Dejans Schwester Nataša gelöscht, nur konnte Sonja, die eine Slowenin aus Slovenske Konjice ist, für Dejan und Nataša doch noch was richten. Für Duško ging das nicht. Agent 003 war gefährlich für das Land. Und so wurde Duško zum Alki und hat sich aufs Trinken verlegt. Nicht, dass er nicht schon vorher getankt hätte wie ein Großer, nur von da an hat er echt nachgelegt, jetzt gibt er sich die Kante wie verrückt. Für gewöhnlich im Kubana, wo sich die alten Tschefuren abfüllen. Neben dem Kubana gibt es noch das Lakotnik, wo sich die jungen Tschefuren zuschütten. Das sind so die Perspektiven. Wenn du die beiden Lokale siehst, ist dir alles klar.

„Letztens hättet ihr ihn sehen sollen, wie er nicht mehr aufschließen konnte. Also mach ich ihm auf, und weißt du, was der Typ sagt? Er sagt: Schönsten Dank! Du glaubst es nicht. Schönsten Dank. Weißt du, wie abgefüllt du sein musst, dass du Schönsten Dank sagst!? Und das auf Slowenisch! Slowenisch redet er nur, wenn er dicht ist."

„Das ist er doch die ganze Zeit!"

„Ihm werden sie die Staatsbürgerschaft bestimmt geben!"

„Ach, mein Vater …"

Irgendwo mitten in all diesen Debatten über Väter, die unter Tschefuren sehr beliebt sind, würgte ich heraus, dass ich mit dem Training aufgehört hatte. Wir lachten vielleicht und rissen Witze und stellten fest, dass Basket für Schwuchteln ist und dass du sowieso nicht dein ganzes Leben nur dribbeln kannst, aber mir war zum Verrücktwerden schlecht. Alles ging mir auf den Sack. Das ganze Gelaber, super, Alter, soll'n sie doch machen, und gehen wir Schwuchteln klopfen, kurzi-turzi, all das zog mich so runter, dass ich schon dachte, dass ich gleich mitten auf dem Spielplatz noch mal anfange zu weinen, und mich schon am Klettergerüst aufgehängt sah. Scheiß auf Basket und wer sich den ausgedacht hat.

„Du musst dir die volle Dröhnung geben, Alter! Du hast keine Wahl!"

Wir geben uns die Kante. Avanti Popolo!

Adi fing an, irgendwelche debilen Schlager zu singen, was bleibt einem da anderes übrig, als vollzutanken. Gleich hier auf den Geräten. Oder direkt auf dem Platz. Symbolik nennt man das. Was anderes kam nicht infrage. Wenn ich mich jetzt nicht abfülle, bin ich total banane, weil, das hat mir den Rest gegeben. Aber zum Glück gibt es für ein Besäufnis immer genug Interessenten. Trink, Brüderchen, trink!

Eigentlich habe ich die Tschefurenlogik nie kapiert, dass Alkohol super ist und Drogen der Tod. Aber das ist wahrscheinlich deshalb, weil unsere Väter und Mütter durch die Bank vom Land sind, und was wissen die, was Drogen sind. Die sind nicht auf Hippies und Blumenkinder abgefahren und diese Faxen. Die sind zur Zeit der sexuellen Revolution und LSD auf lokale dörfliche Saufereien und Hochzeiten gegangen und haben Kognak Zvečevo getrunken und ihren Folksängerinnen Geldscheine zwischen die Titten gesteckt. Mile Kitić und kein Ende. Was haben die denn gewusst, was das ist, Marihuana. Dafür haben sie alle Sorten Schnaps schon mit sechs Jahren probiert. Schnaps trinken alle im Dorf, und das in rauen Mengen. Wenn wir zu unseren Leuten fahren, wird getrunken bis zum Abwinken, du hast dich noch nicht hingesetzt, schon steht der Schnaps auf dem Tisch und wird gebechert. Wenn ich da unten sagen würde, dass ich im Leben auch nur einen Zug Gras gemacht habe, würden sie mich plattmachen. Onkel Dragan würde mich festhalten und Radovan würde mir den Arsch versohlen und dann würden sie tauschen. Aber würde ich einen Liter Schnaps auf ex runterkippen, dann hieße es: „Sooo, Kleiner, dass man weiß, dass du ein Đorđić bist! Prost!" Und auch für uns vier Genies gibt es nichts Leichteres, als uns einen reinzulöten. Na gut, auch mal einen Zug. Aber dass jemand harte Drogen auch nur erwähnt, vielleicht sogar Heroin, da würden sie alle vielleicht Augen machen. Wir sind ja auch solche Dorftrottel. Totale Katastrophe.

Nur dass wir uns noch nie so abgefüllt hatten wie jetzt. Krank. Kein Wunder, dass da alles mit uns durchging. Mit mir am meisten. Da gab es alles. Gewalt, Nationalismus, Primitivismus, Chauvinismus, Idiotismus, Vulgarismus, alles. Es hatte alles so schön angefangen, friedlich, auf dem Platz. Aber nach ein paar Litern kriegte ich einen Anfall und pfefferte die Flasche gegen das Brett. Die Flasche war noch halb voll, und der Wein spritzte über das ganze Brett und überallhin, dass bei allen die Nerven blank lagen. Überhaupt bei Aco.

„Idiot! Schieß in' Wind, du Spast."

„Was ist! Wir sind die Stärksten, die Stärksten! Zigos sind wir, Zigos!"

„Verschwinde, du Idiot!"

Dejan und Adi fanden das lustig, und sie fingen selbst an, mit den Flaschen auf das Brett zu zielen. Nur sind die beiden Linkshänder und haben sowieso danebengetroffen. Dejan war auch ganz fertig.

„Srbija! Srbija!"

Dann fängt er immer an mit dieser nationalistischen Scheiße. Und ich fall drauf rein.

„Bosna! Bosna!"

Zum Glück ist Adi ein ausgemachter Scherzbold.

„Aserbaidschan!"

„Aserbaidschan! Aserbaidschan! Aserbaidschan!"

Was für ein Aserbaidschan jetzt, weiß der Teufel, ob das überhaupt existiert. Aber gut, dass Adi von Dejans Serbien weggeschaltet hat, denn wenn Dejan betrunken ist, kann er seine Tschetnik-Kacke verspritzen und allen den Nerv töten. Uns alle hat der Krieg in Bosnien getroffen. Bei Adi hatten sie sieben Verwandte in der Wohnung, bei uns war es meine Cousine Zorka. Aber daran erinnere ich mich nicht, weil ich noch ein Kind war. Dann hatten wir in der dritten Klasse eine Phase, wo wir uns voll in den Haaren gelegen haben wegen dem Krieg in Bosnien. Total bescheuert, aber ständig sind wir uns gegenseitig auf nationaler Basis angegangen und haben das wiederholt, was die Alten zu Hause an Weisheiten abgesondert haben, und weil unsere Alten Blödiane sind, haben auch wir Blödsinn verzapft. Blöd bis zum Gehtnichtmehr. Noch heute können wir uns in die Haare kriegen wegen dem, und das ist für mich komplett bescheuert. Ich meine, was zum Teufel hast du dich darüber zu streiten. Sowieso ist sich jeder selbst der Allergescheiteste, und du kannst keinen von irgendwas überzeugen.

„Moldavia! Moldavia!"

Blackout! Ich weiß nicht, wie wir zum Bus gekommen sind, aber ich kenne Dejan, den bösen Finger. Sowieso klar, dass Dejan sie gleich anmachen musste. Und wir auch. Mein Gott, wir waren tot.

„Ich kenne dich. Du bist aus dem Dreier, nicht? Ich hab gehört, dass die Fotzen aus dem Dreier voll ficken. Ist das wahr?"

„He, du Kleine, losst mi eine?"

„Fooootze!"

„Hast du das Täschchen da von deiner Mami oder ist das deine?"

„Wie heißt du? Bestimmt Sanela."

„Sanelaaa! Sanelaaa!"

Und der Idiot von Dejan geht zu ihr und fasst sie an den Haaren.

„Und, färbst du? Mit L'Oréal? Oder mit dem, was sie bei Obst und Gemüse verkaufen?"

Die Kleine rannte zum Chauffeur, der Typ hielt den Bus an und sie sprang raus.

„He, Miško. Fahr weiter. Nicht anhalten, wenn sie rauswill, du Arsch. Was bist du für eine Schwuchtel, du Wichser? Wieso hast du sie rausgelassen!"

Ich wollte dieses Schild mitgehen lassen, auf dem die 20 steht, auf der Rückseite vom Bus, aber ich konnte nicht mehr auf den Beinen stehen und wälzte mich auf die Rückbank. Die anderen fingen wie verrückt an gegen die Scheiben zu hämmern, dass der ganze Bus klirrte und der Fahrer anhielt und die Tür aufmachte.

„Steigt aus, bittää."

Noch ein Tschefur. Du entkommst ihnen nicht, und wenn du dich umbringst. Mir wurde langsam schwarz vor Augen und ich dachte, dass ich gleich ohnmächtig werde.

„Fahr du lieber weiter, bittää, dass wir dir nicht den Bus kurz und klein schlagen."

„Mach das nicht, sonst küsst du den Boden, du Arsch!"

Ich weiß, dass wir dann irgendwas geschrien und gegen die Scheiben geklopft haben, und Aco hat dieses rote Ding zum Scheibeneinschlagen abgerissen und damit auf den Sitzen rumgehämmert und einen komplett zerlegt. Der Typ hat den Bus überhaupt nicht mehr angehalten, sondern ist einfach weitergedüst. Mir drehte sich schon alles im Kopf und ich saß auf meinem Sitz und konnte mich nicht mehr bewegen, und dann weiß ich nur, dass mich Adi irgendwohin schleppte und dass ich irgendwas schrie und dass mich auf einmal von irgendwo zwei Bullen hochhoben und wie einen Sack Kartoffeln aus dem Bus trugen.

12. Warum die slowenische Polizei im Arsch ist

Meiner Schätzung nach gibt es keine größeren Debilen als die slowenischen Polizisten. Das sind die größten Arschlöcher, die es gibt. Du glaubst es nicht, was das für Vollkoffer sind. Retardiert auf null. Wirklich. Das sind solche psychopathischen Psychoten, das glaubst du nicht. Egal wie. Egal was. Die kriegen dich als Halbtoten, zum Auspumpen, und du hast nichts gemacht, du bist im Bus ein bisschen laut gewesen, und dann prügeln sie dich windelweich. Nierenschläge, die Schweine. Am schlimmsten ist, dass sie genau wissen, dass sie dir nichts können und dass sie dich morgen so oder so wieder nach Hause schicken müssen. Aber das kümmert sie einen Dreck. Die massieren dir die Nieren die ganze Nacht mit dem Gummiknüppel, weil die Fotzen ganz genau wissen, wo sie hinschlagen müssen, damit man nichts sieht. Aber es schweinisch wehtut. Ich war voll wie Hacke, und es tat mir so schweinisch weh, dass ich dachte, ich sterbe. Und dann noch diese Spielchen von denen. Die können dir nicht einfach einen Arschvoll verpassen, sondern müssen auch noch irgendwelche Scheißspielchen machen. Was für Arschlöcher das sind. Da malen sie einen Baum an die Wand und irgendwelche Äpfel, und du springst und fliegst gegen die Wand und pflückst sie. Und der Affe mit dem Gummiknüppel steht daneben und haut ihn dir unter die Rippen, jedes Mal, wenn du nicht rankommst oder wenn du auf den Boden knallst. Räudige Hunde. Selbst wenn du kotzt, lassen dich diese debilen Kretins nicht in Ruhe, sondern traktieren dich mit Fußtritten. Und brüllen dir dauernd was direkt ins Gesicht. Als würden sie dich anspucken. Schon so ist dir speiübel, und dann schlagen sie dir noch in den Bauch, dass du kotzt wie ein Schwein.

Und dann gehen sie und lassen dich in dem Raum auf dem Boden liegen und kommen ein paar Stunden nicht wieder. Und du liegst da wie ein Häufchen Elend, und es geht dir so schlecht wie keinem auf der Welt. Und sowieso dreht sich dir alles und tut dir alles weh und du kannst nicht aufstehen und dich auf den Stuhl setzen, denn wenn du dich hinsetzt, wird dir noch schlechter, und du knallst gleich wieder auf den Boden. Und dann kommen sie und fragen dich was, und dann prügeln sie wieder, und ich weiß nicht, was alles. Und dann wollten sie, dass ich sage, wer noch mit mir im Bus war, und diese Spielchen. Das sind absolut Irre. Kranke. Ja, krank sind die, klar, dass die krank sind, hundertprozentig sind die krank. Geistig retardiert sind die, echt.

Am blödesten ist natürlich, dass du einen Eintrag kriegst, und wenn sie dich das nächste Mal kriegen, bist du dran, weil du ja schon einen Eintrag hast, und bist gleich verdächtig und ein Krimineller und ich weiß nicht, was noch alles, und schon prasseln die Schläge. Die scheißen sich nichts, die können nur schlagen. In die Nieren, diese Scheißkerle. Damit du nicht überall blau wirst und dann dein Vater sieht, dass sie dich schweinisch verprügelt haben, und sie dann verklagt, weil du ja minderjährig bist und sie das gar nicht dürfen. Aber denen ist egal, was sie dürfen und was nicht. Einfach zuschlagen! Hier gilt kein Gesetz. Das kannst du vergessen. Sie haben dich am Kanthaken, und fertig. Da kannst du dich auf den Kopf stellen. Keine Chance. Halt den Mund und leide. Flieg gegen die Wand und pflück gemalte Äpfel. Die sind echt krank.

Aber der größte Hammer kommt zum Schluss. Erst drücken sie dir noch einen Fetzen in die Hand und du musst schön deine Kotze aufwischen und dann bringen sie dir Papier und Kuli.

„Unterschreib, dass wir dich nicht verprügelt haben, und verschwinde. Dein Vater wartet draußen."

Was heißt, ihr habt mich nicht verprügelt, ihr Bullenschweine. Das ist ja wohl die größte Frechheit, und dir ist völlig klar, wenn du nicht unterschreibst, gehst du hier nicht raus und sie zerquetschen dich wie eine Fliege.

„Ich werde nichts unterschreiben. Ich kann nicht schreiben."

„Bist wohl mutig, oder was?"

Jetzt tanzten die Gummiknüppel erst richtig. Dieses wild gewordene Tier stieß mich zu Boden und packte mich so am Oberarm, dass ich dachte, ich werde wahnsinnig. Es tat höllisch weh.

„Ihr Schwei…!"

Ich kam nicht weiter, denn der Kretin drückte so zu, dass ich vor Schmerz nur noch brüllte. Als er langsam lockerließ, war ich nur noch am Weinen. Es floss nur so. Im Leben habe ich vor anderen nicht geheult, aber jetzt gab's kein Halten mehr. Fertig. Aus.

„Ihr verfluchten … Ihr seid nicht … normal …. Das tut weh …“

Irgendwas heulte ich unter Tränen, und sie grinsten wie die Schweine. Krank.

„Willst du noch mal, oder unterschreibst du? Bist du immer noch so mutig?“

Wieder drückte der Kretin zu, jetzt nur ganz kurz. Dann stieg er von mir runter. Die Tränen liefen nur so, und ich wischte sie nicht länger ab, ich zog nur noch den Rotz hoch wie ein Knirps im Kindergarten. Der Debile stieß mir wieder seinen Fuß in den Bauch.

„Stehst du jetzt auf oder nicht? Was flennst du Heulsuse denn?“

Am Ende unterschreiben wahrscheinlich alle. Ich konnte kaum den Kuli halten, weil mir alles wehtat, und ich heulte und zitterte und unterschrieb, sackte auf dem Stuhl zusammen, aber der Affe hinter mir packte den Stuhl und zog ihn weg, sodass ich wieder auf den Boden knallte.

„Geh spazieren, Kleiner! Papi wartet schon draußen.“

Soll Papi dir in den Arsch treten, fuck!

13. Warum Radovan nach Slowenien gekommen ist

Ich stand am Empfang der Polizeiwache und wischte mir die Tränen ab. Vor der Wache standen Radovan und Marina, Acos Mutter. Keine Chance, dass ich rausgehe, solange man mir noch ansieht, dass ich geflennt habe. Einer der Bullen sah zu mir her und fuchtelte mit den Armen, ich solle verschwinden. Aber keine Chance. Ich holte erst mal tief Luft, um mich zu beruhigen. Ich fragte, wo sie 'ne Toilette hätten, aber der Debile sagte nur: „Zieh ab!" Ich wischte mich irgendwie mit dem Ärmel ab und sah zu Radovan. Er war stinkwütend. Dann sagte er was zu Marina, aber sie sah ihn nur an und lachte, wie sie es immer tat. Marina ist Putzfrau und eher arm im Geiste. Mir hat sie immer leidgetan. Sie ist eine gute Seele. Sie kann überhaupt nicht wütend werden. Sie lächelt nur. Und allen möchte sie helfen. Bei ihr kannst du Holz auf dem Kopf spalten, würde Radovan sagen. Deshalb tat sie mir leid. Aber vor Radovan hatte ich Angst. Ich denke, er wollte überhaupt nicht herkommen, weil ihm die Bullen auf die Nerven gehen und er sich nicht zurückhalten kann und sich am liebsten gleich mit ihnen anlegen würde. Jetzt, wo er nicht mehr der Jüngste ist, kennt er sich schon etwas besser und vermeidet solche Situationen tunlichst. Deshalb steht er wahrscheinlich draußen mit Marina und kommt nicht rein. Nervös ist er aber zum Scheißen. Ich seh ihn direkt vor mir. Ein Glück, dass Marina bei ihm ist. Sie wirkt beruhigend auf einen, weil man anfängt, sich Sorgen um sie zu machen und sich mit ihr zu beschäftigen und nicht mit sich selbst.

Marina lebt allein mit Aco. Aco weiß überhaupt nicht, wer sein Vater ist, Marina hat es ihm nie erzählt, sie hat nur gesagt, dass er keinen Vater hat, dass er nur sie hat. Und jetzt sorgt Aco für sie, und nicht sie für ihn. Aco ist der Chef in seiner Hütte, weil Marina zu gut ist für diese Welt. Die Leute nutzen sie aus, weil sie bestimmte Sachen nicht so kapiert, wie sie es müsste, und dann tut sie auch, was sie nicht zu tun brauchte, und was immer die Leute zu ihr sagen, sie tut es, weil sie denkt, sie muss. Nur dann hat Aco diesen Kretins einmal die Meinung gegeigt, und jetzt sagt ihr keiner mehr was. Vorher hat sie ständig den Hausflur im Block geputzt und solche Sachen. Weil es ihr nichts ausmacht. Diese Leute sind echt das Letzte. Bis zum Wehtun.

Radovan hatte mich gesehen. Soll er sich doch ins Knie ficken. Dieser Wichtigtuer geht mir langsam auf den Keks. Als die Tür von der Polizeiwache aufging und ich rauskam, drehte sich Radovan um und sah mich überhaupt nicht an, sondern ging zum Auto. Ich hinter ihm her, und als ich an Marina vorbeiging, lächelte sie mich an, als hätte ich gerade die Matura gemacht. Sie ist wirklich zu gut für diese Welt. Aber Radovan setzte sich ins Auto und startete den Motor. Ich setzte mich daneben. Er drehte das Fenster runter.

„Marina! Sollen wir auf dich warten?“

Marina lächelte nur und schüttelte den Kopf.

„Das glaub ich nicht, Marina, du willst doch nicht etwa zu Fuß nach Fužine."

„Nicht nötig. Danke, Radovan."

„Es reicht nicht, dass du zu Fuß herkommen musstest, du musst auch noch zu Fuß zurück."

Stimmt ja. Marina hat kein Auto. Als die Bullen sie mitten in der Nacht anriefen und ihr sagten, sie solle nach Moste auf die Wache kommen, war sie vermutlich zu Fuß gegangen. Die Kretins hatten ihr wahrscheinlich gar nicht gesagt, was mit Aco war. Wahrscheinlich war sie zu Tode erschrocken.

„Fahrt ihr ruhig nach Hause. Ich werde allein auf Aco warten."

Wenn nur Aco lebendig und gesund ist. Sie hat Angst um ihn, dass mit ihm was ist. Dass sie ihn zu viel geschlagen haben.

„Gut. Wenn du willst. Nur reg dich nicht zu sehr auf. Das hat nichts zu sagen. Das passiert eben. Sie sind jung. Wann sollen sie, wenn nicht jetzt, stimmt doch? Was willst du."

Wieder lächelte Marina nur. Radovan drehte das Fenster hoch, und wir fuhren los. Radovan sah mich nicht an. Aber er wurde immer gereizter. Marina hatte ihn noch irgendwie dazu gebracht, den Ruhigen zu spielen, aber jetzt sah es so aus, als würde er gleich explodieren. Ich nahm die Hände vor den Kopf, weil mir klar war, dass es mich jeden Augenblick treffen konnte. Dass es nur noch bumm macht. Noch schlimmer als die Polizei. Radovan hämmerte auf das Lenkrad und schmatzte und wackelte mit dem Kopf und biss sich auf die Lippe. Er war wie ein wildes Tier, das gleich sein Opfer anspringt. Dann fuhr er beim *Portal* rechts rein und hielt auf dem Parkplatz. Ich dachte, dass er mich jetzt totschlägt. Die Adern in seinem Gesicht traten hervor. Er war verrückt.

„Weißt du, wie ich nach Slowenien gekommen bin? Weißt du das, du Rotzbengel, du neunmalkluger? Weißt du nicht, ha? Nichts weißt du. An dem Sonntag hatten wir ein Spiel und da sollte der Trainer von Željа kommen, um es sich anzusehen. Es wurde schon geredet, dass ich für Željа spielen würde. In der ersten Liga. Weißt du, was das ist, erste Liga? Am Samstag, pass auf, am Samstag, sagt mein Alter zu mir: ‚Morgen gehst du nach Slowenien.' Ich sage zu ihm: ‚Alter, ich habe ein Spiel, nix da Slowenien', und er: ‚Vergiss es, du hast jetzt eine Stelle in Slowenien.' Und ich am nächsten Morgen schön zum Zug und ab nach Ljubljana. Nix da Spiel, nix da Željа, nix da Karriere."

Er musste erst mal Luft holen. Er war komplett von der Rolle. Ich dachte schon, dass ihn der Schlag trifft.

„Ihr wollt nur euren Spaß haben. Verwöhnte Rotzbengel. Alles hat man euch durchgehen lassen, und jetzt ... Scheiß auf euren Milan Kučan."

Immer noch zitterte er. Jetzt hielt ich schon die Hände überm Kopf, denn es war schon klar, dass er mir gleich die Rübe abreißen würde. Aber er stieß nur die Luft aus.

„Gib mir 'ne Zigarette!"

Schock! Wie weiß er, dass ich rauche, der Wichser. Mir war überhaupt nichts klar. Ich war total fertig. Ich saß da mit offenem Mund und glotzte Radovan an und dachte, mit dir ist es vorbei. Jetzt flieg ich in die Ljubljanica. Jetzt ist es aus. Radovan ist übergeschnappt und ich bin alle.

„Was ist? Was glotzt du? Gib mir 'ne Zigarette, hab ich gesagt!"

Langsam zog ich die Schachtel aus der Tasche und gab sie ihm. Und er packte sie wie ferngesteuert und steckte sich einen Tschick an. Im Leben habe ich keinen gesehen, der mehr durch den Wind war.

„Hast du denn nicht aufgehört zu rauchen?"

„Ab jetzt! Vorwärts ..."

Fuck. Jetzt fing er auch noch an, mich zu ohrfeigen. Ich versuchte mich mit den Armen zu schützen, und es wurde nicht so schlimm, aber es dauerte. Wütend fuchtelte er herum, wie ein Idiot. Dann stieß er auf einmal die Autotür auf und stieg aus. Und ich blieb im Auto zurück und saß da mit den Armen überm Kopf. Ich traute mich nicht mal aus dem Fenster zu sehen. Diese Stille machte mich fertig. Totale Stille. Ich wartete darauf, dass er mir von irgendwoher eine reinhaute. Dann hob ich langsam den Kopf und sah mich um, Radovan war nirgends zu sehen. Vom Nebel verschluckt. Ich wusste nicht, was ich machen sollte. Hatte es ihn so erwischt, dass er sich in die Ljubljanica geworfen hatte? Was weißt du, was mit einem passiert, wenn es ihm so auf die Psyche schlägt. Da verschiebt sich was im Kopf. Ich fing vor Angst an zu zittern. Ich traute mich nicht aus dem Auto raus. Zum ersten Mal im Leben war ich tatsächlich schweißgebadet. Ich dachte wirklich, er hätte sich in die Ljubljanica geworfen. Weil er mich noch nie im Leben geschlagen hatte. Gut, er hatte mich ein paar Mal geohrfeigt, aber so nie. Entsetzen und Grauen. Ich konnte nicht länger im Auto sitzen bleiben. Er war nirgends zu sehen. Der unberechenbare Kerl.

Ich wollte schon die Polizei rufen. Verrückt. Jetzt fange ich auch schon an zu spinnen. Radovan, tu mir das nicht an, bitte. Radovan!

Er spazierte an der Ljubljanica auf und ab, den Rücken mir zugekehrt. Ich verzog mich zurück ins Auto. Es hatte den Anschein, als hätte er sich ein bisschen beruhigt. Aber ich wartete im Auto noch mindestens fünfzehn Minuten auf ihn. Nur, dass ich ihn im Auge hatte, weil er ein bisschen näher kam. Dann kam er, machte die Tür auf und fuhr los. Erst als wir in Fužine parkten, sah ich ihn an. Er hatte die Augen ganz rot. Er hatte geweint. Dort an der Ljubljanica hatte er geweint. Mach mich nicht schwach. Jetzt geht wohl alles den Bach runter.

Wut ertrage ich, Prügel ertrage ich, aber das bringt mich um. Radovan mit von Tränen roten Augen, das gab mir den Rest. Mir war, als fühlte ich weder Arme noch Beine. Ich konnte kaum atmen. Ein Gefühl, als ob mich einer mit dem Baseballschläger massierte. Und zwar von innen. Und das ist hundert Mal schlimmer.

14. Warum mich diese Scheißstille noch verrückt macht

„Gnä' Frau, Ihr Rechnen ... das wird er nicht brauchen, denn er wird Basket spielen. Und geben Sie ihm schön eine Zwei, dass wir uns nicht streiten müssen. Warum sollen wir uns streiten, wenn wir uns einigen können, nicht?"

Das hatte Radovan meiner Mathelehrerin klargemacht, die ihn in die Schule bestellt hatte, weil ich schon den dritten Fünfer kassiert hatte. Und weil ich ihr das Geodreieck an den Kopf geworfen hatte. Nur, bis zu dem waren sie überhaupt nicht gekommen. Radovan hatte sie schon vorher alles geheißen und war nach Hause gegangen. Mir ist er zwar damit auf den Wecker gefallen, dass ich Mathe bimsen soll, aber der Miklavčič hat er mal so richtig die Meinung gegeigt. Weil Radovan beschlossen hatte, dass ich Sportler werde und dass ich in der NBA spielen werde. Zuerst wollte er, dass ich Fußball spiele und dass ich bei Real Madrid unterschreibe, aber dann bin ich ein bisschen zu stark gewachsen und er hat gesehen, dass Basket womöglich die bessere Option ist. Ranka mischte sich nicht ein in seine großen Pläne. Sie fragt auf ihre Weise.

„Warum lernst du nicht? Kannst du denn wirklich nicht diese Biologie wenigstens für 'ne Vier lernen? Kannst du denn nicht ein Mal das Training auslassen und das Geschichtsbuch aufschlagen? Warum hast du dich nicht gemeldet, dass sie dich fragt? Weiß der Trainer, was für Noten du hast?"

Die Antwort kriegte sie wie immer von Radovan.

„Lass ihn, er ist nicht dumm. Er wird lernen. Komm, als würde sich die Geschichte ändern. Er wird lernen, wenn er ein alter Depp ist. Was regst du dich auf, als ob es ein Problem wäre, eine Vier in Englisch zu kriegen. Wenn das eine schwere Sprache wäre, würden sie nicht alle Schwarzen in Amerika sprechen. Dazu hat er noch Zeit, wenn er seine Laufbahn beendet hat."

Radovan kam zu allen meinen Spielen. Hätte man ihn gelassen, wäre er sogar noch zum Training gekommen. Ranka kam nie. Aus Protest. Sie sagt nie was, nur will sie auch nie was über meine Erfolge hören. Als ihr Radovan zu erklären versuchte, dass wir Staatsmeister geworden waren, nickte sie nur.

„Wirst du dich jetzt ein bisschen der Schule widmen? Und den Fünfer aus Englisch ausbügeln?"

Dass sie aber Radovan mal offen sagte, dass ihr das auf den Keks geht, dass nur der Sport forciert wird und dass er zulässt, dass ich in der Schule am Schwimmen bin, das nicht. Ranka ist nur beleidigt und tut so, als würde sie nicht hören, wenn Radovan über Basket redet. Und absichtlich tut sie immer so, als hätte sie keinen Schimmer von einer Ahnung in Sachen Basket und Fußball. Absichtlich schiebt sie die dümmsten Meldungen raus. Millionen Mal kann ich die Doku über Jordan laufen lassen, und jedes Mal fragt sie, wer das ist. Und sagst du, das ist Michael Jordan, tut sie, als hörte sie den Namen zum ersten Mal.

„Wieso lernst du da beim dauernd Schauen nicht Englisch?"

Deshalb, weil *to slam* und *to dunk* regelmäßige Verben sind. Deshalb. Aber ich habe einen Fleck wegen unregelmäßigen Verben. Das kümmert Ranka nicht. Sie wäre sogar froh, wenn ich sagen würde, dass ich mit dem Training aufgehört habe. Das wäre ihr kleiner Triumph. Aber Radovan würde es umbringen. Deshalb sag ich nichts. Jetzt ist sowieso eine angespannte Situation, und wenn ich jetzt noch damit käme, dass ich mit dem Training aufgehört habe, dann würde alles den Kanal runtergehen. Explodieren. Schon ohne das kommt mir vor, dass es das jeden Moment tut. Schon hundert Jahre sind alle still. Radovan hat keine Lust, mit mir zu sprechen, auch Ranka redet nicht mit mir, dazu macht sie ein so wütendes Gesicht, wenn einer von uns zweien was sagt, dass wir zwei auch nichts mehr sagen. Ranka sieht ihn an, und ihr ist nicht klar, wie sie daran schuld sein soll, aber für Radovan sind jetzt alle schuld. Ranka besonders. Sie war sowieso immer der Schuldige vom Dienst.

„Was siehst du mich so an?"

„Ich sehe dich nicht an."

„Doch tust du das."

„Halt's Maul."

Und fertig. Das sind alle Worte, die in den letzten paar Tagen in unserem Haus gesprochen wurden. Der Rest ist Schweigen. Selbst der Fernseher wird ganz leise gedreht, Musik wird überhaupt nicht gehört, nur die Nachrichten. Belagerungszustand. Womöglich muss man die Blauhelme schicken. Yasushi Akashi und Boutros Boutros-Ghali. Letztens wollte ich rausgehen vor den Block.

„Wohin?“

„Nur …“

„Red keinen Scheiß.“

Und fertig. Keine Chance. Mir ist überhaupt nichts klar. Drei Tage war ich nicht in der Schule. Gibt's nicht. Ich dreh hier noch durch, aber ich weiß nicht, was ich machen soll. Auch Ranka hat keinen blassen Schimmer.

„Wie lange macht er das?“

„Weiß ich nicht, mein Junge.“

Auf jedes Wort faucht Radovan schon. Vor Wut knirscht er mit den Zähnen.

„Was ist?“

„Nichts.“

Diese Stille macht mich noch verrückt. Als säßen wir irgendwo im Bunker und über uns fliegen die feindlichen Flieger und wir müssen leise sein, denn wenn sie hören, wo wir sind, machen sie uns dem Erdboden gleich.

15. Warum ich nicht allein sein mag

Heute Morgen bin ich wieder mit der Moderatorin im Aufzug gefahren. Nur habe ich sofort beschlossen, dass ich ihr nicht hinterhergehe bis zur Haltestelle. Und ich habe ihr auch direkt in die Augen gesehen. Ich bin mir nicht ganz sicher, aber mir scheint, dass sie mich auch angesehen hat. Aber das ist egal, weil ich sowieso beschlossen habe, sie ein für alle Mal in den Wind zu schießen. Alle werde ich in den Wind schießen, und ich werde ganz neu anfangen. Ohne Basket, ohne Moderatorin und ohne Radovan und Ranka. Ich werde noch bei ihnen wohnen, aber mit ihnen reden werde ich nicht mehr. Fuck, wenn sie nicht reden wollen, umso besser für mich. Ich werde nur noch zu Hause schlafen, die Schule werde ich auch schmeißen. Sowieso geht es mir auf den Sack, wenn mich alle für den größten Esel halten, wenn ich keine Linearfunktionen kann, und keine Ixe und Ypsilons und so. Trainiert ihr mal hundert Mal die Woche, dann wollen wir sehen, wie ihr die Quadratgleichungen beherrscht. Streberschwuchteln. Sowieso, dass sie nicht mal richtig gehen können und nur auf die Bildschirme glotzen, dass sie Augen kriegen wie Krapfen.

Ich bin tatsächlich nicht hinter der Moderatorin hergegangen zur Haltestelle. Ich bin zum anderen Ausgang raus und dann ganz um den Block und hab ihr von Weitem nachgeschaut, wie sie zur Haltestelle marschiert, und dabei habe ich ihr nicht auf den Arsch, sondern auf den Kopf gesehen. Von Weitem gar nicht so schlecht. Dann bin ich mir im Laden ein Sandwich holen und nach Hause schlafen gegangen.

Nur konnte ich dann nicht einschlafen. Es war mir voll komisch, allein zu Hause zu sein. Gewöhnlich gehe ich morgens von zu Hause in die Schule, bis ich nach Hause komme, ist Ranka schon da und kocht Mittag. Sie arbeitet von fünf bis eins und dann noch die ganze Zeit zu Hause. Radovan kommt gegen drei, aber die Wohnung ist so klein, dass du, auch wenn du dich in dein Zimmer einschließt, nicht allein bist. Du hörst den Fernseher, den Mixer, das Telefon, wenn Radovan schreit, als würde er ohne Telefon mit wem sprechen, und hundert andere Sachen. Und wenn nichts anderes, dann hörst du, was irgend so ein Idiot vor dem Block brüllt. Und Idioten gibt es in Fužine mehr als genug.

Ich ging in die Trafik um die *Sportske*. Werde ich wenigstens was lesen, weil im Fernsehen läuft sowieso nichts Gescheites. Ich wäre ja gern hingegangen, um zu klingeln und nachzusehen, ob irgendein Genialer wieder mal keinen Bock hatte auf die Schule, aber ich hatte keinen Bock, weder auf Adi noch Dejan, noch Aco. Ich war nicht für irgendwelche debilen Debatten. Aber nicht einmal die *Sportske* konnte ich lesen in dieser verfluchten Stille. Morgens ist es in Fužine scheißruhig. Als ob sie alle arbeiteten. Ein Arbeitervolk. Ich ging auf den Balkon und sah kurz hinunter, ob ein Bekannter vorbeiging. Nirgends ein einziger Normalo. Lauter Rentner. Dann sah ich zum Block gegenüber, ob dort was zu sehen war. Also echt, in den Filmen, immer wenn da wer in andere Wohnungen späht, sind da zwei am Vögeln, und ich schaue schon mein ganzes Leben in eine Million solcher Fenster und Balkone, habe aber noch nie was gesehen außer einer hundert Jahre alten Oma im BH.

Mein Problem ist, dass ich ein Einzelkind bin. Ist ja nicht so, dass Radovan und Ranka nur eines haben wollten, sie sind ja Tschefuren, aber Ranka hatte gewisse Probleme und da haben sie ihr alles rausgenommen, Gebärmutter und Eierstöcke und so. Beide sind ja aus großen bosnischen Familien und dann waren sie total nervös, weil ich allein, ohne Brüder und Schwestern, aufwachsen würde, und dann haben wir uns ständig mit jemand getroffen und ich war ständig mit irgendwelchen kleinen Kindern zusammen, und wenn sie irgendwo hingingen, einmal alle hundert Jahre, wurde ich sofort zu den Nachbarn gebracht, damit ich nicht allein bin. Und dann hab ich sowieso angefangen, vor den Block zu gehen und zu trainieren und so, und war nie allein. Und wenn Ferien waren, sind wir eben runtergefahren zu unseren Leuten in Bosnien.

Ich wusste tatsächlich nicht, was ich mit mir anfangen sollte. Einerseits hätte es mir gepasst, wenn Ranka nach Hause käme und wieder in der Küche herumhantierte, andererseits würde sie dann anfangen mit den Fragen, warum ich nicht in der Schule bin und solche Dinge. Darin liegt ja das Problem. Es passt mir nicht, allein zu sein, und ich weiß nicht, wen ich anrufen soll, weil ich keinen Bock habe, irgendwen anzurufen, geschweige denn zu sehen. Was immer mich jemand fragen würde, es würde mich zur Weißglut treiben.

Wieder probierte ich ein bisschen zu schlafen, aber es ging nicht. Dann machte ich den Fernseher an und das Radio und den Dunstabzug über dem Herd und machte alle Fenster auf und las die *Sportske*. Ging mir ganz schön auf den Geist. Alle gingen mir auf den Sack. Radovan, Ranka, Adi, Dejan, Aco, die Moderatorin, der Trainer, die Bullen, die Mitschüler, die Klassenprof, alle. Ich stellte mir vor, wie sie alle flennen bei meinem Begräbnis. Und ich schaue ihnen versteckt aus dem Hintergrund zu. Ich überlegte, dass mein Leben total im Arsch war und dass es das Beste wäre, wenn ich meine Sachen packen und mich vom Acker machen würde. Irgendwohin. Allein. Ich scheiß auf euch alle und gehe. Ins Leben. Wer braucht euch denn …

16. Warum mir Slowenien auf den Sack geht

Vor allem aber würde ich aus diesem Slowenien abhauen. Ich bin zwar hier geboren und so, aber ich habe von allem die Schnauze voll. Wenn du runterfährst, empfangen dich alle, als wärst du der King, nur weil du einer von ihnen bist. Sofort geben sie dir alles, was sie haben, obwohl es bei keinem zum Leben reicht. Meine Oma hat eine Pension von hundert Bosna-Mark. Das sind fünfzig Euro. Oder nicht mal so viel. Aber wenn sie dich sieht, würde sie dir alles geben, was sie hat. Und nicht nur dir, allen. Und wenn du irgendwohin kommst, sind alle offen und wollen nur Spaß haben und kümmern sich um einen und geben ständig einer dem andern einen aus, und nicht so wie hier. Und wenn sie zu den Turbo-Folk-Sängerinnen gehen, sind sie locker und genießen voll, zeigen Gefühle und so. Und keiner jammert rum, und dabei hatten sie den Krieg, und jeder hat draufgezahlt. Jedem geht's dreckig. Und auch, wenn dich ein Bulle anhält wegen zu hoher Geschwindigkeit, macht er sich einen Spaß draus und lacht und kommt mit irgendwelchen Schmähs. Und alle helfen sich untereinander, und zu jedem kannst du nach Haus kommen auf einen Kaffee, da gibt es kein vorher Anmelden und diese Sachen, da kommst du einfach, um ein bisschen zu reden, zusammen zu sein, und nicht irgendwelche offiziellen Sprüche und gute Manieren und weiß der Geier was nicht alles. Entspannt. Gechillt. Die Leute leben, nicht nur Haus, Arbeit, Haus, Arbeit. Die verstehen es zu feiern, sie singen zusammen, umarmen sich und küssen sich. Und wenn einer kein Geld hat, gibt ihm, wer was hat, das Geld. Er leiht es ihm nicht. Er gibt ihm das Geld. Radovan gibt jedem, wenn wir runterfahren, aber wirklich jedem mindestens hundert Euro. Wenn wir was brauchen würden und, sagen wir mal, Onkel Milan hätte Geld, würde er es uns geben. Alles würde er uns geben. Die Familie ist dort das Höchste. Dort ist es nicht so, dass sie nicht miteinander reden. Sie streiten sich, ja, aber das ist nicht dasselbe. Am Ende küssen sich alle und sind noch immer eine Familie und haben sich noch immer lieb und alles. Das find ich cool. Aber hier sehen alle nur auf sich und dass sie genug haben, ein gutes Auto und eine Riesenhütte, die scheren sich nicht um Brüder, Schwestern, Tanten, Onkel. Die Leute hier sind nicht offen. Und deshalb sind sie nicht glücklich. Deshalb sind sie nur am Jammern.

Am meisten nervt mich, wenn sie schreiben: Marko Djordjič. Arschlöcher, analphabetische. Heute bin ich zum ersten Mal im Leben Post holen gegangen. Da liegt Post auf den Namen Ranka Djordjič. Fast hätte ich zu dem Postler gesagt, er kann sich seine Post in den Hintern stecken, denn die ist nicht für uns. Wär das ’ne Rechnung gewesen, hätte ich ihn zum Teufel gejagt. Die können sich ihren Djordjič sonst wo hinstecken. Mir gehen sie in der Schule ständig auf den Geist mit diesen Fällen und Deklinationen und *gospa, gospe* und diesem Scheiß, und die können nicht einmal einen

Namen richtig schreiben. Đorđić. Ist das so schwer? Sechs Buchstaben. Zwei đ und ein weiches ć. Auf jeder beschissenen Tastatur hast du sie. Aber das ist dieser Nationalismus. Sie mögen uns Tschefuren nicht, und dann schreiben sie mit Absicht so. Mit Absicht tun sie so, als würden sie đ und ć auf der Tastatur nicht finden. Denn wenn du den Lokalteil in der Zeitung liest und Raub und Diebstahl und Mafia und so, heißen sie sehr schön Hadžihafisbegović und Đukić und alle Tschefuren haben schön ein đ und ein ć. Sie würden unsere Buchstaben am liebsten ganz fett drucken, damit man ja weiß, dass nur die Tschefuren Verbrecher sind. Aber wenn du die Sportseite liest, dann hat jeder Nesterović hinten schön sein hartes č. Und genauso jeder Bečirović und Laković und Ačimović und Zahović und Cimirotić und Backović. Sollen sie doch mal durch Fužine laufen und sehen, ob Nesterović an der Tür ein hartes č hat, diese Motherfucker. Würde aber derselbe Radoslav Nesterović eine Wechselstube ausnehmen, hätte er gleich ein weiches ć über die ganze Seite. Das sind diese kleinen Nadelstiche, mit denen sie dir jeden Tag versauen.

Da haben wir und die Slowenen keine Chance. Alles fängt schon an, wenn wir noch klein sind und uns die Eltern mit ihren beschissenen Pedenjpeds und Muca Copataricas und Ježeva kućicas und Grga Čvaraks füttern. Von da an geht alles den Bach runter. Jeder geht auf seine Seite, und den Gott gibt es nicht, der uns wieder zusammenbrächte. Wir können ruhig zusammen abhängen und uns gut verstehen und so tun, als wären wir Kollegen und so, aber uns wirklich brüderlich verstehen können wir nicht mehr. Uns liegen nicht dieselben Sachen im Blut, und fertig. Wir sind Tschefuren und sie sind Slowenen, und das ist es. So einfach ist das. Schuld an all dem sind Branko Ćopić und Jovan Jovanović Zmaj.

17. Warum Nachbarn besser sind als Mitbewohner

In Fužine haben wir Mitbewohner und Nachbarn. Das ist überhaupt nicht ein und dasselbe. Sagen wir, in unserem Stock sind vier Wohnungen, und wir haben zwei Mitbewohner und mehrere Nachbarn. Mitbewohner ist zum Beispiel die Maršička, deren Sohn Pero kifft. Mit ihr gerät Radovan auf den Sitzungen des Mieterbeirats ständig aneinander und auf den Wecker gehen ihm ihre Blumen vor der Tür. Ich bin mit Pero nur auf Hallo, weil er in die ersten drei Klassen auf unsere Schule gegangen ist, dann hat er sich umgemeldet auf die Prežihov Voranc. Radovan sagt, dass die Maršička nicht wollte, dass ihr Sohn mit Tschefuren in eine Schule geht und dass sie dafür jetzt einen Junkie zum Sohn hat. Radovan hat ihr, dass sie Pero auf eine, sagen wir mal, Eliteschule umgeschrieben hat, fürs ganze Leben übelgenommen. Seitdem beharken sie sich ständig und wenn jemand Radovan gegenüber die Maršička erwähnt, sagt er nur: „Die Kuh."

Dann sind Mitbewohner neben der Maršička auch die Furlans. Das ist eine junge, freundliche Familie mit zwei kleinen Kindern. Die Furlanka ist ganz in Ordnung, nur hat sie ein bisschen ein Skifahrer-Gehabe, sie zieht sich so auf Slowenisch an. Sie und ihr Furlan machen ständig irgendwelchen Sport, aber nur diese slowenischen Sportarten, Joggen und

Radfahren und Skilaufen, und die Kinder schleppen sie dabei mit. Die sind sowieso nie zu Haus, weil sie nonstop irgendwo herumdüsen. Ranka sind sie voll sympathisch, weil sie schön grüßen und immer freundlich sind und weil die Kinder gut erzogen sind, die Tür aufhalten und im Aufzug grüßen und das ganze Programm. Radovan sagt nur, dass das nicht normal ist, wenn du andauernd nur unterwegs bist, und dass das nicht gesund ist, wenn du dich so viel mit dir selbst beschäftigst. Und dann kommt noch: typisch Slowenen. Und das ist bestimmt nicht als Kompliment gemeint.

Und dann sind da unsere Nachbarn Ristić, sowieso klar, dass das Tschefuren sind, die wohnen neben uns, sodass ich ihre Musik hören kann, wenn Bole voll TV Pink aufdreht. Bole und Živka sind beide aus Bosnien, und das sogar aus demselben Dorf, irgendwo bei Bijeljina, und sie haben zwei Töchter, Snežana und Sanja, die sind beide schon verheiratet und Snežana ist schwanger. Bole ist Hausmeister am Gymnasium Bežigrad, Živka ist schon in Pension, weil sie Probleme hat mit dem Herzen und so. Das sind unsere Nachbarn, weil du kannst zu ihnen kommen, wann immer du willst, wenn du die Schlüssel von der Wohnung vergessen hast oder wenn du sonntagabends ein Ei brauchst oder wenn Radovan ein Fußballspiel nicht sehen kann, weil Ranka ihren Schwachsinn anhat, und dann geht er zu Bole. Und wenn Bole seine Slava feiert, geht Radovan zu ihm und dann wird tierisch einer gesoffen. Und jedes Mal, wenn du kommst, heißt es sofort: „He, Marko, wo kommst du denn her … Wie geht's denn so? Setz dich doch. Trink was. Hier was

Scharfes. Und ein Bier für den Basketballer." Und Bole kommt ziemlich oft zu uns, wenn ihm etwas nicht klar ist, dass er nur mal fragt, nur ist ihm ständig was nicht klar, aber wenn er kommt, dann redet er nur und redet und du hast keine Chance, ihn loszuwerden. Er weiß aber alles, was in Fužine abgeht. Wie ein altes Waschweib. Er kennt alle und weiß alles. Er ist im wahrsten Sinne des Wortes unser Nachrichtendienst. Würde er für die Polizei arbeiten, gäbe es in Fužine kein Verbrechen.

Mir geht es normalerweise wirklich auf den Sack, wenn Bole so anfängt. Mensch, Bole, wo kann man dich abschalten? Für gewöhnlich verschwinde ich gleich, aber heute passte es mir zum ersten Mal im Leben, dass er kam und die Stille durchbrach und die Situation ein bisschen auflockerte. Bole hatte gehört, dass ich auf der Polizei war, und ist ein bisschen fragen gekommen. Aber nicht direkt, er ist gekommen, weil er angeblich nicht weiß, wann das Treffen des Mieterbeirats ist und solchen Blödsinn, und sowieso wissen wir alle, dass er gekommen ist, um zu checken, was mit mir passiert ist. Und dann redet und redet er. Mensch, Bole, spuck's schon aus, was du willst.

„Ich seh da den Kleinen von Marina, Aco, er läuft mit eingebundenem Arm rum, und da frag ich Mira aus der Achten, die beiden kennen sich, und sie sagt, dass sie ihm auf der Polizei den Arm gebrochen haben und dass ihn Marina zur Notaufnahme gefahren hat. Dass sie ihn aber wieder geschickt haben, weil da angeblich nichts war. Und dabei hat er sich zu dem gebrochenen Arm auch noch eine angebrochene Rippe eingehandelt."

Ich war ziemlich perplex. Aco und ich hatten uns ja gehört, aber er hatte nichts gesagt, der Spacko. Diese Arschlöcher. Als sich jetzt noch Radovan dazusetzte, machte er den auch noch heiß.

„Und ich erzähl das Ljubica aus der Bank und sie sagt, dass Marko mit ihm zusammen war. Ich bin erschrocken, aber Marko haben sie ja nicht so fertiggemacht, zum Glück. Ja, Marko, mit der Polizei legst du dich besser nicht an, die sind hinterfotzig. Nicht, dass sie … ich meine, Kinder, Marko, eine Schande. Und dann hab ich noch gehört, dass überhaupt nichts war, dass sie nur ein bisschen laut waren im Bus … Nur dieses Schwein Damjanović, der Fahrer, der hat die Polizei gerufen …“

„Welcher Damjanović?“

„Na der vom Pregl, den kennst du bestimmt, er ist unten von Niš irgendwo, dieses Arschloch, er hat bei Saturnus als Fahrer gearbeitet, seine Frau arbeitet bei der Post als Sekretärin, du musst ihn kennen, wie heißt er gleich mit Vornamen …“

„Und der hat die Polizei gerufen?“

„Na ja, aber sie haben nichts kaputtgehauen, gar nichts, sie haben nur geschrien, er hätte ihnen schön sagen können, kommt, Leute, steigt aus! Nicht, Marko?“

„Wieso Arschloch …? Was ist das denn für einer?“

„Ein Riesenarschloch ist der. Seine Kleine ist mit dem Kleinen von Bešlić gegangen und als sie Schluss gemacht haben, hat er den Kleinen abgewatscht. Ein Kind, Mensch. Und dabei war sie es, die ihm den Laufpass gegeben hat.“

„Und wo wohnt der?“

„Na, am Pregl irgendwo, ich weiß nicht genau, Komšić kennt ihn gut, die beiden haben wohl früher mal zusammen gearbeitet. Auch ihn hat er bei irgendwas über den Tisch gezogen, nur weiß ich nicht, was es war. Aber wenn er sich mit Komšić zusammentut, weißt du sofort, dass da was nicht stimmt."

Mensch, Bole, musst du das hier breittreten? Jetzt wird Radovan keine Ruhe geben und im Kreis laufen, wer ist dieser Chauffeur vom Pregl. Denn wie gibt es das, dass er ein Tschefur ist und von Fužine, und dass er ihn nicht kennt. Bis morgen wird er im Kopf alle Tschefuren von Fužine durchgehen und irgendwo im Kleinhirn ein Bild von diesem Damjanović suchen. Und ich musste an Aco denken und daran, dass wir wirklich nicht wer weiß was angestellt hatten und dass uns dieser Damjanović ziemlich in die Scheiße geritten hat, der Idiot. Aco überhaupt. Ich erinnere mich nicht mal mehr, wie er ausgesehen hat, aber vielleicht erinnern sich Adi und Dejan an ihn. Jemand weiß bestimmt was über ihn.

„Du sagst, du weißt nicht, wie seine Frau heißt?"

„Doch, weiß ich, aber ich kann mich nicht erinnern. Sie arbeitet bei der Post. Schwarzhaarig. Sie ist, glaube ich, Kroatin."

Das ist jetzt natürlich das Wichtigste.

18. Warum die Dealer alle Hunde haben

Die Bullen hatten Aco wirklich übel zugerichtet. War deutlich zu sehen. Er hatte sich gewehrt, und dann sind sie böse geworden und haben ihn windelweich geprügelt. Sogar aufs Maul haben sie ihn geschlagen. Den Arm hat er sich angeblich schon im Bus gebrochen, als sie ihn zu Boden geclasht haben und er über die Sitze geflogen ist. Adi und Dejan sind ihnen entwischt. Ich konnte sowieso nicht weglaufen, aber Aco ist einfach stehen geblieben, als wollte er mit den Cops fighten. Deshalb haben sie ihn so zugerichtet. Angeblich haben sie ihn erst um halb neun in der Früh rausgelassen. Arme Marina. Sie hat fünf Stunden vor der Polizei gewartet und dann sind sie noch zusammen zur Notaufnahme.

Ich kapier das nicht. Uns prügeln sie halbtot, aber Kriminelle und Dealer und andere Mafiosi nehmen sie nicht hops. Klaro, dass ich ein besserer Polizist wäre als die. Wenn schon sonst nichts, wüsste ich wenigstens, wer die Dealer sind, wenn ich so durch Fužine spaziere. Wer den kleinen Đombić im Merđo sieht, seinen Vater dafür im Škoda Favorit, der schnallt doch gleich, dass das windige Geschäfte sind. Ein achtzehnjähriger Halbstarker ohne Abschluss, dumm wie ein Ofenrohr, und fährt ein Auto für hunderttausend Euro. Wie blöd musst du da sein, um das nicht zu kapieren? Ich glaube

Dejan nicht, der sagt, dass die Blaumänner alles wissen, dass sie nur die großen Fische fangen und bloß darauf warten, dass sie in Fužine ratzfatz machen und alle Kondići und Miškoti auf einmal einbuchten! Für immer. Wenn sie das wollten, hätten sie es schon längst getan, statt dass Gluvić noch immer im Lakotnik sitzt und Wettscheine ausfüllt.

Oder Peši. Mein Gott, bei ihm sieht man doch aus dem Flugzeug, dass er dealt. Gut, er hat sich einen Hund zugelegt, das machen sowieso alle sofort. Würden sie alle Besitzer von Bullterriern einsperren, oder was immer diese Tölen sind, hätten sie Fužine im Nullkommanichts gesäubert. Aber Peši hat seinen Hund Junkie getauft. Das ist ein Debiler erster Güte. Plus, dass er reiner Slowene ist, aber so tut, als wäre er der größte Tschefur. Ständig haut er irgendwelche Volksmusik raus und macht auf diesen hier. Und nervt.

„Wo seid ihr Fotzen?"

„Verschwind!"

„He, Tschefur!"

„Was ist mit dir, Peši, du räudiger Stinkstiefel. Wäschst du deinen Köter irgendwann auch mal?"

„Nicht nötig, wenn deine Mami mir nachher einen lutscht, kann sie bei ihm auch gleich mal."

„Du bist echt krank, wirklich!"

„Sieh dich doch mal an, Alter! Junkie wäre wenigstens normal. Ich wette, dass Adis Mutter lieber ihn leckte als dich!"

„Komm, verschwind nach Slovenj Gradec oder wo deine Opas und Omas her sind!"

„Ach, ihr raucht nicht mehr, Burschen?"

„Einen Scheiß rauchen wir!"

Dejan kauft sein Gras bei Peši, weil er sagt, dass ihm Dario noch mehr auf den Sack geht und Edi dieses albanische Gras verkauft, das der größte Shit ist. Meiner Schätzung nach verkaufen alle dieselbe Scheiße, nur Dejan hat keinen blassen Schimmer. Am Anfang hat er sowieso nur Tee gekauft. Droga Portorož. Tausendundein Zug. Und bei Peši kauft er deshalb, weil ihm die anderen nichts für lau geben, wenn er keine Kohle hat. Nur Peši kann er noch damit kommen, dass er ihm das Geld ein paar Tage später gibt, wenn er zu Hause genügend Kröten zusammen hat. Dejan räumt seinem Vater, wenn der abgefüllt aus dem Kubana kommt, regelmäßig die Taschen leer, damit er für Gras hat. Weil seine Mutter Sonja ihm keinen müden Tolar gibt. Und Mirtić erlaubt sie auch nicht, dass er ihm mal Geld gibt. Dejan steckt von uns allen am tiefsten in der Scheiße mit den Eltern, weil Sonja nicht auszuhalten ist. Eine Slowenin eben. Wenn Dejan nicht nach Hause kommt, wenn sie es ihm sagt, kriegt sie so die Krise, dass du ihn danach noch hundert Jahre nicht draußen siehst. Und ständig reden die Leute, dass sie und Mirtić sich scheiden lassen, nur können sie das nicht, weil er die Schweinerei mit dieser Löschung hat und das alles angeblich so kompliziert ist und ich weiß nicht, was noch. Da spintisieren sich die Leute alles Mögliche zusammen, aber in Wirklichkeit weiß kein Mensch, was zwischen den beiden abgeht. Meiner Schätzung nach weiß nicht mal Dejan was.

„Kommt, Burschen, lasst mal was sehen!“

„Verschwinde, du Schwuchtel!“

„Kille, kille, lutsch mir die Nille!“

Endlich verzog sich Peši. Der Hurensohn. Mir ging sein Junkie auf die Eier, ununterbrochen hatte er gekläfft und war mir um die Beine herumgestunken. Dejan und Adi verschanzten sich hinter den Klettergerüsten und traten irgendwelche Debatten los, sodass Aco und ich in Ruhe unsere Erfahrungen mit der Polizei austauschen konnten. Nur, Aco war nicht allzu redselig. Irgendwas mümmelte er, irgendwas brütete er aus. Noch immer war er stinkwütend.

„Dieser Chauffeur ist ein gewisser Damjanović vom Pregl. Eine ganz große Nummer."

„Ehrlich? Von wem hast du das?"

„Bole."

„Also echt, der Typ ist nicht normal. Alles weiß er."

„Alles. Würdest du den fragst, wo sich Osama Bin Laden versteckt hält, würde er es meiner Schätzung nach wissen."

„Damjanović oder was? Ich werd mich mal drum kümmern. Dieses Tschefurenschwein."

Aco muss sich was ausgedacht haben, weil er sich noch immer nicht beruhigt hat. Er hat keinen Vater, oder Bruder, oder Cousin, oder Kollegen, der ihn verteidigen würde, und muss das immer selber tun. Und deshalb ist er von uns allen der abgezockteste Typ. Er gibt nicht auf. Wenn du den mal angefasst hast, der beruhigt sich nicht, bevor er es dir nicht doppelt zurückgezahlt hat. Oder dreifach. Was soll man sagen, er ist eine Kämpfernatur. Er geht mit dem Kopf durch die Wand, und das macht mir richtig Sorgen. Manchmal kriegt er echt einen Rappel.

„Und dieser Inspektor ist ein gewisser Končar."

Davon rede ich ja.

19. Warum das Kubana das größte Loch ist in Fužine

Das Kubana ist ein Lokal für alte Männer. Tschefuren klarerweise. Dort siehst du solche Visagen, dass wir früher nur hingegangen sind, um Visagen zu schauen. Und Meldungen zu hören. Radovan geht da fast nie hin, nur manchmal auf einen Kaffee mit Tripković und Sušić. Die beiden spielen dort Dart. Das ist so was von abgefahren. Hundertjährige Tschefuren, die Dart spielen. Verpisst euch mit eurem Dart. Jetzt fehlt nur noch ein Flipper, und ein Poker-Automat. Sie spielen Musik für die Alten. Šaban Šaulić und Miroslav Ilić und Halid Bešlić und dieses Zeugs. Gut, manchmal auch noch Dragana Mirković. Und eine Kellnerin haben sie da, so eine typische, vierzig Jahre, blond und große Titten und ein enges getigertes T-Shirt, dass man den Bauchspeck sieht. Und dann rufen sie ihr alles Mögliche zu, und sie ihnen zurück. Und verraucht ist es, dass du nicht den Finger vor der Nase siehst.

Im Kubana ist Dejans Vater manchmal ganze Tage. Er und Mensur und Jože und Franjo und manchmal noch Adis Vater Mirsad, wenn er aus Österreich kommt. Dann treten sie irgendwelche Debatten breit, aber ich weiß nicht, was sie so viel zu diskutieren haben, dass sie sich gegenseitig nicht schon langweilen. Und jeden Abend füllen sie sich ab, aber wirklich jeden Abend. Und dann siehst du sie, wenn sie an die Luft gesetzt werden, wie sie zwischen den Blocks herumtorkeln und irgendwas brüllen. Wenn Radovan so was machen würde, würde ich ausziehen. Ich würde mich so schämen, dass ich die Wohnung nicht mehr verlassen könnte. Dejan nimmt das alles irgendwie hin. Er tut so, als ob er noch seinen Spaß dabei hätte und das lustig fände. Und dass es eine super Idee ist, wenn Sonja ihn ins Kubana schickt, damit er Dule nach Hause bringt. Denn wenn Sonja am Monatsende sieht, dass Agent 003 wieder mal über die Stränge geschlagen hat und das familiäre Budget ein bisschen in Schieflage ist, schickt sie Dejan, dass er Dule nach Hause bringt, und schließt ihn für ein paar Tage in der Wohnung ein. Aber da kommt jede Hilfe zu spät.

Für gewöhnlich gehe ich mit Dejan ins Kubana, um ihm zu helfen, wenn Dule es übertrieben hat. Um ihm zu helfen, ihn zum Block zu verfrachten. Aco ist einmal mitgegangen, aber da hat er sich mit Mensur angelegt und seitdem will er nicht mehr, und Adi ist viel zu dünn. Mir geht am meisten dieses Verhandeln auf den Sack.

„Ja, wo kommt ihr Sportler denn her."

„Kommt, trinkt 'ne Limo. He! Maja! Bring ein paar Säfte, Cola, etwas für unsere Burschen!"

„Bring einfach, was fragst du sie! Zwei Cola! Bring her!"

„Kommt, setzt euch!"

Nie klappt es beim ersten Mal, zwar versucht Dejan jedes Mal, Dule sofort nach Hause zu schleppen, aber immer fängt Mensur an, Scheiße zu labern.

„Und was gibt's, Burschen? Kriegt ihr was vor die Flinte? Diese jungen Schnepfen heute … o Mann. Die laufen nackt auf der Straße herum und sind nur am Schauen, wo sie einen finden, der es ihnen besorgt. Stimmt's, Jože? Schei…benkleister. Also, wenn ihr wüsstet, wie Jože sie fickt!"

Aber Jože kann sich nicht mehr rühren. Nicht mal mehr sprechen kann er. Das letzte Mal hat er 1983 gefickt.

„Dejan, lass deinen Papa doch. Versündige dich nicht! Es ist eine Sünde, einen Menschen vom Tisch zu ziehen!"

„Nur eins müsst ihr mir versprechen, Burschen! Dass ihr die Finger von den Drogen lasst. Diese Fixer! Ich sehe sie in unserem Block, im Treppenhaus stechen sie sich die Nadeln rein. Die gehören mal richtig weichgeprügelt! Und aus dem Fenster geworfen!"

Und so quälst du dich ab mit diesen Alkis und siehst den armen Dejan, der Dule am Ärmel zieht und ihn bittet mitzukommen, und das hundert Mal, und das erinnert mich immer an mich selbst, wie ich als kleiner Knirps mal mit Radovan zu seinem Freizeitsport gegangen bin und dann mit ihm und seinen Kollegen noch auf ein Bier und wie ich ihn nach der ersten Runde, als ich mein Cola fertig hatte und mir langweilig wurde, am Ärmel gezogen und gebettelt habe: „Gehen wir nach Hause, Papa, bitte, ich will nach Hause." Und wie er nur den ganzen Abend wiederholt hat: „Wir gehen gleich, ich trink nur noch aus." Aber wenn er ausgetrunken hatte, stand natürlich schon die nächste Runde auf dem Tisch, und alles fing von vorne an. Und jetzt sehe ich Dejan, der für mich aussieht wie ich damals, das arme sechsjährige Kerlchen, und er tut mir leid, wie er Dule am Ärmel zieht. Und Dule ordert schon die nächste Runde.

20. Warum Razzien lachhaft sind

Während Dejan und ich Dule vom Kubana zum Block schleppten, erinnerte ich mich an die schöne Geschichte, wie Dule nach Slowenien gekommen ist. Dule stammt aus Kikinda, beim Militär war er in Prizren, im Kosovo. Mit ihm zusammen dienten noch Miran aus Vipava und Muhamed aus Bihać. Und die drei haben so zusammengesteckt, dass sie angeblich geweint haben, als das Militär vorbei war. Ständig waren sie zusammen und haben alles gemeinsam gemacht und so. Und dann schlug Dule vor, dass, wenn sie nach Hause kommen, jeder probiert, eine Arbeit auch für die anderen beiden zu finden, damit die zu ihm kommen können und sie wieder alle zusammen sind. Und nach einer Woche, als Dule wieder in Kikinda war, ruft ihn Miran an und sagt, dass er in Ljubljana Arbeit für alle drei gefunden hat. Dule packt sofort seine Sachen und setzt sich in den Zug nach Ljubljana, und Muhamed auch. Und Muhamed war Dules Trauzeuge, und er Mirans, und Miran Muhameds. Nur, Miran ist dann schon eine Zeit her an Krebs gestorben, Muhameds Sohn Mirza ist total zugefixt, und Muhamed hat durchgedreht und ihn und seine Frau Refka hier alleingelassen und ist nach Bihać zurück. Und Dule wurde aus dem Verzeichnis gelöscht und landete im Kubana.

Und jetzt schleppen Dejan und ich ihn durch Fužine, weil er so im Koma ist, dass er nicht allein nach Hause findet. So ist das Leben. Was weißt du, ob es mit uns nicht genauso wird. Was weißt du, was dir passieren kann.

Und dann kommen wir zum Block, und da herrscht das totale Chaos. Die Spezialos haben Dejans Block umstellt, beide Eingänge blockiert und einen solchen Aufmarsch veranstaltet wie in den amerikanischen Filmen. Echt abgefuckt. Es waren an die dreißig, möglicherweise noch mehr, und alle total in Schwarz und mit dieser ganzen Terminator-Ausrüstung. Dule fing gleich an rumzubrüllen, aber ich hatte die Hosen gestrichen voll. Denn das sind Verrückte, das sind keine Polizisten, die schlagen erst zu und fragen dann. Die scheißen auf deine Rechte und solche Sachen. Die können nur prügeln und schießen. Mit denen ist nicht zu spaßen. Ganz genau wie in diesen Filmen. Wie sie da anrücken, einer hinter dem anderen, und alle mit 'ner MP in den Händen und mit Helm und allem. Dejan und ich schauten nur so. Totales Chaos. Und alles in völliger Stille und schnell, die wissen genau, wohin sie müssen und so. Die sind wie Roboter. Als hätte sie einer programmiert.

Aber dann ist Schluss. Großes Gelächter. Nach dieser voll gefährlichen Aktion und der Wahnsinnsdeckung und ich weiß nicht was schleppen sie Tasić aus dem Block. Drei Spezialos halten ihn voll grob und tragen ihn in den Kübel. Ich dachte, mich rafft es weg. Ihr hättet diesen Tasić mal sehen müssen. Das ist der größte Krüppel auf der Welt. Er ist an die fünfzig und ein totaler Invalide. Klein, mickrig, ein Nichts. Der Typ hinkt und ist ganz bucklig. Ihm halten alle die Tür vom Aufzug auf und diese ganze Show. Und dann halten ihn drei Spezialos, damit er nicht wegläuft. Der Typ kann kaum auf den Beinen stehen. Vielleicht sollten sich die Spezialos Dule greifen, und Dejan und ich könnten diesen Tasić auf die Wache begleiten. Du kannst Gift drauf nehmen, dass Dule der bei Weitem unangenehmere Typ ist.

Nur, das sind eben diese Bullenheinis. Ganz Fužine hat schon hundert Jahre gewusst, dass Tasić was mit Drogen zu tun hat und so. Denn da sind ja ständig Peši und die anderen bei ihm. Einmal hat Živka gesagt: „Aber der ist doch kein junges Mädchen, dass die Burschen ständig zu ihm kommen! Dass er ihnen nicht vielleicht Bonbons gibt?“ Ach, Živka. Und anstatt dass sie diesem Invaliden einen Streifenpolizisten auf den Hals schicken, dass er ihn schön verhört und so, machen sie eine Razzia mit Spezialos und diesem ganzen Zauber. Die sind echt nicht normal.

Ich helfe Dejan, Dule zum Aufzug zu transportieren, weiter gehe ich nicht, damit seine Schwester nicht zufällig sieht, dass ich ihm tragen helfe. Und gehe nach Hause. Wie immer hoffe ich, dass Radovan schon pennt und ich in Ruhe schlafen gehen kann. Aber der talentierte Mister Radovan erwartet mich in voller Bereitschaft, und schon als ich die Tür aufmache, kommt er mir entgegen und zieht mir die Trainingstasche von der Schulter und fängt an, sie zu untersuchen. Und nimmt meine Unterhose raus und fängt an, daran zu schnüffeln. Als hätte ihn Godzilla auf die Stirn geküsst. Ich war wohl nicht beim Training und meine Unterhose dufftet schön nach Ariel oder Persil. Radovan nimmt auch die Strümpfe und den Dress und die Hose. Jetzt nimmt er noch die Sportschuhe, die miefen immer so, dass dir schlecht wird. Sagt aber nichts, sondern schmeißt nur die Tasche wütend auf den Boden und geht schlafen. Und ich bleibe mitten im Flur zurück, nicht einmal die Tür habe ich zumachen können, und stehe da wie bestellt und nicht abgeholt. Verdammt, Radovan, fängst du endlich an zu reden oder nicht? Hör bloß auf mit solchen Methoden. Idiot.

21. Warum ich den Namen Marko gekriegt habe

Ranka ist in Derventa geboren, nur dass ihre Leute danach ziemlich viel in Bosnien hin und her gezogen sind. Sodass sie in die Grundschule in Banja Luka gegangen ist und später in die Handelsschule in Zenica. Dann sind sie nach Visoko umgezogen, wo sie Radovan kennengelernt hat, der auf Urlaub war, weil sich meine Tante Ružica mit Milan verheiratet hat. Ranka war auch auf der Hochzeit, weil ihr Bruder Dragiša ein Freund von Milan war. Auf dieser Hochzeit haben sich Radovan und Ranka kennengelernt und Radovan hat danach in Slowenien angerufen und ausgemacht, dass er den Urlaub ein bisschen verlängert. Ist doch klar, Sozialismus und so. Und er verlängerte gleich für ein paar Monate, und Ranka und er heirateten. Dann rief er wieder in Slowenien an, ob er zu seiner Arbeitsstelle zurückkommen kann, und sie haben ihn wieder genommen. In Visoko wollte er nicht bleiben, aus Trotz, weil sein Vater Đorđe ihn nach Slowenien geschickt hatte, und deshalb beschloss er, dass er ihm zum Trotz da oben bleibt, und sollte er vor Hunger krepieren. Ranka wollte zuerst nicht, aber dann änderte sie ihre Meinung, weil Radovan so drängte. Dann kamen sie nach Slowenien und wohnten ein halbes Jahr in einer Einzimmerwohnung zusammen mit Almir und Enisa. Almir und Radovan arbeiteten zusammen, Ranka und Enisa waren auf der Suche und fanden Arbeit in einem Tozd, in der Buchhaltung, obwohl beide nicht zwei und zwei zusammenzählen konnten. Wieder dieser sozialistische Unfug. Dann zogen Radovan und Ranka in ein Zimmer in Šiška als Untermieter und beschlossen, eine Familie zu gründen. In einem gemieteten Zimmer von neun Quadratmetern. Aber Ranka musste abtreiben, weil sie irgendwelche Probleme hatte, und dann wurde sie im Klinikzentrum operiert, und später noch einmal, und ein gewisser Doktor Josip, der von einer Insel bei Zadar war, sagte Radovan, dass Ranka keine Kinder werde haben können. Und dann haben sie sich fast scheiden lassen. Radovan hat sich volllaufen lassen und ständig was von drei Söhnen gefaselt, und Ranka litt wie Jesus am Kreuz, weil sie sich schuldig fühlte. Deshalb flüchtete sie zurück nach Visoko, aber Radovan fuhr ihr nach, nahm wieder verlängerten Urlaub, dann lebten sie eine Zeit lang in Visoko, bis sie Radovan anriefen, dass die Stelle weg ist, wenn er nicht binnen drei Tagen zurückkommt. Radovan fuhr zurück, und Ranka kam ihm nach. Sie zogen um nach Vič, wo sich Fuchs und Hase gute Nacht sagen, in eine Bruchbude, und Ranka fand wieder eine Stelle, und dann wurde sie ganz plötzlich schwanger. Radovan traf fast der Schlag. Er betrank sich so, dass er im Klinikzentrum landete und sie Ranka schon sagten, dass es um ihn nicht gut stehe, dass Folgen zurückbleiben könnten, sodass die arme Ranka fast wieder eine Abtreibung gemacht hätte. Und als ich dann geboren wurde, hatte Ranka solche Angst, dass Radovan vor Glück durchdreht, dass Dragiša aus Bosnien kommen musste, um auf Radovan aufzupassen. Eine Zeit lang passte er auch schön auf, aber dann haben sie sich so mit Schnaps abgefüllt, dass sie beide in der Zelle landeten. Ranka fuhr mit mir allein vom Klinikzentrum mit dem Bus nach Haus. Radovan rief sie aus der Zelle an, und sie stritten sich am Telefon, wie ich heißen soll, weil Radovan wollte, dass ich Jovan heiße, und Ranka, dass sie mich Predrag nennen. Weil sie sich nicht einigen konnten und weil die Polizei Radovan nicht mehr anrufen ließ, rief dann Dragiša an und vereinbarte mit Ranka, dass ich Marko heißen soll, und Radovan flunkerte er eine Geschichte über einen gewissen Marko Šarko aus Doboj vor, der ein ganz schlimmer Zar gewesen sei und gegen die Türken gekämpft und angeblich zwölftausend von ihnen eigenhändig erschlagen habe, sodass Radovan am Ende zufrieden war. Als er dann nach Hause kam, nahm er mich in die Arme und sagte: „Ihr beide habt für ihn den Namen ausgesucht, und ich werde aus ihm einen Weltfußballer machen."

Ranka hatte wahrscheinlich wegen dieser Ansage schon damals beschlossen, Radovan machen zu lassen, auch wenn er seinen Sohn bis zum Äußersten treibt, und dass sie sich nicht einmischt. Bis heute. Bis heute, als sie anrief, dass sie krank sei, und nicht zur Arbeit gegangen ist, und als ich aufstand, erwartete mich ein so fürstliches Frühstück, dass ich gleich wusste, dass etwas nicht stimmt. Es roch nach nichts Gutem. Ranka blieb nie zu Hause, nicht einmal, wenn sie wirklich krank war. Sie hatte von der Transition her einen solchen Schiss, dass sie immer glaubte, sie würde ihre Arbeit verlieren, wenn sie während der Schicht auf einen Tschick geht oder wenn sie den ganzen Urlaub vor Jahresende verbraucht oder wenn sie für mehr als einen Tag in den Krankenstand geht. Ranka war hundertprozentig nicht zu Hause geblieben, um mir das Frühstück zu machen, wenn ich aufwache.

„Warst du gestern beim Training?"

Da haben wir's. In dem Busch klopft der Hase.

„Nein."

„Sondern?"

Was sondern? Ich war nicht beim Training, was soll ich da jetzt groß erklären.

Ich weiß, dass sie wegen Radovan fragt, der schon hundert Jahre den Mund nicht aufkriegt und den sie auch nicht länger so sehen kann. Ranka hat die Sache selbst in die Hände genommen. Alle Achtung, Ranka! Das hat uns gerade noch gefehlt.

„Was ist los mit dir?"

„Nichts."

Was soll los sein? Ich bin fertig. Von der Stille außerhalb meines Kopfs und von dem Trommeln in meinem Kopf. Ich habe nur keinen, dem ich das klarmachen kann. Die Sätze habe ich schon zusammengestellt und sage sie mir im Kopf auf, aber ich schaffe es nicht, dass ich sie laut sage. Und schon gar nicht dir, Ranka. Das würde nicht gehen. Das erste Wort, das zu hören sein würde, würde mich fertigmachen. Ich würde alles verhauen und anfangen zu heulen. Aber Ranka sieht mich an und wartet. Sie hat Geduld. Sie erträgt Radovan schon ein ganzes Leben.

„Ich geh nicht mehr zum Training."

Uff. Das war knapp. Jetzt darf man nur den Kopf nicht falsch drehen, damit die Tränen in ihrem verdammten Kanal bleiben.

„Seit wann?"

Eh, jetzt ist es zu spät. Jetzt will Ranka alles ganz genau wissen. Alles auf einmal und in allen Einzelheiten. Ach, Ranka, wenn du wüsstest. Ich werde nur mit den Achseln zucken. Das ist mehr, als du verdient hast.

„Wann hast du vor, mit dem Training wieder anzufangen?"

„Ich habe gar nichts vor. Ich habe genug. Von allem."

„Von was hast du genug?"

Ich habe genug. Von dieser Unterhaltung zum Beispiel. Ich kann nicht mehr. Aber Ranka auch nicht. Auch sie dreht den Kopf in die andere Richtung, um die Tränen zu verbergen. Ach, Ranka, jetzt ist es zu spät zum Weinen. Wir können zusammen weinen, nur wird das nicht helfen.

„Weiß es Papa?"

Jetzt ist es raus. Ich hab ja gewusst, was ihr zu schaffen macht. Nicht sie leidet. Radovan leidet, und sie leidet für ihn und womöglich noch ein bisschen für mich. Aber vor allem für ihn. Sie weiß, dass es ihn treffen wird, wenn es das nicht schon getan hat. Auch ich weiß es. Und er tut mir sogar leid. Der Blödmann.

„Was kümmert das mich."

Nur werde ich es vor dir nicht zugeben, und wenn du mich totschlägst. Aber fang jetzt hier nicht an zu weinen, Ranka, nicht weinen, ich flehe dich an! Jetzt haben wir den Salat. Schon weint Ranka wie ein Schlosshund. Jetzt tut sie mir auch noch leid. Jetzt wird es für mich noch zur Qual, jetzt fließen auch bei mir die Tränen. Verdammt, ich habe seit dem Kindergarten nicht mehr geweint, und jetzt lauf, Träne, lauf. Ich bin eine richtige Heulsuse geworden.

„Ich hätte es mir denken können. Nichts geht mit Gewalt. Sport, Sport und immer nur Sport! Und was jetzt, wenn es keinen Sport mehr gibt?"

„Wir werden Natur und Gesellschaft kennenlernen."

„Wer? Ich? Ach, Marko."

„Was ist?"

Nichts, nichts. Ranka schüttelt den Kopf und wischt sich die Tränen ab. Ich wische sie mir auch ab. Wenn ich nur wüsste, wozu wir das jetzt gebraucht haben.

„Was ist? Jedenfalls nicht das Ende der Welt."

„Nicht für dich."

Und das ist es. Es ist nicht mein Problem. Du und deine Psychologie, Ranka, deine Psychologie. Nicht für mich, ha? Für wen denn, wenn nicht für mich? Hat er denn aufgehört mit dem Training? Haben ihn die Wichser mit den ärmellosen Westen vor die Tür gesetzt? Haben sie ihm auf der Polizei die Knochen poliert. Redet jemand mit ihm schon hundert Jahre nicht? Ach, Ranka, weshalb musstest du bloß auf die Idee kommen, mit mir reden zu wollen? Konntest du nicht zur Arbeit gehen und schön deine Pflicht tun. Spiel nicht Mutter Teresa, wenn du keinen blassen Schimmer hast.

„Weißt du was? Soll er doch hingehen, wo der Pfeffer wächst."

Ich biss mir auf die Zunge, um sie nicht auch irgendwohin zu schicken. Schon das hätte ich mir fast verbissen, damit sie mir nicht wieder losheult. Das Schlimmste aber war, dass sie mir wieder leidtat und ich mich stark einbremsen musste, nicht mit der Tür zu knallen. Ich brachte sogar einen Gruß heraus, als ich ging. Ich weiß absolut nicht, ob jemandem klar ist, wer hier das Opfer ist.

22. Warum ich der alten Tschefurin meine Kappe nicht gegeben habe

Ich setzte mich aufs Klettergerüst und steckte mir einen Tschick an. Ich war nicht mehr wütend. Ich war mehr traurig. Aber mir war nicht mehr zum Weinen. Ich sah dieses Fužine vor mir und dachte mir, dass das die blödeste Siedlung auf der Welt war. Nur hier können dir solche Katastrophen passieren. Die ganzen Leute, die hier aufeinander leben, die ganze Enge und Nervosität. Die eine Hälfte der Leute malocht von morgens bis abends, die andere Hälfte ist in Rente oder arbeitslos, und die langweilen sich dann und lauern denen auf, die arbeiten. Und wieder sind alle nervös und verspritzen Gift, weil ihnen die auf den Sack gehen, die nicht arbeiten. Und so machen sie sich andauernd gegenseitig die Hölle heiß.

Ich weiß nicht, warum ich mich auf einmal an die alte Tschefurin erinnerte, die einmal im Winter mit mir zusammen im Aufzug gefahren war. Sie sah aus wie eine Obdachlose, aber meiner Schätzung nach hatte sie eine Wohnung in unserem Block. Und womöglich war sie auch nicht so alt, wie sie aussah. Sie schaute und lächelte mich an, wie so eine freundliche Omi.

„Was hast du für eine schöne Kappe, Junge."

Und ich lächelte zurück. Was sollst du auch sagen auf so eine Meldung?

„Hast du vielleicht noch so eine Kappe?“

„Nein. Nur diese.“

Sie lächelte ununterbrochen. Sie bettelte mich nicht an, wie das gewöhnlich die Penner machen, sondern bat mich, so wie eine Oma ihren kleinen Enkel bitten würde, wenn er ihr sein neues Spielzeug zeigt.

„Und, hast du ’ne Kappe? Für ’ne alte Tschefurin? Jetzt, wo Winter ist und mich friert? Hast du ’ne Kappe für ’ne alte Tschefurin? Komm, besorg mal ’ne Kappe für ’ne alte Tschefurin!“

Ihr Lächeln verwirrte mich total. Ich wusste nicht, ob sie es überhaupt ernst meinte. Irgendwie lächelte ich zurück und wand mich, ich wartete, dass der Aufzug hielt und ich verschwinden konnte. Das war ganz komisch für mich. Sie tat mir nicht leid. Sie war mir sympathisch. Eine sympathische alte Tschefurin. Die Tür vom Aufzug ging auf, und ich lächelte ihr noch einmal zu, und dann ging sie. Ich habe sie nie mehr gesehen.

Jetzt zermarterte ich mir das Hirn, warum ich der alten Tschefurin nicht meine Kappe gegeben hatte. Weil sie mir mega gefällt, diese Chicago-Bulls-Kappe, die ich mir gekauft habe, als ich noch verrückt war nach Michael Jordan, nur dass ich mich jetzt womöglich besser fühlen würde, wenn ich sie ihr gegeben hätte. Aber das Problem war, dass sie mir nicht leidtat. Das war für mich nur ein Joke. Auch den Leuten erzählte ich von ihr wie von einem guten Joke. Und zog so wie die alte Tschefurin die Wörter in die Länge.

Noch heute ist das einer von einer ganzen Reihe Fužine-Sprüche.

„Hast du mal 'ne Kappe für 'ne alte Tschefurin?"

Ich weiß nicht, warum mir das alles gerade jetzt einfiel. Weiß der Teufel, wo diese alte Tschefurin jetzt ist. Und ob sie eine Kappe hat. Das Problem ist, dass ich es einfach nicht geschafft habe, richtig zu reagieren. Das ist das Schwerste von allem. Richtig zu reagieren auf unterschiedliche Situationen. Das kann keiner. Wir scheißen uns hier alle an. Radovan und Ranka überhaupt. Und Blut ist kein Wasser.

'tschuldige, alte Tschefurin. Ich hätte sie dir geben müssen, meine Chicago-Bulls-Kappe.

23. Warum es wichtig ist, dass Damjanović ein Tschefur ist

„Oooh, Marko! Was bist du gewachsen! So ein hübscher Junge. Sieh doch nur, wie groß du bist. Ich hab dich letztens gesehen, nur war es in der Nacht und ich hab nicht gesehen, was für ein hübscher Junge du geworden bist."

Marina hatte mich immer schon sehr gern. Sie hat alle gern, aber mich besonders. Meiner Schätzung nach schon seit damals, als sich Aco in der zweiten Klasse das Bein gebrochen hatte und ich ihm die Hefte nach Hause brachte, damit er, sagen wir mal, dem folgen kann, was wir dort in der Schule gewichst haben. Seit damals ist Marina ein großer Fan von mir. Ein größerer Fan als ich selbst.

„Aco ist im Badezimmer. Er kommt sofort. Wie geht es dir, Marko? Bist du okay?"

„Okay, ja."

„Und Mutti? Hat sie viel zu tun?"

„Ziemlich."

Aco hatte mich angerufen, dass ich zu ihm kommen soll, dringend. Wo er das Wort dringend her hat, ist mir nicht klar. Bei ihm war im Leben noch nie etwas dringend. Der Typ geht am langsamsten auf der Welt, aus Prinzip, wenn er geht, weißt du nie, ob er geht oder steht. Sportlich leger. Er hat es nicht eilig. Und jetzt plötzlich dringend, der Arsch.

„Marko, bist du hungrig? Willst du was essen?"

„Nicht nötig. Danke."

„Nur ein bisschen? Ein Imbiss."

Endlich schleppte sich Aco aus dem Badezimmer.

„Komm schon, Marina, lass den Mann in Ruhe."

„Ich werd dir was zu essen machen, Marko! Jungs sind immer hungrig."

„Wie langweilig du bist. Wenn du kochen musst, dann musst du kochen! Nur geh mir nicht auf die Nerven."

Marina entschwebte total happy. Die Frau ist sowie am meisten happy, wenn sie jemandem was Gutes tun kann. Davon gibt es keine zwei auf der Welt, echt. Und Aco macht gleich die Tür von seinem Zimmer auf und schiebt mich rein und alles voll geheimnisvoll, dass ich tatsächlich denke, er hat 'nen Sprung. Und dann macht er auch noch die Tür zu und setzt sich ganz still neben mich. Er tut, als wär er in einem amerikanischen Film.

„Ich hab mich mal 'n bisschen erkundigt. Dieser Damjanović, du weißt, wo wir gestern drüber geredet haben?"

„Der Busfahrer?"

„Ja. Er wohnt am Pregl. In Francis Block. Im siebten oder achten Haus."

„Und?"

„Nichts. Das ist alles."

„Und, du willst zu ihm gehen oder was?"

„Bist du blöd. Ich hab nichts mit dem zu reden."

„Was dann?"

„Ich würd ihm mal ein bisschen die Knochen zählen. Damit ich sehe, ob sie bei ihm auch so knacken wie bei mir."

Jetzt haben wir die Scheiße. Ich hab's ja gewusst. Was musste ich dem Debilen auch von diesem Damjanović erzählen. Ach, Bole, wie bin ich bloß darauf gekommen, auf dich zu hören. Denn Aco ist hartnäckig und wirklich so ein Schwachkopf, dass er tatsächlich vorhat, diesem Damjanović durch Fužine nachzurennen.

„Aber er hat dich doch nicht verprügelt?"

„Aber er ist ein Tschefur."

Das kapier ich jetzt wirklich nicht. Ich glotze Aco an wie der größte Vollidiot, und mir ist überhaupt nichts klar. Aco, das musst du mir aufmalen, weil ich zu blöd bin, deinen Geistesblitzen zu folgen.

„Frühstück steht auf dem Tisch. Kommt, wenn ihr wollt."

Aco war am Überlegen. Meiner Schätzung nach wusste er selbst nicht, weshalb der Witz darin bestehen sollte, dass dieser Wicht Damjanović ein Tschefur ist. Der Typ hat uns reingeritten, und das hat überhaupt nichts damit zu tun, ob er Tschefur ist oder Slowene. Kommt doch aufs selbe raus. Kretin ist eine universelle Eigenschaft. Kretins aller Länder, vereinigt euch und haut euch über die Häuser.

„Komm, gehn wir essen. Sie wird nicht happy, bis wir nicht den Freezer leergefuttert haben."

Marina hat ein hammermäßiges Frühstück aufgetischt. Todkrank würde ich das wegputzen, wie Radovan sagen würde. Und dann steht sie total zufrieden beim Tisch und sieht mir und Aco beim Spachteln zu.

„Esst, Jungs, damit ihr arbeiten und lernen und Basket spielen könnt. Nicht, Marko? Du musst gut essen, wenn du Basket spielen willst. Nicht wahr?"

Mit vollem Mund nicke und lächle ich ihr zu. Wie dieser alten Tschefurin im Aufzug.

„Hat der von der Waschmaschine angerufen?"

„Nein, Aco. Aber das tut er. Ist ja nicht so eilig."

„Von wegen nicht eilig. Soll er doch per Hand waschen, der Affenarsch, aber nicht du. Weißt du, wann er mir gesagt hat, dass er kommt. Das sind diese Tschefurenblindgänger. Nichts kannst du fix machen. Verlass dich drauf, dass ich nächstes Mal einen Slowenen frage. Was hilft es mir, wenn einer voll billig ist, wenn ich drei Monate auf ihn warten muss und er mich dann trotzdem im Regen stehen lässt."

Aco war mir immer ein bisschen komisch vorgekommen, wenn er ernsthaft den Erwachsenen spielte. Ich weiß ja, dass er das wegen Marina musste und weil er allein war und all das. Der einzige Mann im Haus. Aber für mich war es immer eine große Show, ihn zu sehen, wie er sich aufplustert und voll auf gefährlich macht und so, und dabei ist er in Wirklichkeit ein ganz normaler Junge, dem ein bisschen der Bart gewachsen ist. Und wie er sich um Marina kümmert. Und dann regt er sie andauernd auf, weil er die Schule schmeißt und ich weiß nicht was noch. Ständig was. Und sie anblafft wie ein Kind, wenn sie was falsch macht, und er dann auf streng macht. Manchmal kommt mir vor, als hätten sie komplett die Rollen getauscht und dass jetzt Marina das Kind ist und Aco der Vater. Und dann sehe ich sie vor mir und sie tun mir beide leid. Marina sowieso, und Aco auch, weil er ein zu großer Traumtänzer ist, um einen auf so ernst zu machen.

24. Warum ab und zu eine Razzia gut ist

Manchmal ist es tatsächlich gut, dass etwas passiert, damit du was hast, um darüber zu reden. Überhaupt, wenn es eine Razzia ist. Dann sind alle so obergescheit und alle haben was zu erzählen und da sind voll irgendwelche Leute, die jeder was wissen. Überhaupt Dejan. Er ist voller Informationen, als wäre er vom Stamme Bole. Wenn er sich selber was ausdenkt, ist er echt talentiert, aber wenn ihm das alles jemand vorerzählt, ist er komplett debil, wenn er ihm glaubt.

„Der alte Wichser! Hast du den Invaliden gesehen! Ich halte ihm die Tür vom Aufzug auf, weil er doch so ein armer Kerl ist, und er begießt zu Hause schön sein Grünzeug. Ein Tschefur als Grüner!"

„Angeblich haben sie ihm das untergeschoben."

„Einen Scheiß haben sie ihm untergeschoben, wenn ganz Fužine gewusst hat, dass er die Hütte voller Gras hat."

„Weißt du, wie viele Typen die Hütte voller Gras haben und keiner tut ihnen was?"

„Nur dass sie keine Invaliden sind."

„Was hat das denn damit zu tun, Mann?"

„Alles hat damit zu tun. Vor ihm hatten sie keine Angst."

„Und vor Bajrot haben sie Angst? Ach, zisch doch ab!"

„Meiner Schätzung nach war das Tarnung. Die haben da was ganz anderes gemacht, nur dass sie nebenbei auch Tasić hopsgenommen haben, damit die Leute keinen Verdacht kriegen."

„Klaro. Und was sollten sie da machen in eurem Block, du Witzbold?"

„Was weißt du. Alles Mögliche. Vielleicht haben sie Kameras montiert und so."

„Du bist ja nicht ganz dicht. Hast du gehört, was der da rausschiebt. Du bist ja nicht ganz dicht."

„Was weißt denn du. Die haben hundert Deals laufen. Die kommen nicht nur her wegen einem Tasić."

„Und was?"

„Weißt du eigentlich, was die Typen mit der Ware machen, die sie angeblich beschlagnahmen und so? Weißt du das?"

„Na was?"

„Sie verkaufen sie. Und vielleicht haben sie sie im Keller gestern schön verkauft, die Ware und all das, und die Leute denken, die machen Razzia. Hast du darüber mal nachgedacht? Erzähl mir nichts, wenn du keinen Schimmer hast. Du glaubst, dass wir eine Polizei haben, damit sie die Kriminellen fängt und diese Dinge. Das ist Business vom Feinsten, mein Lieber. Glaub mir, Alter. Die haben alles unter Kontrolle."

Wahrscheinlich sind sie auch daran schuld, dass Dejan einen Fleck in Mathe hat. Und dass Adi Herpes hat. Wie es alle voll gut finden, sich über irgendwelche großen Probleme auszulassen. Wenn du aber Dejan fragen würdest, ob Sonja einen Stecher hat, würde er sofort total still sein. Deshalb ist es gut, dass wir in Fužine ab und zu eine Razzia haben. Dann unterhalten wir uns schön über Tasić und über versteckte Kameras und über Business im Keller und über den ganzen Scheiß. Auch mir passte dieses Thema heute gut, denn ich hatte keine Lust mehr, über Damjanović zu debattieren und über Radovan und über Ranka und über Basket. Die Razzia war wie bestellt gekommen. Nach langer Zeit fuhr ich selbst mal wieder auf diese schwachsinnigen Meldungen ab und setzte Dejan auseinander, dass die Bullenschweine keine Razzien machen müssen für ihre Deals, aber Dejan kümmert das nicht die Bohne, weil ihm sowieso alles klar ist und Drago ihm schon alles erzählt hat. Und Drago weiß alles, weil er schon drei Mal in der Povšetova gelandet ist.

„Ado!"

Wer sonst, wenn nicht Samira. Jetzt schreit sie von vor ihrem Block. Und Adi zurück.

„Was ist?"

Dieses Schreien über ganz Fužine hat mich immer genervt, nur was weiß Samira, dass sie nicht mehr auf dem Dorf ist, und dass ihr Schreien durch die ganze Siedlung tönt. Das sind diese primitiven Sitten, an denen du nichts ändern kannst. So wirst du geboren und so bleibst du bis zu deinem Tod.

„Papa ist gekommen. Er ist schon vorm Block."

„Gleich!"

„Komm schnell!"

„Gleich, verdammt noch mal!"

Schluss der Debatte. Zum Teufel mit Mirsad, der unsere schöne Runde sprengt. Wir waren gerade so fein drin. Ach, Mirsad, konntest du nicht noch eine Österreicherin auf deinen bosnischen Schwanz nageln und ein bisschen später kommen.

25. Warum die Gastarbeiter die schlimmste Rasse sind

Mirsad ist so ein typischer Gastarbeiter, dass du ihn nicht verfehlen kannst. Aus dem Flugzeug erkennst du den. Alles passt. Er kommt nach Fužine und drosselt schön seinen Merđo, lässt die Scheiben runter, dreht die Musik auf bis zum Anschlag und fährt dann direkt vor den Block, und das immer auf den Behindertenparkplatz. Aber einen größeren Invaliden als ihn gibt es sowieso nicht. Und dann steigt er aus und macht erst einmal eine Inspektionsrunde um das Auto und streicht sich dabei ein bisschen die Hosen glatt und spuckt zweimal auf den Boden und singt was und die ganze Show. Und sieht herum, wo ein bekanntes Gesicht ist, damit er dann losbrüllen kann, dass ihn ganz Fužine hört.

„Ja, wo kommst du denn her, Alter?"

Und lässt irgendwelche Boxfinten raus und so kranke Schmähs.

„Wie geht's, Mirsad, was gibt's?"

„Ach schlecht, wirklich. Diese Österreicherinnen vögeln miserabel, ganz miserabel. Wer ihnen das beigebracht hat, zum Teufel. Wirklich schlecht."

Aufgeblasener Typ. Samira sucht Adi in Fužine, wärmt das Essen auf und alles, und er kommt und bläst sich auf. Und Geld bringt er auch nie so viel mit wie nötig, und dann jammert ihm Samira was vor, und er rastet aus und haut ihr meiner Schätzung nach auch mal eine runter, und dann verzieht er sich ins Kubana und modert vor sich hin und versucht die Kellnerin anzumachen. Megaabschaum. Aber was willst du machen, wenn Samira keine Arbeit hat und keine Voraussetzungen, dass sie eine kriegt. Die Sprache kann sie nicht, Erfahrungen hat sie keine, was soll dann sein. Sitzen und leiden. So ist das eben. Auch hier ist keine Emanzipation am Horizont.

Und Adi schämt sich und gibt ständig damit an, wie viel Geld Mirsad Samira schickt und was er alles in Österreich tut und was für ein toller Hecht er dort ist und alles, nur dann kommt Mirsad, und da kannst du erzählen, was du willst, wenn es allen klar ist, was für ein Hinterwäldler das ist. Letztens hat sich Adi ausgedacht, dass Mirsad ein Angebot für Arbeit in Deutschland bekommen hat mit Wohnung und Auto und allem, nur dass Samira nicht wollte.

Meiner Schätzung nach ist Mirsad da in Österreich ein totaler Fotzenrauch und malocht wie ein Grubenhund und wird nicht mal ignoriert oder traut sich nicht den Mund aufzumachen, weil er weiß, dass er sofort eine draufkriegt, aber dann lässt er den Macker raus, wenn er nach Hause kommt, und geigt rum und spielt den Oberstecher. Scheiß auf so ein Leben. Das ist ein einziges Trauerspiel. Fucking hell, dass auch dieser Merđo nicht seiner ist, sondern nur geliehen, damit er hier noch dicker tun kann.

„He, Ado, was läuft? Komm, fahr das Auto auf den Parkplatz."

Das Schlimmste ist, wenn er dann auch noch zwinkert und diese ganze Show. Widerlich. Aber eines ist wahr, er gibt

Adi wenigstens das Auto. Das ist aber nur deshalb, weil er manchmal voll streng war und Sanel und Adi geschlagen und nichts erlaubt hat. Adi hat er nicht erlaubt, auf den Schulausflug zu gehen und auf den Naturkundetag. Aber dann, als Sanel voll mit Drogen angefangen hat, hat er auf einmal angefangen, Adi alles zu erlauben und ihm das Auto zu geben und Videos zu kaufen und einen Computer und alles. Und Ado-Chef und Ado-King und Ado-Legende. Mirsad ist in Wahrheit das größte Arschloch. Ein armseliger Wicht ist er. Das alles, wenn er sich so aufbläst und so, das ist nur, um den Gegner zu täuschen. Er hat nicht das Schwarze unterm Fingernagel.

26. Warum Tschefuren die Musik im Auto voll aufdrehen

Dass Adi die Schlüssel vom Auto gekriegt hat, um es auf den Parkplatz zu fahren, war deshalb, damit wir eine Fahrt in die Stadt machen können. Und Mirsad wird Samira auf die Schnelle bedienen. Damit er danach Ruhe hat.

Der Merđo von Mirsad stinkt nach den Scheißwunderbäumen. Der Typ hat acht Fichten im Auto, und schon eine allein stinkt, dass du nicht atmen kannst. Plus dem, dass dieser Tschefur im Auto einen Kassettenspieler hat. Du kannst doch in einem Merđo keinen Kassettenspieler haben. Wo hat man das gesehen. Das ist nur deshalb, weil Mirsad irgendwelche alten Kassetten von Lepa Brena hat und von Dragana Mirković und er keinen CD-Player kaufen kann, weil er dann diese alten Sachen nicht mehr hören kann. Aber dass du alle Lepa Brenas in einer halben Stunde aus dem Internet ziehen kannst, das schnallt er nicht. Was weiß Mirsad, was Internet ist. Kassetten sind für ihn noch immer das Nonplusultra. Und das Zurückspulen und so.

Wir hauen sie uns jedes Mal rein, wenn Adi das Auto kriegt, und drehen die Musik auf bis zum Anschlag und fahren zuerst durch Fužine und hupen und die ganze Show, und dann fahren wir Richtung Stadt. Das ist der Wahnsinn. Sowieso können wir uns nicht unterhalten, weil alles vibriert, weil die Musik so hämmert, dass alles scheppert. Aber es ist hammergeil zu sehen, wie die Leute schauen, wenn du vorbeifährst und die besten Bräute anmachst.

„Sedišta se tresu u mom mercedesu!“

Wir sind die Stärksten, die Stärksten. Zigos sind wir, Zigos! Dieses Hämmern der Musik im Auto bei runtergedrehten Scheiben und Langsamfahren und diese geilen Sachen, das hat was. Am stärksten ist es, die Leute zu sehen, wie sie die Augen verdrehen. Weil du weißt, dass ihnen diese Musik nicht gefällt und dass sie uns alle am liebsten durch den Fleischwolf drehen und nach Bosnien zurückschicken würden, aber du fährst mit zehn die Stunde durch die Stadt und drehst voll Mile Kitić auf, dass dich alle hören.

„Plava ciganko! Plava ciganko! Ceo grad zbog tebe zna me, u crno si zavila me! Plava ciganko! Plava ciganko!“

Was ist? Motherfucker, debiler! Was glotzt du? Willst du Schläge? Keiner kann dir was, und du kannst ein heller Kopf sein und du kannst Tschefur sein, ob es ihnen passt oder nicht. Im Auto brauchst du dir keine Gedanken zu machen, was die Leute darüber denken, dass du ein Tschefur bist. Du fährst, und es geht dir am Arsch vorbei. Sie wissen nicht, wer du bist, sie wissen nicht, wo du wohnst, wie du heißt, nichts wissen sie. Passt dir was nicht? Warte nur, wenn wir anhalten, kriegst du meine Faust zu schmecken. Du bist stark. Das ist es. Du schämst dich nicht, du hast keine Angst, dass dich jemand anblafft, und es kann voll cool sein. Überhaupt wenn du über den Prešerec fährst und die Leute fragst, wo der Prešeren-Platz ist. Oder wenn du eine richtig dicke Frau siehst.

„Tanteee! Was bist du dick. Kriegst du Zwillinge?“

„Mädcheeen! Du bist so schön! Gehst du mit auf einen Burek?“

„Hallo Schwuchtel! Willst du mal schnell einen Barsch in den Arsch.“

Und du fährst weiter. Und die Leute verdrehen die Augen. Du hast kein so blödes Gefühl wie wenn sie dich fragen, ob Đorđić mit weichem oder hartem č, und woher deine Eltern sind, und wenn dir die Slowenischprof vor der ganzen Klasse mitteilt, dass du in deinem Aufsatz Kroatismen verwendest. Was für Kroatismen, du hohle Birne, lass dir das mal von Ćiro Blažević vertickern. Bosančismen! Keine Kroatismen.

Nichts dergleichen. Du fährst nur langsam die Stadt rauf und runter und bläst Turbo-Folk raus … Fickt euch ins Knie, alle. Alle, die ihr uns anstarrt, als wären wir aus dem Zoo ausgebrochen, und die Augen verdreht und euch denkt, warum haben wir nicht gleich alle gelöscht, und nicht nur die achtzehntausend. Für euch drehen wir die Sachen bis zum Anschlag auf und fahren durch die Stadt und provozieren euch. Seht her, was Schöneres kriegt ihr lange nicht mehr zu sehen, ihr Schwachköpfe.

„Armaturu čupaš iz temelja sreće, niko tako draga voljeti te neće.“

Dejan ist der Extremste. Seine Mutter ist Slowenin, und mit ihm geht es am meisten durch, und er lehnt sich aus dem Fenster und brüllt Tschefurenturbo. Aco bedient den Player und wechselt Mirsads Kassetten, Adi dreht das Lenkrad, den Ellbogen schön in der Tür, und ich verarsche die Leute.

„Gnä' Frau, wir haben ein Zebra verloren, so ein afrikanisches, gestreiftes. Haben Sie es vielleicht gesehen? Ist es hier vorbeigekommen? Wieso denn nicht? Wissen Sie, Gnä' Frau, was das ist, ein Zebra?"

Das ist der größte Spaß. Du fährst mit dem Merđo und hast einfach Spaß. Das ist Leben, und nicht Skilaufen und Badminton und Sauna und Bowling und diese slowenische Hinterwäldlerscheiße. Und Nuša Derenda und Saša Lendero.

„Prijatelju Đemo, idem u San Remo, pričuvaj mi Fatu, dok pjevam sonatu."

That's Life.

27. Warum Aco und ich am Pregl die Sprechanlage gecheckt haben

„Komm, halt am Pregl, wo ich und Marko verabredet sind."

„Vergiss es. Zu was seid ihr denn verabredet?"

„Wir sind verabredet und fertig. Halt an."

„Keine Chance. Wir machen jetzt schön ganz langsam."

„Was bist du denn für ein Flachwichser, wenn ich dir gesagt habe, dass du anhalten sollst."

„Ist mir doch egal. Was sagst du nicht, wohin ihr geht."

„Ach zieh Leine. Was geht dich das an."

„Gut. Spielst du eben den Fußgänger, wenn du es nicht sagen willst."

Adi fuhr am Pregl vorbei, und Dejan sah mich an, damit ich ihm sage, zu was Aco und ich verabredet sind, nur wusste ich genauso viel wie er. Nichts. Aco hat sich was ausgedacht, und jetzt kannst du im Kreis laufen. Klar, dass er nicht damit rausrückt. Er ist keiner von den großen Rednern. Die Grammatik ist nicht unbedingt sein Ding. Und ganze Sätze liegen ihm schon gar nicht.

An der Haltestelle am Rusjan ließ uns Adi endlich raus. Aco marschierte los Richtung Pregl, und ich hinterher. Jetzt war mir klar, dass das mit Damjanović zu tun hatte, und ich kriegte schon einen Schreck, dass er gleich jetzt auf ihn losgeht und ich ihm dabei helfen soll. Nicht genug, dass es Radovan die Sprache verschlagen hat, jetzt ist auch Aco stumm wie ein Fisch und hat was in petto, und mich hat er nur deshalb in seine Pläne einbezogen, weil die Bullen auch mir die Knochen einzeln nummeriert haben. Ich scheiß auf euch wortfaule Spackos, muss ich wirklich raten, was hinter euren Schädeln abläuft?

Wir kamen zu Nummer dreizehn am Pregl und Aco nahm die Sprechanlage unter die Lupe. Ich sah mich derweil um, ob ich jemanden kannte. Fužine ist ein komisches Viertel. Du gehst nur ein bisschen spazieren und schon wechseln die Gesichter und schon checken dich alle und schauen, was für einer du bist, und tun so, als wären sie gefährlich und dass es besser wäre, wenn du dich vom Acker machst, weil sie dich sonst auseinandernehmen. Aco war noch immer dabei, die Sprechanlage zu checken. Was glaubt er, dass wir direkt zu ihm gehen und ihn ein bisschen abklopfen?

„Da ist er."

Da steht Damjanović. Und was jetzt? Aco war irgendwas am Zählen.

„Ich schätze mal, sechster Stock."

Jetzt trat er zurück und sah zu den oberen Balkons hinauf. Dann spazierte er ein bisschen auf und ab und sah sich um. Irgendwas markierte er und tat, als wäre er ein Obergescheiter, der das Terrain inspiziert, um dann eine Aktion zu starten wie Rambo. Ich musste fast lachen.

„Was jetzt?"

„Nichts. Hier wohnt Damjanović. Im sechsten Stock."

Bis hier hatte Aco es einstudiert. Und das nächste Mal weiter. Was willste da machen, er ist eben ein Fužine-Rambo, kein richtiger. Ich ging auch selbst, mir das Namensschild an der Sprechanlage anzusehen, wenn ich deswegen schon ganz vom Rusjan hergelatscht war. Schön stand da Damjanović. Weiches ć.

„Ich möchte Adi und Dejan da nicht mit hineinziehen. Mich und dich haben sie verprügelt."

„Ich weiß nicht, ob ich dafür bin."

Wir gingen über den Parkplatz und Aco blieb plötzlich stehen.

„Du musst. Wenn dich ein Slowene am Arsch kriegt, sagst du okay, weil du weißt, dass sie dich dein ganzes Leben verarschen und dass du daran nichts zu kratzen hast. Das hier ist ihr Staat und da kannst du nichts machen. Aber wenn dich ein Tschefur verarscht, musst du es ihm heimzahlen, dass man es weiß. Von einem Tschefur darfst du dich nicht verarschen lassen, sonst bist du erledigt."

Ich war mir nicht sicher, ob ich ihn verstanden hatte.

„Was weiß ich. Du kannst ihn jetzt doch nicht in die Ljubljanica schmeißen, weil er die Muffen gekriegt und die Polizei gerufen hat."

„Ein bisschen wird das noch dauern, das mit meinem Arm. Hast Zeit, dich zu entscheiden."

Wie im Film. Aco ist auf seinem Trip und markiert den Maniac, der sich entschlossen hat, seinen gebrochenen Arm zu rächen. Wie Jean-Claude Van Damme, wenn am Anfang des Films seine ganze Familie umgebracht wird und er sich dann den ganzen Film auf die Rache vorbereitet und am

Ende alle umbringt. Nur, Aco haben sie nur den Arm gebrochen. Und Marina hat fünf Stunden vor der Polizeiwache gewartet.

Aco war wieder der große Schweiger und sagte kein Wort mehr. Wir gingen jeder für sich nach Hause und nickten uns zum Gruß nur zu. Ich blieb vor dem Block stehen und steckte mir noch einen Tschick an. Wenn Radovan weiß, dass ich rauche, dann kann ich auch vor dem Block rauchen, bevor ich nach Hause gehe. Ich fragte mich, wie sehr Damjanović schuld war an Acos gebrochenem Arm. Es kam mir gar nicht mehr so viel vor. Vielleicht hätte ich auch die Polizei gerufen, wenn ich im Bus vier besoffene Kretins gehabt hätte, die verrückt spielen. Und dass er ein Tschefur ist, hatte für mich damit überhaupt nichts zu tun. Aco übertreibt wirklich mit seinem ganzen Scheiß.

28. Warum Radovan schweigt wie ein Grab

Radovan sah eine Talkshow auf BK TV, wo sich die serbischen Brüder über die Zukunft Serbiens unterhalten. Radovan ist zwar im Leben dreimal in Serbien gewesen, das letzte Mal vor zwanzig Jahren, und das auch nur zu einem Fußballspiel, aber er glotzt wie hypnotisiert auf diese Šešeljs, Draškovićs, Koštunicas und all die anderen Tiefflieger, als wären sie seine angeborene Familie. Ihm gehen alle auf den Sack, ihn interessiert, sagen wir mal, nur, was in Serbien sein wird, denn dort leben Ružica und Milan und mehrere von seinen Verwandten, und weil er es als seinen Staat ansieht. Ich provoziere ihn manchmal absichtlich, von wegen wieso ist das dein Staat, wenn du doch aus Bosnien kommst, und er stottert und murmelt was und redet herum und schickt mich am Ende immer dahin, wo der Pfeffer wächst, und sagt, dass ich aufhören soll, ihn zu nerven, weil ich keine Ahnung habe. Aber ich weiß, wo der Hase begraben liegt. Radovan hat keinen eigenen Staat, und das fuckt ihn an. Alle bosnischen Serben fuckt das an. Bosnien haben sie sozusagen aus dem Programm gestrichen und haben auf die Republika Srpska geschworen und sich dann an Serbien gehängt, und jetzt glotzen sie diese Šešeljs und wissen nicht, ob nicht womöglich sogar die Muslime und Kroaten besser wären als diese

Idioten. Deshalb glotzt Radovan auf dieses Serbien und hofft, dass es ein normaler Staat wird, dass er sagen kann, dass das sein Staat ist. Denn jetzt schämt er sich zu sagen, dass das sein Staat ist, wenn der von solchen Figuren geführt wird wie Koštunica. Nur, Serbien wird nie ein normaler Staat. Das wissen alle.

Aber da schaut Radovan BK TV und ist wieder ganz nervös und sieht mich überhaupt nicht, als ich in der Tür stehe und mit ihm dies Trauerspiel schaue. Und Radovan schnaubt nur und schickt alle Augenblicke wen zum Teufel. Dann lehnt er sich zurück und gibt triumphierend seinen Kommentar ab.

„Scheißarschlöcher, verdammte. Was habt ihr aus diesem Staat gemacht. Dreckskerle, verdammte."

Und jetzt komme ich noch dran. Genau, die Sendung ist zu Ende, Radovan ist entsprechend angepisst und muss noch bei jemandem Dampf ablassen. Aber sagen tut er nichts. Er sieht mich nur so an, als würde er mir jeden Augenblick die Leviten lesen. Das bin ich schon gewohnt, denn er sieht mich schon seit der Polizeiwache so an, nur jetzt haben die Radikalen Öl ins Feuer gegossen, Bauerntölpel, retardierte. Ich wandere durch die Wohnung, Radovan folgt mir mit dem Blick. Wie die Raubtiere bei Animal Planet, wenn sie auf Zebras und Antilopen lauern. Ich denke, dass ich von all dem genug habe. Dass ich ihn nicht mehr sehen kann, wie er mich so ansieht. Dass ich noch verrückt werde, wenn er weiter so maulfaul ist. Ich denke, dass alles andere besser ist als das hier.

„Ich hab aufgehört mit dem Training."

Nichts. Radovan ignoriert mich. Er steht nur auf und geht langsam in die Küche, wie um Wasser zu trinken. Er untersucht den Geschirrspüler. Und tut irgendwelche Sachen in den Kühlschrank zurück. Er tut so, als wolle er schlafen gehen. Jetzt sieht er mich wenigstens nicht an. Jetzt tut er, als würde er mich ignorieren. Der Mann hat seine Taktik geändert.

„Als der Trainer gesehen hat, dass ich rauche, hat er gesagt, ich brauch nicht mehr zu kommen. Er hat mich nicht in die Halle gelassen."

Nichts. Da geht Radovan aus der Küche raus durchs Wohnzimmer ins Bad. Um sich die Zähne zu putzen. Er lässt das Wasser laufen, aber mich schreit er immer an, wenn ich es laufen lasse. Wie ein geprügelter Hund tappe ich hinter ihm her durch die Wohnung. Und jetzt stehe ich vor dem Badezimmer und sehe, wie er sich die Zähne putzt. Und das Wasser läuft noch immer.

„Ich habe mich scheiße gefühlt und da hab ich mich betrunken. Im Bus sind wir ein bisschen laut gewesen."

Radovan dreht das Wasser ab und beginnt überall das Licht auszuschalten. Im Bad, in meinem Zimmer, im Flur, überall. So als gäbe es mich überhaupt nicht. Jetzt überprüft Radovan, ob die Wohnungstür abgeschlossen ist. Er schließt sie noch einmal ab. Dann zieht er das Wasser im Klo. Und ich werde immer nervöser. Ich zittere. Ich kann es ihm nicht mehr in Ruhe klarmachen. Ich kann nur noch schreien oder flennen. Und das will ich nicht.

„Stockbesoffen hab ich im Bus gesessen, ich konnte mich nicht rühren, ich musste mich übergeben, und die haben mich dafür die ganze Nacht geschlagen. Ich habe mich scheiße gefühlt, weil ich mit dem Training aufgehört habe. Da hab ich mir die Kante gegeben. Wieso begreifst du das nicht?"

Radovan will ins Schlafzimmer. Schließt das Fenster im Wohnzimmer und will ins Schlafzimmer. Mir wird schlecht, wenn ich ihn sehe. Ich will ihn am Arm ins Wohnzimmer zurückzuziehen. Ich brülle.

„Du hast mich nicht gefragt, wie es für mich war auf der Polizei. Du hast mich nicht gefragt, was der Trainer beim Training mit mir gemacht hat, wenn er mir nicht geglaubt hat, dass mir der Knöchel wehtut. Du hast mich nicht gefragt, wie es für mich war, wenn ich die Nase voll hatte vom Basket, und wie, wenn ich nicht gespielt habe, weil ich angeblich zu jung war. Du hast mich nicht gefragt, wie es für mich ist, wenn du stumm bist wie ein Fisch und nichts sagst."

Ich zerre an Radovan, und er schiebt mich weg. Radovan schiebt mich weg, und ich halte ihn am Arm und will ihn nicht loslassen. Ich schreie, flenne, alles. Er will mich zur Seite schieben, aber ich lasse nicht los. Ich lasse ihn nicht ins Schlafzimmer gehen, bevor er nicht anfängt zu reden, und er ist auch schon total wütend und schiebt mich immer fester weg. Sagt aber nichts. Vollidiot, maulfauler. Wie kann er so sein?

„Ich lass dich nicht, bevor du nicht was sagst. Sag was. Saaag was! Saaaaag …"

Ich brülle wie ein Verrückter, und Radovan schweigt. Er schiebt mich weg, und ich zerre ihn ins Wohnzimmer. Ranka stürzt herein und zerrt uns auseinander. Und Radovan sagt noch immer nichts. Sie schieben mich gemeinsam weg, dass ich fast umfalle. Radovan sagt kein Wort. Er geht schön ins Zimmer und legt sich aufs Bett. Ranka kommt zu mir, um mich zu umarmen und zu trösten. Verpiss dich jetzt, Ranka. Wo warst du vorher?

„Du Stummfilmartist, du debiler. Fahr zur Hölle und schweig dort. Hast du gehört!"

Ranka versucht mich aufzuhalten, kann es aber nicht. Auf einmal reißt etwas in mir und ich breche voll in Tränen aus. Bis zum Gehtnichtmehr. Ich brülle, und die Tränen laufen und ich kann sie nicht mehr aufhalten. Ich schlage mit den Fäusten gegen die Wand und brülle. Niemals im Leben habe ich so geweint. Ich zittere und weine und kann kaum atmen. Alles, was sich seit Langem aufgestaut hat, fließt jetzt auf einmal aus mir heraus. Trauer, Qual, Armseligkeit, nur Wut ist keine mehr da. Ich weine wie ein kleines Kind. Und erlaube Ranka, mich in den Arm zu nehmen, und weine an ihrer Schulter. Ich bin fertig. Ich kann nicht aufhören, keine Chance. Als würde alles, was sich tagelang aufgestaut hat, jetzt in einem dicken Schwall aus mir herausrinnen. Ich bin geplatzt. Wie ein kleines Kind. An Mamas Schulter. Die nass ist von meinen Tränen.

29. Warum wir immer den Idioten machen

Warum machen wir immer irgendwie den Idioten? Warum können wir nicht normal sein und uns normal unterhalten? Und nicht immer diese Spiele und Spielchen und der ganze Heckmeck. Warum muss Radovan schon hundert Jahre andauernd was markieren? Warum spielt Ranka dauernd was vor und jagt ihn nicht zum Teufel? Um des lieben Friedens willen im Haus. Ich weiß. So war es immer. Alles wird gemacht um des lieben Friedens willen im Haus. Scheiß auf ihren Frieden und ihr Haus. Alle spielen wir irgendwas vor wegen diesem Drecksfrieden im Haus. Und wer sagt, dass es, wenn wir aufhören würden, was vorzuspielen, zum Krieg käme? Und was, wenn erst danach Friede wäre? Ranka und Radovan haben den Zug verpasst. Noch immer glauben sie, dass ich ein kleines Kind bin, mit dem man nicht normal reden kann. Es gibt Leute, die dürften keine Kinder haben. Das hat Doktor Josip von der Insel bei Zadar sagen wollen. Nur dass sie nicht auf ihn gehört haben.

Warum geht jedes Mal, wenn ich was auf eigene Faust mache, alles voll in die Hose? Warum kann nicht mal alles in Ordnung sein, auch wenn ich das Training schmeiße und mich einmal abfülle? Was habe ich denn getan, dass ich bestraft werden muss? Und wem will ich was? Ich lebe mein

Leben. Warum kann ich nicht normal die Sachen machen, so wie ich sie machen will? Wie es mir passt. Warum muss ausgerechnet ich immer Scheiße bauen? Warum führen andere ein normales Leben und müssen nicht jeden zweiten Tag heulen?

Warum ist dieses Fužine ein solcher Dreck von einem Viertel, dass dich alle ansehen wie einen Kriminellen, wenn du von Fužine bist? Wir haben Rašo, den NBA-Spieler, wir haben eine Bürgermeisterin, einen Menschenrechtler, Fußballer, Handballer, einen Präsidentschaftskandidaten, eine Moderatorin, alles haben wir, wir sind nicht alles Kriminelle, ihr Wichser, ihr. Fužine ist der größte Gemischtwarenladen in der ehemaligen Jugovina. Alles haben wir hier. Slowenen, Kroaten, Bosnier, Serben, Montenegriner, Mazedonier, Albaner, Zigeuner, auch ein Neger ist mal dabei und Palästinenser und Mischehen und alles Mögliche. Das sind ganz normale Menschen. Man braucht uns nicht sofort weichzuprügeln, wenn wir mal ein bisschen angeschüttet sind. Würden sie auch die kleinen Kretins von Olimpija so niederknüppeln? Nein. Weil die von Murgle sind. Scheißrassisten, verdammte. Was haben wir euch getan? Heimwehrarschlöcher.

Ich weiß nicht, warum Aco diesen Damjanović zu Brei schlagen will. Nur deshalb, weil er ein Tschefur ist? Das kapier ich noch immer nicht. Mensch, Aco, ist doch hirnrissig! Weshalb denn? Es war doch nicht Damjanović, der dich mit dem Gummiknüppel bearbeitet hat, sondern Končar, der Hurensohn. Aber Aco weiß, dass er gegen diesen Končar nicht ankann, deshalb ist er jetzt hinter dem Damjanović her. Das sind so seine blöden Spielchen. Wie damals, als er sich bei der Wiederholungsprüfung entschloss, den Mund nicht aufzumachen, weil er der Professorenschlampe was übelgenommen hatte. Er war auf einem Trip und schmiss die Wiederholungsprüfung, aber die Prof juckte das überhaupt nicht. Hör mal, Aco, ich scheiß auf deinen Schwachsinn. Wo hast du das her, dass du so blöd bist.

Und Radovan schnarcht. Soll er doch zum Teufel gehen. Ihm ist alles egal. Für ihn ist wichtig, dass er seine Prinzipien hat und Grundsätze und alles. Und dann dieses ganze Getue. Dass er den Idioten macht. Was ist denn schon dabei, wenn ich mit dem Training aufgehört habe. Ich hab aufgehört und fertig. Meine Entscheidung. Ich habe mit dem Training aufgehört und nicht du, du egoistischer Sack. Mich hat diese Schwuchtel aus dem Verkehr gezogen und nicht dich, und ich habe dieses Kapitel abgeschlossen. Das ist für mich erledigt, und was jetzt. Ich werde was anderes im Leben machen. Werd ich schon. Es wird besser, Radovan, du großer Schweiger. Es wird besser. Du wirst sehen, dass es besser wird.

30. Warum die Moderatorin im Trainingsanzug ganz anders ist

Wieder weckte mich der Postler. Ich wusste weder, wann es mir gelungen war einzuschlafen, noch ob ich überhaupt geschlafen hatte, weil mir schien, dass ich die ganze Nacht die Bilder von Radovan und Ranka und mir und Aco vor Augen hatte und sich mir alles im Kopf drehte, sodass ich überhaupt nicht wusste, ob ich geträumt hatte oder nur gedacht. Und dann klingelte plötzlich die Sprechanlage.

„Post zum Unterschreiben."

Sollen er und seine Post doch zum Teufel gehen und aufhören, mich zu nerven. Soll doch deine Mami unterschreiben. Ich war noch ganz dösig vom Schlafen, dass ich kaum die Tür aufschließen und mich zum Aufzug schleppen konnte. Ich weiß wirklich nicht, was er mich heute mit dieser Post rausklingeln muss. Warum bin ich nicht liegen geblieben, dann hätte der Typ die Mitteilung in den Kasten geworfen, und fertig. Natürlich ist das bloß wieder so ein Schmarren von der Bank für Radovan.

Im Aufzug sah ich in den Spiegel und stellte fest, dass ich das T-Shirt umgekehrt anhatte und dass ich zwei verschiedene Pantoffeln an den Füßen trug. Einen eigenen und einen von Radovan. Und dazu ganz ungewaschen und verstunken und verklebt. Jedenfalls völlig von der Rolle. Und da steigt die Moderatorin in den Aufzug. Das kann doch nicht wahr sein. Ausgerechnet jetzt, wo ich so abgefuckt bin. Und wahrscheinlich erkennt man auf meinem Gesicht noch was von den Tränen von gestern Abend. Ich will schon vor Scham den Blick senken, da sehe ich, dass sie noch dösiger ist als ich. In so einem ausgeleierten Tschefurentrainingsanzug, ohne Lippenstift, zerrupft, in löcherigen Pantoffeln und einem dreimal zu großen T-Shirt. Und dann sehen wir uns an und fangen an, einer über den anderen zu lachen. So auf easy.

„Hat dich auch der Postmensch geweckt?"

Sie fragt mich. Du glaubst es nicht. Und lacht mich an. Jetzt weiß ich wirklich nicht, ob ich wach bin oder ob ich noch immer träume. Ich nicke irgendwie und lache und es ist mir nicht einmal unangenehm und ich sehe nicht zu Boden und ich bin fast mutig und alles. Und schon überlege ich, dass wir, wenn der Postler diese Post normal austeilt und nicht rumpalavert, auch zurück zusammen im Aufzug fahren werden.

Unten beim Postler voll irgendwelche Leute, irgendwelche Einkünfte werden verteilt oder was. Und es geht schnell. Du unterschreibst, nimmst und gehst.

„Prinčič."

Sie unterschreibt und kriegt ihr Kuvert und geht Richtung Aufzug. Und ich werde nervös. Was, wenn sie ohne mich rauffährt. Ich sehe den Postler an. Mach schon, Mann. Mach zu, dass ich sie noch erwische und dass wir zusammen nach oben fahren und dass sie mich noch was fragt und dass ich vielleicht noch ein Wort herauswürge.

„Đorđić."

Und der Typ kramt herum und faselt irgendwas und am liebsten würde ich ihm in den Hintern treten. Die Moderatorin ist schon vor dem Aufzug. Komm, mach zu, du Hohlbirne, ich flehe dich an. Aber er sportlich leger.

„Đorđić?"

„Ja."

„Radovan?"

„Nein. Marko. Der Sohn."

„Das muss er persönlich übernehmen."

Eh, fuck jetzt. Alles hast du Arsch versemmelt. Weißt du nicht, dass ich nicht ohne Post zurückkann? Die Moderatorin steht noch immer vor dem Aufzug, aber jetzt muss ich warten, dass sie allein einsteigt. Denn was, wenn sie mich fragt, was mir der Postler gebracht hat? Soll ich sagen, dass es was für Papi war? Keine Chance. In die hohle Hand geschissen. Geh doch ich weiß nicht wohin. Denn sonst könnte ich sagen, dass es für mich ist, von der Polizei oder vom Verteidigungsministerium, alles Mögliche. Aber jetzt stehe ich hier vor den Briefkästen und sehe sie, wie sie auf den Aufzug wartet. Aber der kommt und kommt nicht. Aber wenn ich Post gekriegt hätte, wäre er sofort gekommen und hätte sie mir entführt.

So im Trainingsanzug ist sie ganz anders. Cool, ja. Noch immer ist sie megageil mit diesen langen schwarzen Haaren und so. Aber so verschlafen und ungeschminkt ist sie viel normaler, denke ich, viel gewöhnlicher. Da könnte sich auch so ein Loser, wie ich einer bin, mit ihr unterhalten. Es wäre mir nicht unangenehm vor ihr. Ich würde nicht zu Boden sehen müssen. Ich könnte ihr in die Augen sehen und nicht auf den Hintern. Wenn sie immer im Trainingsanzug wäre, hätte auch ich Chancen.

Der Aufzug kam und sie stieg ein. Sie sah sich nicht nach mir um, sie wartete nicht. So nah am Erfolg war ich gewesen. Was für eine Gemeinheit. Wieder hatte es Radovan versemmelt. Welcher Trottel ist auf die Idee gekommen, dass man diese Post persönlich übernehmen muss? Wer hat sich das ausgedacht? Was ist das für eine Scheiße? Ich bin doch sein Sohn. Der einzige. Reicht das nicht? Wenn sie mich in zwanzig Jahren fragen werden, warum ich nicht geheiratet habe, werde ich sagen, deshalb, weil du die Post persönlich übernehmen musst. Da geht die Moderatorin und ich sehe die Lämpchen überm Aufzug und sehe, dass er im achten Stock hält. Ich sehe sie direkt vor mir, wie sie aus dem Aufzug steigt. Ich höre, wie sie mich mit ihrer sexy Stimme grüßt. So ein Beschiss.

31. Warum wir das Spiel nicht zu Ende geschaut haben

Dass mein Leben total im Arsch ist, war mir klar, als mich Dejan anrief und mich fragte, ob ich am Abend zu ihm das Spiel schauen komme, und ich ihn fragte, welches Spiel. Und dabei spielten Barcelona und Arsenal. Finale der Champions League. Du glaubst es nicht. Hatte ich total vergessen. Ich hatte die *Sportske* schon hundert Jahre nicht gelesen, hatte nicht gewettet, keinen Teletext geschaut, nichts, gar nichts. Ich war total abgedriftet. Und dabei bin ich doch so was wie ein Fan von Barcelona. Ein Oberfan, der vergisst, dass sein Lieblingsklub das Finale der Champions League spielt. Ich trabte zu Dejans Block rüber und musste daran denken, dass das alles zusammen jetzt schon kritisch war. Deshalb, weil mir das mit Barca und Arsenal am Arsch vorbeiging. Was juckt mich das. Selbst wenn ich das Spiel überhaupt nicht schauen würde. Und das ich, der ich das Training gespritzt und rumerzählt habe, dass ich lerne und so, damit ich die Spiele von Barca dienstag- und mittwochabends schauen konnte. Hier die Aufstellung von Barcelona, aus dem Kopf: Valdés, Belletti, Márquez, Puyol, Van Bronckhorst, Xavi, Deco, Giuly, Ronaldinho, Eto'o, Larsson. Ich kann auch die Reservebank aufzählen. Alle Ergebnisse der Champions League, die besten Torschützen, alles kann ich auswendig.

Aber jetzt geht mir das am Arsch vorbei. Scheiße, ich weiß wirklich nicht, ob ich noch normal bin. Was für ein Tschefur ist das, dem das Finale der Champions League egal ist.

Gewöhnlich schauen wir die Spiele bei Dejan, weil Mirtić sowieso im Kubana ist und Sonja Nachtschicht hat, weil sie Krankenschwester ist. Meiner Schätzung nach stanzt sie Nachtschichten, damit sie nicht nachdenken muss, warum Mirtić nicht zu Hause ist und so. Dunja aus dem Vierer, von meiner Mitschülerin Anja die Mutter, ist auch Krankenschwester, aber sie stanzt nicht wie eine Verrückte Nachtschichten. Aber Sonja scheint das zu passen.

Heute sind wir vier komplett. Adi hat auf Barcelona gewettet und ist total nervös, weil er pleite ist und wenn er wieder danebenhaut, ist er total im Arsch. Dejan hat auf Arsenal gesetzt, weil er klüger ist als alle und als Einziger auf der Welt denkt, dass Arsenal gewinnt. Obwohl sie sich bis zum Finale durchgeschummelt haben und kein Bein auf die Erde kriegen. Aco hat nicht gewettet. Auch er ist im Arsch und das Finale der Champions League kümmert ihn einen Dreck. Ihn hat Damjanović voll im Griff.

Und wir schauen das Spiel und alles ist cool und der Holzklotz von Libero Campbell macht ein Tor und Arsenal führt und Dejan gibt den Klugscheißer und er und Adi beharken sich sowieso, aber sollen sie sich nur aufgeilen, ich bin jedenfalls nicht dabei. Ich bin nicht präsent. Ich schaue, ja, und tu so, als würde es mich interessieren, nur in Wahrheit scheiß ich drauf. Null Interesse an Henry und Ronaldinho und Gelbe Karten und Ivo Milovanović. Und überhaupt geht mir Dejan auf die Nerven, weil er nicht auf die Kroaten umschalten will, dass wir einen normalen Kommentar hören. Božo Sušec oder Drago Ćosić. Statt dass mir dieser Typ seine „runden Leder" und „Strafräume" und „verbotenen Positionen" und „Torhüter" und diesen ganzen slowenischen Schwulst um die Ohren haut. So als würde ich Prešeren schauen, und nicht Fußball.

Adi und Dejan sind schon total nervös.

„Warte nur, bis Henry wieder durchmarschiert und eurem Valdez einen zwischen den Ostereiern durchschiebt. Schau dir doch diesen Zigo an. Wo wird der Henry stoppen, wenn er ihn nicht mal sieht."

„Wartet, bis Barcelona richtig anfängt."

„Doch nicht wirklich. Wenn Barcelona nicht Ronaldinho hätte, wären sie schon in der ersten Runde rausgeflogen."

„Ohne Henry würde Arsenal in der zweiten Liga spielen. Stimmt doch, oder?"

„Leck mich!"

Ich musste an die Moderatorin denken. Auf einmal sah ich sie vor mir, wie sie im Trainingsanzug und zerzaust auf der Couch sitzt und fernsieht. Dazu Popcorn. Und lacht. Die Füße hat sie auf dem Tisch, und mit dem Popcorn zielt sie auf den Bildschirm. Dann steht sie auf und dreht die Musik laut. Und tanzt ein bisschen und wedelt mit ihren langen Haaren. Sie macht sich ein Sandwich. Sie öffnet den Kühlschrank, nimmt die Milch raus und macht sie auf dem Herd heiß. Sie setzt sich auf die Küchenplatte und wippt mit den Beinen. Sie unterhält sich am Telefon. Sie lacht. Sie schaut sich im Spiegel an und drückt sich einen Pickel aus. Geht auf die Toilette. Zieht das Wasser. Untersucht den Pickel. Reckt sich und wirft sich zurück auf die Couch. Sie macht eine Kerze. Steht auf und geht auf den Balkon. Ihr Blick wandert über Fužine. Sie kratzt sich am Kopf. Es juckt sie das Ohr. Wieder sitzt sie auf der Couch und zappt durch die Kanäle. Sie zieht sich die Strümpfe aus und besieht sich ihre Füße.

„Was für eine Lusche. Wie kannst du den danebenhauen, du Schwuchtel!"

„Er kann nicht, er ist aus Holz, er hat zwei linke Füße. Da, siehst du das? Nicht mal gehen kann der."

„Raus mit dir. Wo haben sie dich aufgelesen, dass du für Barcelona spielst!"

„Bei Arsenal hat er am Rand die Bälle eingesammelt!"

„Wirst sehen, was sie euch in der zweiten Halbzeit servieren."

„Ich weiß genau, was sie uns servieren werden. Ich weiß, ich weiß. Das geht in die Hose. Das geht total in die Hose."

Die erste Halbzeit ist zu Ende. Arsenal führt eins null. Dejan stellt den Fernseher leiser und legt seine Musik auf. Wir fläzen uns auf der Couch und auf den Sesseln. Keiner hat Lust, sich zu rühren. Nur Dejan ist wie aufgedreht, weil Arsenal führt. Als wüssten wir nicht alle, dass Barca sie in der zweiten Halbzeit vernichten wird. Dejan fängt an, zwischen irgendwelchen alten Platten von Dule herumzukramen, und legt eine auf. Wo hast du sonst noch gesehen, dass es Grammofone gibt. Über Dule ist wirklich die Zeit drübergefahren.

„Also, wenn du siehst, was ich letztens gefunden habe, was Dule gehört hat. Du stirbst vor Lachen. Was für armselige Stücke."

Nicht, dass uns überhaupt nicht interessiert hätte, was für Stücke Dule gehört hat, nur Dejan hat beschlossen, uns mit dieser Kiffermusik auf den Sack zu gehen. Und wir müssen uns irgendwelchen alten Jugo-Rock anhören, über irgendwelche Schwuchteln.

„Ich bin für die freie Männerliebe! Ich bin für die freie Männerliebe!"

Dejan dreht bis zum Anschlag auf, dass wir uns die Ohren zuhalten müssen. Das ist so am Kratzen und Rauschen, dass es nicht auszuhalten ist. Aber Dejan gefällt das.

„Hast du ihn gesehen, Dule, die Schwuchtel. Was sind das für Stücke."

Okay, Dule war nicht so ein Bauer wie Radovan oder Mirsad. Er war ein Stadtkind. Der hörte nicht diesen Turbo-Folk und diese Sachen. Dušan Dule Mirtić war ein echter Rocker. Ein Intellektueller. Er passte wirklich nicht nach Fužine unter die Bauern. Er hätte durchaus, wenn er mal nüchtern gewesen wäre, im Fernsehen mitdebattieren können, bei Trenja oder Odmevi und so.

„Komm, mach das aus. Das ist was für Kiffer, und nicht für normale Menschen."

Das waren total verfickte Stücke. Ich weiß nicht, was das für Spackos waren, die sich so was anhörten. Kein Wunder, dass Dule, aka Agent 003, auf die alten Tage abgesoffen ist.

„Dule der Haschbruder!"

„Nicht zu glauben. Kannst du ihn dir vorstellen, wie er raucht und dazu diese Schwuchtelmusik hört?"

„Schalt zurück zum Fußball, weil es fängt an."

Endlich machte Dejan die Musik aus und schaltete auf das Spiel um. Langsam fing ich an reinzukommen. Ein bisschen zerrte es doch an meinen Nerven, denn dieses Arsenal ist wirklich ein unangenehm zu spielender Gegner und Ronaldinho ist echt abgeschlafft und bringt nichts. Nur dann platzte auf einmal Sonja wie eine Furie herein und setzte Fußball und Fete und alles auf null. Als sie uns da sitzen sah, wurde ihr schwarz vor Augen. In einer Sekunde war sie auf hundertachtzig, und Dejan schiss sich in die Hose, als er sie sah. Er schaltete einfach den Fernseher aus, dabei hatte die zweite Halbzeit gerade angefangen.

„Haben wir uns abgesprochen, dass du für die Schule lernst und dass es keine Party gibt?“

„Wir schauen nur das Spiel. Finale der Champions League.“

„Interessiert mich nicht. Interessiert mich überhaupt nicht.“

Eine ganz komische Stille entstand. Dejan fuchtelte irgendwas mit den Händen und zeigte auf den Fernseher, der sowieso aus war, und Sonja verdrehte die Augen und schüttelte den Kopf und schnappte nach Luft wie Radovan. Dieses Nach-Luft-Schnappen ist, wie es aussieht, eine Spezialität aller Eltern. Auch der slowenischen.

„Interessiert mich nicht. Vier Gegenstände musst du ausbessern. Vier. Und wir haben Ende Mai.“

Wir sahen, was die Stunde geschlagen hatte, und fingen an, von der Couch hochzukommen, weil uns allen klar war, dass es das Beste ist, wenn wir uns nach Hause trollen. Und zwar binnen sofort. Dejan versuchte noch, ihr eine Story aufzutischen, aber Sonja ließ sich nicht verarschen. Sonja hat schon von allem die Schnauze voll und ist total nervös und jedes Mal, wenn du sie siehst, kommt dir vor, dass sie jeden Moment einen Nervenzusammenbruch kriegt. Und wen erwürgt. Eine gefährliche Frau, echt. Dejan versuchte sich irgendwie herauszureden, und Sonja sah uns an, als wären wir schuld, dass Dejan vier Fleck hat und die Klasse schmeißen wird, nur hab ich ihn nicht so vertrottelt auf die Welt gebracht, gnädige Frau. Sie und ihre Hysterie. Komm mal runter, verrücktes Weib, würde Radovan sagen. Wann immer du sie siehst, ist sie nervös wie ein Hund. Und die ganze Zeit schaut sie, als wären all die anderen schuld, dass sie ständig mit Schulden und Überziehungsrahmen kämpft und ich weiß nicht was noch. Ein Glück, dass wenigstens Nataša fleißig und vernünftig ist. Aber bei der ist auch mal Schluss mit lustig bei so einer Mutter und so einem Vater.

32. Warum Adi zum Junkie wird

Wir kamen aus dem Block wie angepisst. Allen ging die Situation mit Sonja und Dejan auf den Sack und keiner hatte jetzt Lust, in irgendein Lokal umzuziehen und das Spiel zu Ende zu schauen. Wir liefen so durch Fužine, und alle laberten nervös irgendwas über ich weiß nicht was. Aco war noch immer total still, und ich regte mich auf wegen Sonja und Mirtić und Dejan und diesen Nebulositäten. Wir warfen uns auf die Klettergerüste und Adi zog irgendwelches Grünzeug aus der Tasche. Einen ganzen Haufen Grünes. Woher hat er so viel Gras, bei seiner Mama Samira. Aco und ich schauten verblüfft, wie der Typ fummelte und faltete und nichts sagen wollte und dann anfing, eine riesige Tüte zu bauen.

Ich sah ihm zu, dem blöden Hund, wie er das Gras aus dem gestopft vollen Beutel schüttete, dass mir schwindlig wurde. Adi war immer der ärmste Hund, und dann kommt er plötzlich gleich mit einem ganzen Haufen Grünzeug an.

„Fängst du jetzt an zu dealen, du blöder Tschefur? Ha?"

„Einen Scheiß deale ich!"

„Adi, laber nicht rum! Sag, ob du dealst!"

„Und was wenn! Hast du Probleme?"

„Du sollst nur sagen, ob du dealst, du Arsch mit Ohren!"

„Komm, schieß in den Wind mit so was."

„Und woher hast du das ganze Gras? Hat dir das dein Papi aus Klagenfurt mitgebracht?“

Der weltberühmte Intelligenzbolzen Adnan Mutavdžić dreht seine Tüte und schweigt eisern. Ich will verdammt sein, wenn ich ihn nicht direkt erwürgen könnte, weil er so ein Idiot ist. Ich könnte ihm sein ganzes Gras ins Maul stopfen. Nicht, weil er es hat, sondern weil er etwas verheimlicht und nichts sagen will. Der ganze Bullshit und sein ganzes Getue gehen mir schon so auf den Sack, dass ich ihn am liebsten den Cops melden würde, soll er denen was vorquatschen.

„Hat die Katze deine Zunge gefressen, oder was? Muss ich dich erst durchwalken, verdammtes Lügenmaul.“

„Was geht dich das an! Kümmere dich um deine Angelegenheiten, du Saftsack.“

„Okay. Fuck off.“

Er ging mir so auf den Keks, dass ich schon ganz nervös war und aufstand und auf dem Spielplatz auf und ab tigerte. Ich schmiss mich auf die Schaukel und schaukelte wie verrückt. Der verdammte Adi und sein Gras. Sind wir nun Kollegen oder nicht? Das ganze Leben waren wir irgendwie zusammen. Als kleiner Junge kam er zu meinen Geburtstagen und blies als Gag die Kerzen auf der Torte aus anstatt mir, sodass Ranka total angefuckt war und ich ihn nicht mehr einladen durfte. Zusammen spritzten wir die Schule und zogen uns bei Iztok Videospiele rein, aber dann kriegte uns sein Vater zu fassen und machte uns nieder, weil wir angeblich Iztok gezwungen hätten, mit uns zusammen die Schule zu spritzen und uns auf seinem Computer Spiele spielen zu lassen. Gemeinsam füllten wir uns zum ersten Mal mit Schnaps ab, den wir uns aus Hukićs Keller organisiert hatten, und dann kotzten wir alle in die Ljubljanica, und Dejan fiel ins Wasser. Und zusammen befummelten wir in der Garderobe unsere Mitschülerin Alma, die große Ballons hatte. Und auf der Abschlussfete waren wir alle gescheit und stark und gingen den Leuten auf die Nerven, und dann liefen wir von der Disco ganz bis nach Fužine, weil uns irgendwelche Maniacs jagten, Bauerntrottel, dämliche. Und zusammen wollten wir zum Konzert von Bane Bojanić und verliefen uns und liefen die ganze Nacht über irgendwelche Äcker, anschließend posaunten wir in Fužine herum, dass dies das abgefahrenste Konzert war und dass wir es uns reingezogen hatten und wie alles war, aber dann erzählte uns Cerić, dass das Konzert ausgefallen war. Als was für Idioten standen wir da. Wir hatten uns Schande gemacht, würde mein Nachbar Senad sagen.

„Wenn du es schon wissen musst, Peši hat mir die Ware rübergeschoben, weil sich der Typ voll angeschissen hat, als die Razzia war."

„Kümmert mich nicht."

„Was bist du denn für ein Weichei! Da, nimm. Mach einen Zug. Zum Runterkommen."

Ich weiß selbst nicht, warum ich diesen Scheißjoint doch genommen und einen Zug gemacht habe. So auf easy, ich habe nicht voll inhaliert. Das war mein erster Zug im Leben, und ich hab mir überhaupt nichts dabei gedacht. Ich war von mir selbst überrascht. Die ganze Situation hatte mich total zerlegt und ich konnte nicht mehr klar denken. Ich sah auf diese Scheiße in meinen Händen und konnte es nicht glauben. Nichts. Leere. Ich fühlte keinerlei Wirkung, nichts, was mir Angst gemacht hätte, nichts, was mir auf den Sack gegangen wäre. Alles war für mich geradeaus und eben. Ich gab Adi den verdammten Joint zurück. Er und Aco rauchten weiter, aber ich wollte nicht mehr. Mir war, als würde nichts von all dem mehr mir passieren. Als würde ich träumen. Soll doch alles zum Teufel gehen, dieses Leben und so. Als hätte ich den Stecker gezogen. Wie ein Zombie. Oder der größte Schwachkopf. Ich glotze nur ins Leere, die Dinge passieren mir eines nach dem anderen. Wenn ich nicht in die Anstalt gehöre, dann weiß ich wirklich nicht. Was zum Teufel ging hier vor? Alles stank nach Gras. Wenn jemand auf zehn Meter an uns herankäme, wüsste er, dass wir geraucht haben. Diese Heimlichtuerei war mir sowieso nie klar, wenn es dann so riecht, dass alle wissen, wer geraucht hat und wo. Ich wollte mir absichtlich Angst machen und stellte mir Radovan vor, wie er anmarschiert kommt und mich rauchen sieht, aber das war mir auch egal. Was kümmert mich Radovan. Da scheiß ich doch drauf. Fahrt doch alle zur Hölle. Fickt euch in die heilige Dreifaltigkeit! Los!

„Und was willst du jetzt mit dem Gras?"

„Was weiß ich. Ich werd es an die Rotzgören verkaufen. Und dann werd ich mir diese Felgen kaufen, die sich drehen. Du kennst doch die aus der Sendung auf MTV, wo sie die alten Autos aufmotzen? Wo sie diese Felgen draufmachen, die sich auch noch drehen, wenn das Auto schon steht? Die werd ich mir besorgen."

„Aber du hast doch gar kein Auto. Was willst du da mit Felgen?"

„Die kommen im Zimmer an die Wand, dass sie sich da oben schön drehen. Und dann schmeißt du dich aufs Bett und siehst, wie sie sich drehen und leuchten und so.“

Adi meinte es ernst. Kein Scheiß. Er würde sich tatsächlich Felgen kaufen und sie an die Wand hängen. Er hat tatsächlich vor, Gras an Teenager zu verticken und sich Felgen anzuschaffen. Du glaubst es nicht. Das ist die Fužine-Szene. Da kannst du dir gleich die Kugel geben. Würdest du Adi eine Luxushütte in Beverly Hills anbieten und einen Jaguar und Angelina Jolie zur Frau, hätte er die rotierenden Felgen an der Wand seines Kabuffs in Fužine immer noch lieber. Dem ist nicht zu helfen. Er hat alle Voraussetzungen zum Junkie.

Jetzt knallen die Böller. Ende des Spiels, und wir haben keine Ahnung, wer die Champions League gewonnen hat. Totale Loser. Ich schaukle noch immer auf der Schaukel, Adi und Aco haben ihre Tüte fertig, und in Paris freuen sich welche über den Gewinn der Champions League. Nur wir wissen nicht, ob Arsenal oder Barca. Wenn das nicht der Beweis ist, dass wir komplett von der Rolle sind. Katastrophe …

33. Warum mir auf einmal die Stille zusagt

Zu Hause war totale Stille. Radovan und Ranka zogen abwechselnd beleidigt die Nase hoch. Angezogen warf ich mich im Dunkeln aufs Bett und starrte an die Decke. Ich wollte nicht mal zum Fernseher, um nachzusehen, wer gewonnen hatte. Komplett weggetreten lag ich da, wie erschlagen. Nach meiner Schätzung bewegte ich mich gute zwei Stunden nicht. Ich weiß nicht, ob ich in der Zwischenzeit mal die Augen zugemacht habe und einschlafen wollte. Ich glotzte an die Decke, und das war's. Wie ein Debiler.

Das Schlimmste war, dass es mir so passte. Ich fühlte mich richtig gut. Ich horchte auf das Schnarchen von Radovan und Ranka, auf irgendwelche unverständliche Stimmen von Leuten vor dem Block, das Geräusch der Züge, die vorbeidüsten, das Brummen des Aufzugs, bei dem ich erst vor Kurzem geschnallt hatte, dass das der Aufzug ist. Ich war ruhig, und das fand ich so gut, dass ich auf diesem Bett noch hundert Jahre hätte liegen können. Und das war nicht wegen dem Gras, weil ich ja nur einen Zug gemacht hatte, und den auch eher flach, ohne zu inhalieren. Etwas anderes war es, nur hatte ich keinen blassen Schimmer, was. Ich zerbrach mir nicht den Kopf, weder über Radovan noch über Ranka, noch über Aco und Damjanović, nicht über Adi und seinen

Stoff, und auch nicht über Dejan und was er so an blöden Sprüchen rausschiebt. Genau genommen weiß ich überhaupt nicht, was ich da grübelte. Ich weiß nur, dass ich mit offenen Augen dalag und an die verfickte Decke starrte und an den Kronleuchter und die Schatten und ich weiß nicht, was noch.

Ich weiß, dass ich an diese Chinesen dachte, die in Decken eingerollt sind und meditieren und auf Nirwana abfahren und so. Die sind mir immer ein bisschen strange vorgekommen und für die Anstalt, und jetzt sah ich mich unter ihnen, wie auch ich glatzköpfig bin und in diesen Schlapfen dasitze und meditiere und mir die ganze Welt am Arsch vorbeigeht. Zwischendurch hatte ich den Gedanken, dass ich von allem, was mir passiert war, schon völlig durcheinander und nicht mehr normal war. Nur dass ich mich deswegen überhaupt nicht aufregte, sondern mir ruhig weiter vorstellte, wie ich in dieser Zwangsjacke durch die Irrenanstalt laufe, bevor ich mich wie Mel Gibson in *Lethal Weapon* aus ihr herauswinde. Nur dass er sich die ausgekugelte Schulter selbst wieder einrenkt und sich deshalb herauswinden kann.

War ich etwa high? Aber das konnte nicht sein, weil wenn ich von einem einzigen Zug so fertig war, war ich echt nicht normal. Das waren irgendwelche psychologischen Reaktionen oder so was. Wahrscheinlich war das völlig normal, außer dass das nur die Doktoren wissen, die dann die Oberschlauen sind und Gott spielen.

Dann kam mir der Gedanke, dass sich vielleicht alle Verrückten so fühlen und dass es stimmt, was Adi einmal behauptet hat, dass nämlich das die glücklichsten Menschen sind auf der Welt, weil sie nichts wissen und ihnen nichts klar ist. Vielleicht wirklich. So liegen sie und schauen ins Leere und genießen. Denen geht komplett am Arsch vorbei, dass Serbien kein Meer hat. Ich fühlte mich wirklich so, dass ich das ganze Leben so hätte liegen können. Ich musste daran denken, dass ich mich nicht vom Fleck gerührt hatte, seit ich mich hingelegt hatte. Nicht einen Muskel hatte ich bewegt. Und kein Bedürfnis verspürt, mich zu rühren. Sonst hatte ich mich immer wie verrückt im Bett hin und her gedreht, dass jede Bettdecke unter mir zerwühlt und zerknautscht war, dass Ranka nicht mehr wusste, was sie tun sollte.

Fertig. Aus. Ich bin verrückt. Durchgedreht. Durchgeknallt. Sprung in der Schüssel. Ein Irrer.

34. Warum Tschefuren immer in der letzten Bank sitzen

Das Fachschulzentrum haben sich die Slowenen ausgedacht, weil sie nicht wussten, was sie mit all den Tschefuren machen sollen. Und da haben sie sich das Fachschulzentrum ausgedacht, die beschissenste Mittelschule auf der Welt, wo dann die größten Debilen unter den Profs alle auf -ić durch den Fleischwolf drehen. Nur dass du in dieser Drecksschule keinerlei Rechte hast. Wenn dem Lehrer danach ist, kann er dich drei Mal die Stunde fragen und dir drei Fleck verpassen und du bist fertig. Die machen sich die Regeln, wie es ihnen passt. Wir sind nur Abschaum, mit uns können sie machen, was sie wollen. Um das Fachschulzentrum zu machen, musst du ein Genie sein. Denn das gibt es nicht, dass dir jemand helfen würde und sie dir Zeit lassen würden, dass du es lernst und so. Ihr Ziel ist es, möglichst vielen Tschefuren das Genick zu brechen, wie Radovan sagen würde. Wenn du drei Fleck hast, findet sich sofort ein vierter Oberprof und verpasst dir automatisch noch einen. Da gibt's kein Herumeiern. Das sind schwuchtelige Deals. Und deshalb bist du jedes Jahr in einer anderen Klasse. Wenn du sie nicht schmeißt, schmeißen dich die anderen.

Heute bin ich nach hundert Jahren nur deshalb wieder in die Schule gegangen, weil es mir schon stank, zu Hause zu sitzen. Sowieso werde ich nur für zwei, drei Stunden gehen, und auch die werde ich mich nur in die letzte Bank schmeißen und ein bisschen schlafen. Um die Statistik aufzufetten. Dass sie mir nicht damit kommen, ich sei nicht da gewesen und so. Und dass ich sehe, ob alle vollzählig sind. Sowieso habe ich dieses Jahr schon in den Sand gesetzt, und wenn ich mich mit drei Fleck aus der Schlinge ziehe, wäre das ein Wunder. Nur weiß ich sowieso, dass ich keine Lust haben werde, über die Ferien zu büffeln, und dass ich fliegen werde. Womöglich ist es tatsächlich besser, noch einen zu kriegen und dann seelenruhig automatisch durchzufallen. Weil ich keine Nerven habe für ihre Kontrollen und Arbeitshefte und Zirkel und Tafeln und Kreide. Okay, ich kann da in der letzten Bank sitzen und den Clown spielen oder schlafen, nur, dass ich irgendeinen Stuss über chemische Formeln oder ungleiche Gleichungen hören muss, fällt mir im Traum nicht ein. Da kannst du die ganze Tafel mit irgendwelchen Zahlen vollschreiben und am Ende stellst du fest, dass x gleich drei ist. Wozu zum Teufel. Was für ein x? Was für ein Schwachsinn ist das? Du rechnest irgendwas und quälst dich rum, um zum Schluss rauszufinden, dass irgendein scheiß x gleich drei ist. Und was hast du davon, dass du das weißt, wenn dann in der nächsten Aufgabe x schon wieder vier ist oder sieben. Wenn das nicht debil ist. Fickt euch doch alle eure Ixe und Ypsilone!

In der letzten Bank sitzen wir, die größten Tschefuren. Das ist eben so. Von Anfang an. Denn wenn du am ersten Tag in die Schule kommst, drängeln sich alle slowenischen Mamis an der Tür und knipsen sich mit ihren Fotoapparaten und all die slowenischen Knilche sind geschniegelt und superklug und alle kennen sich schon und wissen schon alles, und alle sind laut und drängeln sich sofort in die ersten Bänke, damit sie näher bei der Lehrerin sind und Vorzugsschüler werden. Und alle unterhalten sich mit der Lehrerin und haben ihren Spaß und finden alles super und so. Und die arme Ranka und die anderen Tschefurenmütter stehen ganz angeschissen mit uns Tschefürzchen hinten und sehen nur zu, dass sie nicht wer was fragt, weil sie sich ja selber wegen der Schule anscheißen, weil die bei ihnen nie gelaufen ist und sie das Slowenische nicht zum Besten beherrschen, und dann hoffen sie, dass sie keiner was fragt. Und warten in aller Stille, bis die Slowenen ihre Plätze eingenommen haben, und schieben dann ihre kleinen Knirpse verstohlen in die Klasse und suchen sofort das Weite. Und die Kleinen, die sich genauso anscheißen wie ihre Mamis und Angst haben, dass sie wer was fragt, setzen sich so weit wie möglich weg von allen in die letzte Bank. Und in der letzten Bank sitzen sie dann in totaler Angst ruhig bis zum Ende der fünften oder sechsten Klasse, bis sie vor lauter Schiss und Scheiß aus der Kurve fliegen, bis sie durchdrehen und anfangen, Blödsinn zu machen, und allen der Reihe nach auf den Wecker gehen.

So wie ich nonstop unserer Franička auf die Nerven gehe, wenn ich dazwischenrufe: „Frau Lehrerin, so ein Schei...-benkleister!" und ähnliche Sprüche. Aber heute hab ich keinen Bock auf so was, weil ich müde bin und im Arsch und auf der Bank schön pennen will. Aber neben mir kommt den drei größten Idioten in der Klasse, Ščekić, Đomba und

Glistić, die Idee, um die Wette zu wichsen und dass, wer zuerst kommt, der Sieger ist. Mitten in der Stunde. Was für Idioten.

„Holen wir uns ’ne Kiste Bier?“

„’ne Stange Marlboro.“

„’ne Flasche Schnaps.“

„Du willst uns bloß wieder deine fade Pisse unterjubeln.“

„Spielen wir ’ne Runde Dart.“

Fickt euch, ihr Blödmänner. Aber diese Kerle fangen doch tatsächlich an, unterm Tisch zu wichsen, und die Franička fängt an, mich zu wichsen.

„Đorđić?“

„Was ist?“

„Was ist mit dir?“

„Und was ist mit den anderen?“

Dir drei Idioten wichsen weiter, Leute grinsen, und die Franička schnappt nach Luft, holt das Notenheft heraus und schlägt das Klassenbuch auf und ist kurz davor, einen Anfall zu kriegen.

„Meinetwegen kannst du auch gerne nach Hause gehen. Wir beide können dieses Jahr schon jetzt abschließen.“

Was hat es die alte Hexe denn jetzt auf mich abgesehen? Sie weiß genau, dass ich schon drei betonierte Fleck habe und dass sie mich jetzt mit der Automatik löchert. Bei ihr habe ich doch mehr Vierer als Fleck. Aber das geht ihr am Arsch vorbei, diese Statistik und das alles. Sie macht das so, wie es ihr gerade passt.

„Du kannst dich, sagen wir mal, in die erste Bank umsetzen und anfangen zu arbeiten, und dann werden wir sehen.“

Was für eine erste Bank? Bist du noch normal? Ich kann mich nicht in die erste Bank setzen.

„Frau Professor! Das verbietet mir mein Glaube!"

„Was für ein Glaube?"

„Wissen Sie, ich bin von Fužine, und wir dürfen nicht in der ersten Bank sitzen."

„Und weshalb nicht?"

„Weil wir dann solche Oberstreber wie Miško werden würden und weil wir dann solche Aschenbecher auf der Nase tragen müssten und weil sie uns dann jeden Tag durch Fužine prügeln würden."

„Marko!"

„Wirklich, Frau Professor. In Fužine werden alle verprügelt, die in der ersten Bank sitzen."

„Du kannst aber auch rausgehen."

„Aber gern doch."

Ich stand auf und ging raus. Die Leute schifften sich an vor Lachen, und Miško in der ersten Reihe heulte ganz beleidigt, aber er war ja selber schuld. Keiner hat von ihm verlangt, am Fachschulzentrum den Streber zu machen. Die drei Idioten wichsten noch immer und grinsten und die Bank wackelte, nur dass noch keiner gekommen war.

35. Warum die kleinen Tschefurinnen die größten Monster sind

Die kleinen Tschefurinnen sind mir immer am meisten auf die Nerven gegangen. Das sind solche Monster, das glaubst du nicht. Weiß der Teufel, warum sie das sind, aber das sind sie, und Punkt. Sie beruhigen sich ja später, wenn sie erwachsen werden und heiraten und Kinder kriegen und so, nur zwischen zwölf und achtzehn sind sie das wahre Grauen. Sie scheißen auf alles und drücken dir ihre blöden Geschichten rein und du kannst dich im Leben nicht vor ihnen retten. Und als ich im Zwanziger saß und nach Hause fuhr nach Fužine und diese Makarovićka von Aco sah, wie sie in den Bus stieg, wurde mir schwarz vor Augen. Ich wusste, dass sie mich jetzt krallen und bis Fužine nerven wird. Ich wollte mich schon aus dem Bus verabschieden, aber der Typ machte die Tür zu und fuhr los. Und sie sah mich und stürzte sich auf mich.

„Bist du nicht von Aco der Kollege, ha?"

Was tust du so, als wüsstest du das nicht. Aco sucht sich nur solche Nervensägen aus. Der geht mit solchen anstrengenden Tschefurinnen, das hat die Welt noch nicht gesehen. Eine schlimmer als die andere. Aber die Makarovićka war der größte Albtraum. Sie sah ja ganz in Ordnung aus, aber sie kriegte den Mund nicht zu von morgens bis abends. Dauernd was. Und dann hat Aco sie fallenlassen und jetzt sucht und ruft sie ihn überall und redet alle und jeden in Fužine an und ich weiß nicht was noch.

„Sag Aco, dass er mich anruft, okay? Weil ich muss ihm was sagen! Wirst du ihm das sagen, bitte, sei so gut. Du bist doch Marko, nicht? Wie heißt du noch weiter? Đorđić? Meine Mutter kennt ja deine Mutter! Warst du nicht zusammen mit Aco in der Grundschule? Echt jetzt, sag ihm, dass er mich anruft, weil ich muss ihm was sagen. Wirst du das behalten? Also echt jetzt, vergiss das nicht! Du gehst ins Fachschulzentrum, nicht? Ich weiß ja, du warst ein Mitschüler von Burić. Mit dem bin ich gegangen, aber der Typ hat mich gelangweilt. Wie der langweilig ist, echt. Wenn du ihn siehst, sag ihm, er kann ihn sich selber blasen. Er ruft mich an und sagt zu mir, ich soll kommen und ihm einen blasen! Der ist nicht normal! Der hat einen so kleinen, da ist nichts zum Blasen. Und trainierst du noch Basket bei Slovan?“

Tu dich auf, Erde, dass ich versinke. Wo kann man dich ausschalten, Makarovićka, du verrücktes Huhn? Have a walk and cool down!

„Ich weiß, dass eine meiner Kolleginnen mit einem gegangen ist, der mit dir trainiert hat, einem Matevž aus Jarše. Wirst du Aco sagen, dass er mich anruft? Ich muss ihm wirklich was sagen!“

Der Bus hielt und ich stieg aus. Ich konnte mir dieses Gelaber nicht länger anhören. Aber die Tussi kam mir nach. Ich wollte nur an der Haltestelle auf den nächsten Bus warten, jetzt konnte ich bis zur nächsten den Fußgänger machen. Nur, die Makarovićka ließ nicht locker. Sie stöckelte hinter mir her und löcherte mich.

„Bist du Serbe oder Kroate? Ha? Komm, warte, sei kein Weichei. Weißt du, dass eine meiner Kolleginnen auf dich steht? Sabina aus Moste. Du kennst sie bestimmt. So eine Kleine. Nichts Besonderes. Genau das Richtige für dich. Hat dir Aco gesagt, weshalb ich ihn abgesägt habe? Er ist wirklich ein Idiot. Wohin hast du's denn so eilig, komm, mach mal 'n bisschen langsamer. Ihr Basketballer seid echt nicht normal."

Das sind die am meisten gestörten Lebewesen auf dieser Welt. Ich weiß nicht, warum, aber im Kopf haben sie eine solche Störung, dass du nicht weißt, wieso sie sie nicht schon eingeliefert haben. Die kapieren überhaupt nichts. Womöglich deshalb, weil ihre Väter sich immer Söhne gewünscht haben und sie mit „Sanela, Sine!" und „Daniela, Sine!" und „Sanja, Sine!" rufen, und ihre Tschefurenmütter sie mit diesen Sprüchen vollgelabert haben, dass sie heiraten müssen und dass sie auf sich aufpassen und sich nicht unter Wert verkaufen sollen und dass sie arm dran sind und ich weiß nicht was noch alles, dass sie dann wie verrückt den größten Spackos nachlaufen, die sie dann so beschissen behandeln, dass du nicht weißt, wie sie das aushalten. Aco ist, was das betrifft, überhaupt das größte Ekel. Aber mit solchen Frauen kannst du nicht anders, weil die sind nicht normal. Und deshalb laufe ich vor ihnen weg. So weit wie möglich. Nur vor dieser Makarovićka kann ich das nicht.

„Wie kannst du ein Kollege von diesem Aco sein, das musst du mir mal erklären. Weißt du, was für ein Idiot der ist. Also echt, sag ihm, dass er mich anruft. Wenn nicht, werde ich ihm zeigen, wo der Hammer hängt! He, bleib stehn, du Trottel, dass ich dir ins Gesicht sehen kann, wenn ich mit dir rede. Mann, was bist du blöd!“

Ich weiß nicht mehr, was ich machen soll, und laufe immer schneller vor ihr her. Ich drehe mich um und als ich sehe, dass sie nicht hinterherkommt, sondern dasteht und mir ihren dummen Blick nachschickt, nehme ich den Mittelfinger, fuck you, und zeige ihr, dass sie behämmert ist. Ich bin ihr entkommen und zeige es ihr. Und sie steht da und zeigt mir genauso den Mittelfinger. Wir stehen gut zwanzig Meter auseinander und zeigen uns gegenseitig den Mittelfinger und gestikulieren irgendwas. Was für eine debile Szene. Und dann fängt die Tussi an, mich mit Steinen zu bewerfen. Ein verrücktes Weib. Zum Glück kommt der Bus und ich springe auf und bin weg. Diese kleinen Tschefurinnen sind wirklich das totale Grauen.

36. Warum die Tschefuren an die Ljubljanica schiffen gehen

„Die Slowenen lassen dich in Ruhe, weil sie Angst vor dir haben. Nur wenn du sie verarschen willst, greifen sie dich an und mischen dich komplett auf. Sonst ignorieren sie dich. Die Tschefuren hingegen verarschen dich jeden Tag ein bisschen, weil sie testen, wie weit sie gehen können. Und wenn sie sehen, dass du eine kleine Fotze bist, bist du im Arsch, weil sie werden dich zerquetschen. Deshalb darfst du dich den Tschefuren nicht ausliefern."

Aco versuchte mir wieder einmal zu erklären, weshalb wir diesen Damjanović plattmachen müssten und weshalb es entscheidend war, dass er ein Tschefur ist. Jedes Mal erklärte er besser und jedes Mal konnte man sehen, dass er sich darauf vorbereitet hatte, mir diese Angelegenheit klarzumachen. Nur ich kapierte ihn immer noch nicht. Seine Erklärungen lagen für mich noch immer total daneben. Noch immer war mir alles zusammen ein Fotzenrauch von Gründen, und er ging mir schon voll auf den Sack mit seiner großen Rache. Von der Makarovićka hatte ich ihm nichts gesagt, weil es keinen Sinn machte. Sie verrückt, er verrückt.

„Die Tschefuren sind gefährlich. Die Slowenen sind Warmduscher. Die haben die Polizei und die Gesetze und den Staat und alles hinter sich. Die Tschefuren hingegen haben keinen und deshalb suchen sie nur nach einer Gelegenheit, um dich anzugreifen. Wenn sie sehen, dass du dich nicht wehren kannst, bist du geliefert."

Der beschissene Soziologe, Psychologe und Philosoph Aco fantasierte das Blaue vom Himmel herunter. Was hatte der für eine Ahnung von Tschefuren und Slowenen. Aber damals, als die Nachbarn wollten, dass Marina den Hausflur putzt, hat er sie zusammengeschissen, und jetzt wusste er alles über sie. Das ist die typische Tschefurenmentalität. Wenn dir was gelingt, wirst du so gescheit, dass dir der Kopf wehtut. Das Selbstbewusstsein wächst von Minute zu Minute. Du bläst dich auf bis an die Schmerzgrenze. Und dann läufst du durch Fužine wie der größte Prolo. Als hättest du in die Hose geschissen und einen Besenstiel verschluckt. Stocksteif imitierst du die bodygebuildeten Gorillas aus den Filmen. Nur dass bei ihnen die Arme nicht den Körper berühren wegen der vielen Bizepse und Trizepse und du ein dünnes Hemd bist und die Arme einen halben Meter vom Körper weghältst wegen dem Image und du deshalb aussiehst wie der größte Pfosten auf der Welt.

So ein Pfosten war Aco, wenn er sich aufblies und sich über Tschefuren und Slowenen ausließ. Komm schon, Aco, das ist kein Omizje, dass du hier herumpalaverst. Soll ich dir einen Sessel bringen und dich einpudern und so? Ich hatte wirklich keine Lust mehr, mir diesen Stuss anzuhören. Ich ging mit ihm, weil ich nichts anderes zu tun hatte und keine Lust hatte, zu Haus mit Radovan zu sein, und vor dem Block wollte ich auch nicht abhängen. Aber Acos Plan war noch debiler als seine ganzen Theorien. Wir gingen zu Damjanovićs

Block, um jeder auf seiner Seite des Blocks zu sitzen und zu checken, ob dieser Hurensohn in den Block reingeht oder aus ihm rauskommt. Eine Katastrophe. Anstatt vor meinem eigenen Block abzuhängen, würde ich vor dem von Damjanović rumhängen. Wieder zu viele amerikanische Scheißfilme.

Eine Zeit lang saß ich tatsächlich vor dem Block und checkte, was vor sich ging. Ich sah drei heiße Schnitten. Bei einer schaute der Tanga so schön aus der Hose, als ihr die Schlüssel auf den Boden fielen und sie sie aufsammelte. Die zweite war Amela, die mal auf unsere Schule gegangen ist, ein Jahr jünger als wir. Sie hat sich schon in der sechsten Klasse mit dem älteren Ristić aus Acos Block hingelegt. Danach ist sie mit halb Fužine gegangen. Was soll's, wenn die Mutter schon 'ne Nutte war und ständig irgendwelche Typen mit Merđo und BMW reingelassen hat. Die dritte geile Schnitte war eine junge Mutti mit Kinderwagen. Solche Arschbacken hatte ich schon lange nicht mehr gesehen. Hätte sie nicht die Aschenbecher auf der Nase gehabt, wäre sie die geilste Schnitte von allen gewesen. Ich musste daran denken, dass ich mir schon lange keinen runtergeholt hatte, aber dann musste ich, ich weiß nicht, weshalb, an die Moderatorin denken und mir verging der Wunsch nach Wichsen. Wieder sah ich sie in ihrer Schlabberhose und dem zu großen T-Shirt. Sie macht mich echt an.

Aber dann hatte ich keinen Bock mehr, vor dem Block rumzuhängen. Immer mehr ging mir Aco auf den Keks, und ich dachte, dass ich sowieso nicht weiß, wie dieser Damjanović aussieht, und dass das, dass er klein ist, glatzköpfig und mit Schnauzer, nicht reicht, um ihn zu erkennen, sollte er wirklich vor dem Block auftauchen. Ich ging zu Aco, um ihm zu sagen, dass ich nach Hause gehe. Soll er sich selbst aufgeilen mit seinem blöden Spionieren.

„Ich geh nach Hause."

„Bist du noch normal? Und was, wenn Damjanović jetzt auf der anderen Seite des Blocks rauskommt?"

„Was kümmert mich das. Fickt euch, du und dein Damjanović. Ich hab keine Zeit für diesen Blödsinn, dass ich hier einen auf James Bond und Bruce Willis mache."

„Du bist ja krank. Nix James Bond und so, was redest du? Du musst sehen, wann der Typ aus dem Block kommt, damit du ihn wo abpassen kannst!"

„Ich werd ihn nicht abpassen, ist dir das klar? Was hat er mir getan? Der kleine magere glatzköpfige Schnauzer. Mich interessiert das alles einen Scheißdreck, er und dein Blödsinn. Ich geh vor den Block."

„He! Hallo! Marko! Da ist er!"

Das gibt's doch nicht. Der kleine magere glatzköpfige Schnauzbart Damjanović kam tatsächlich aus dem Block. Jetzt erinnerte ich mich sogar an ihn. Ich hatte sein Gesicht in diesem Bus gesehen. Er sah tatsächlich total beschissen aus, eine echte Tschefurenvisage. Einmal hatten wir uns vor dem Block gestritten, weil ich behauptet hatte, dass du einen Tschefur am Gesicht von einem Slowenen unterscheiden kannst, und wir hatten uns dann drei Tage deswegen gegenseitig verarscht, aber am Ende konnte ich allen beweisen, dass es stimmt. Damjanović bestätigte meine Theorie. Den konntest du wirklich nicht verfehlen. Grobe Gesichtszüge, struppiger Schnauzer, so ein selig dumpfer Blick, schartige Zähne, nur der Zahnstocher fehlte ihm noch dazwischen. Aco stand auf und ging ihm nach.

„Aco! Warte! Aco!“

Aco reagierte nicht. Er marschierte hinter Damjanović her, der Richtung Ljubljanica marschierte. Ich hätte mir nicht gedacht, dass ich einmal in Fužine einen auf Verfolgung machen würde. Abgefahren. Aber Aco ging hinter Damjanović her. Er änderte sogar seinen Gang und ging nicht mehr wie der größte Bauer vom Balkan, sondern markierte irgendwas und tat so, als würde er an der Ljubljanica nur mal so spazieren gehen.

Ich weiß nicht, ob ich im Leben jemals an der Ljubljanica spazieren gegangen bin. Dort gehst du entlang, wenn du zum Basket gehst oder zum Training. Aber dass ich ohne Grund den Fluss rauf und runter spaziere, käme mir komisch vor. Das machen diese Kretins, die Hunde haben und sie dort spazieren führen, damit die Hunde an die Bäume pinkeln und scheißen können. Da ist sowieso alles voller Mücken und man kann sich nicht normal unterhalten, weil dir die Scheißmücken in den Mund fliegen. Dort an der Ljubljanica siehst du nur alte Tschefuren, die die Arme auf dem Rücken halten und sportlich leger vom Brodarec bis zum Schloss von Fužine spazieren und immerzu jammern.

„Was tut mir der Rücken weh, ich werd noch krepieren!“

„Mich hat es auch im Kreuz erwischt, ich bin überhaupt nicht aus dem Bett gekommen.“

„Also was mir erst der Kopf wehtut in der letzten Zeit. Von diesem Wetter und der trockenen Luft.“

„Mich quälen die Knie, deshalb reib ich sie mir mit dieser Creme ein, aber die hilft nur wenig."

Und so jammern sie, und wenn sie alle möglichen Krankheiten, Schmerzen, Probleme und sonstigen Gebrechen abgehandelt haben, gehen sie nach Haus. Scheiß auf ein Leben, wo du nur spazieren gehst und jammerst. Und zu Hause schauen sie nur TV und lösen Kreuzworträtsel. Zum Ausflippen. Mich würde das verrückt machen, aber ihnen langt es. Denen geht alles am Arsch vorbei.

Damjanović war sicher zum Boule-Platz unterwegs. Verdammt, konnte er nicht woandershin traben. Das werd ich nie verstehen. Dieses Boule. Also, dass du dich da hinsetzt und dich alkoholisierst und daneben quasi noch ein bisschen Boule spielst, das ist für mich totaler Blödsinn. Na gut, lass die Alten Boule spielen, aber dass das Sport ist und du dich damit quasi ernsthaft beschäftigst, ist für mich die größte Idiotie. Was für ein Sport ist das, wenn du den mit den Händen auf dem Rücken treibst und ihn noch treiben kannst, wenn du schon hundert bist. Das ist Maultrommelzupfen, aber kein Sport. Aber die Leute spielen tatsächlich Boule. Und Damjanović sah wirklich so aus, als könnte er im Leben nur Boule spielen. Jetzt, wo ich ihm zusah, kam er mir wirklich wie ein Nichts vor und selbst die Boulekugel war für ihn zu groß. Und dann sah ich zu Aco und stellte mir auch ihn vor, wie er mit den Alten und mit Damjanović Boule spielt. Auch er geht wie so ein Holzklotz, wie es in Fužine keinen größeren gibt.

Und dann dreht Damjanović plötzlich ab und geht durch die Büsche an die Ljubljanica, ans Ufer. Und Aco bleibt stehen und beobachtet ihn. Und Damjanović fängt an zu pissen. Ein wahrer Tschefur. Mitten am helllichten Tag, direkt am Uferweg, auf dem die Leute gehen, stellt er sich hin und holt ihn raus. Er muss pinkeln und fertig. Verfluchte Tschefuren. Kümmern sich einen Scheißdreck um Kultur und gutes Benehmen. Wie im letzten Dorf. Direkt neben dem Weg, dass ihn alle sehen können. Wenn ich ihm sagen würde, dass man das nicht tut, würde er sagen, dass das natürlich ist und dass sowieso alles in die Erde abfließt und in den Fluss und dass auch die Hunde dort pinkeln. Das ist diese Tschefurenmentalität. Du kriegst den Bauern aus dem Dorf raus, aber nicht das Dorf aus dem Bauern, wie Radovan sagen würde. Dieser Damjanović ist irgendwo am Arsch der Welt geboren, wo es kein Telefon, keinen Strom und kein fließend Wasser gibt, und jetzt kann er hundert Jahre in der Stadt leben, aber schon aus Trotz wird er nicht aufhören mit diesen primitiven Gewohnheiten. Dass man weiß, dass er der Chef ist, dass er kein feiner Herr und Aristokrat und ich weiß nicht was ist, der aufs Klo pissen geht. Meiner Schätzung nach hat er absichtlich nicht zu Hause entwässert, damit er es am Fluss kann. Weil hier braucht er sich nach dem Pinkeln nicht die Hände zu waschen. Was für ein Tschefur. Damjanović im Einklang mit der Natur.

„Du Tschefurendrecksau, du wirst mir die Polizei rufen, Breckstschefur.“

Alles passierte in einer Sekunde. Aco stürzte sich auf Damjanović und stieß ihn zu Boden. Ihm war der Film gerissen, als er den Typ sah, wie er ihn sich abschüttelte. Ich stand gute zwanzig Meter weiter wie angewurzelt und schaute nur.

Aco brüllte und trat nach Damjanović, der wahrscheinlich dachte, dass Aco irgend so ein fanatischer Gegner des Pinkelns an der Ljubljanica war. Im Handumdrehen wurde es ernst. Aco rastete komplett aus und schlug wie verrückt auf Damjanović ein. Der ließ irgendwelche komischen Laute raus, konnte sich aber überhaupt nicht wehren. Er lag nur da, und Aco haute seinen Fuß in ihn hinein. Ich rannte zu Aco und versuchte ihn wegzuziehen, aber ich konnte es nicht, weil bei ihm echt die Sicherung durchgeknallt war. Ich zog ihn zur Seite, schob, drängte, aber der Blödian gab nicht nach. Er fing sogar an, mich zu stoßen und zu schubsen und mich total wütend zu machen. Wie ein Berserker stürzte ich mich auf ihn und drängte ihn ein paar Meter weg. Wir hatten den totalen Filmriss. Aco stieß irgendwohin ins Leere, fuchtelte wie wild mit den Armen, und ich hielt ihn umklammert und rammte ihn wie ein wilder Stier von Damjanović weg. Wir brüllten wie zwei Debile, und Aco hämmerte wie verrückt auf meinen Rücken ein, dass es wehtat wie Schwein, aber ich wollte ihn nicht loslassen, bis wir schließlich beide umklammert auf den Boden klatschten.

„Hör auf!“

„Lass mich los, du Penner! Lass mich los!“

„Nein!“

„Wichser, verdammter!“

„Hör auf! Hööör auf!“

„Lass mich los! Lass looos!“

Ich ließ ihn nicht aufstehen. Er punchte mich immer weiter und versuchte mich wegzuschieben, aber ich hielt ihn mit aller Kraft fest. Dann beruhigte sich Aco ganz plötzlich. Sein

Gesicht wurde ganz panisch. Er sah zu Damjanović. Auch ich drehte mich um und sah zu ihm hin. Damjanović lag auf dem Boden und rührte sich nicht. Und rings um ihn war Blut. Aco wühlte sich unter mir heraus und haute ab. Ich zog auch den Schwanz ein. Ich traute mich nicht näher an Damjanović ranzugehen, um zu sehen, was mit ihm war. Ich sah zu Aco, der wie ein Verrückter Richtung Rusjan rannte, und fing an, ihm hinterherzulaufen. Der Idiot. Ich überlegte überhaupt nicht, sondern lief nur und sah Aco vor mir, der direkt in die Leute hineinrannte, die an der Ljubljanica spazieren gingen. Alle sahen ihn komisch an und gingen weiter. Dann ließ ich Aco in seine Richtung laufen und bog rechts ab, über die Brücke, auf die andere Seite der Ljubljanica. Ich weiß nicht, weshalb. Ich lief einfach und sah kein einziges Mal zurück.

37. Warum keiner auch nur lausige fünf Prozent auf dich gibt

Tschefuren sind in Fužine nicht besonders gut assimiliert. Die scheißen sich kein bisschen um die Assimilation. Hier gibt's so viele Tschefuren, die überhaupt kein Slowenisch können. Sie können „wiedersehen" sagen und „grüß dich" und „ein kleines Bier" und „eine Schachtel Zigaretten" und „bitte" und „danke" und „Supermarkt" und noch drei Wörter und sonst nichts. Keinen einzigen slowenischen Satz kriegen sie zusammen. Nicht mal annähernd. Hier, nehmen wir Pešić aus Adis Block. Er ist schon dreißig Jahre in Slowenien, aber der einzige Satz, den er auf Slowenisch sagen kann, ist: „Ne hodi čez progo, je smrtno nevarno." Na ja, er hat, als er nach Slowenien kam, auf einer Baustelle bei der Eisenbahn angefangen, und da arbeitet er noch heute. Und auf der Baustelle sind alles Bosnier, außer dem Schichtführer, der stammt aus dem Međimurje. Wo soll der Mensch da die Sprache lernen. Keine Chance. Pešić ist entweder im Dienst oder im Kubana, wo sowieso nur Tschefuren verkehren. Einmal soll er zu einer Sitzung des Mieterbeirats und zu den Sprechstunden in der Schule gegangen sein und sich bemüht haben, Slowenisch zu reden. Sagt er, aber das hat außer ihm niemand bemerkt.

Die Slowenen rasten voll aus, wenn wer nicht Slowenisch kann, aber ich weiß nicht, was ihnen das helfen sollte, wenn alle Pešićs Slowenisch könnten. Würden sie sich gerne mit ihnen unterhalten? Das ist für mich eine total debile Ansage. Ich denke, dass diese Pešićs quasi schon aus Respekt gegenüber Slowenien Slowenisch sprechen müssten. Die Pešićs arbeiten auf Baustellen, ganz Slowenien haben sie gebaut, aber respektieren tun sie im Leben nur Miroslav Ilić und kaltes Bier. Würden diese Pešićs alle nur Tungusisch sprechen, würde kein Mensch das bemerken. Kann dir doch egal sein. Nur die Slowenen leiden deswegen und beschweren sich dauernd und ich weiß nicht was. Das sind ihre Komplexe, weil sie noch nie richtigen Fußball spielen konnten.

Aber eine slowenische Eigenschaft haben die Tschefuren in Fužine doch angenommen. Hier nimmt keiner von dem anderen auch nur fünf Prozent Notiz. Jeder geht an dir vorbei und tut so, als würde er dich überhaupt nicht sehen. Jeder geht seiner Arbeit nach, würde Radovan sagen. Aber dann ziehen sie hinter deinem Rücken über dich her und so. Zum Beispiel wenn sie dich sehen, wie du ein Autoradio klaust, wird dir keiner was sagen, nur nach einer halben Stunde werden alle wissen, was für einer du bist. Außer der Polizei. Alle sehen dich an und beobachten und studieren dich und wissen alles, nur dich was fragen tun sie nicht. Sie rühren dich nicht an. Jetzt, wo wir diese Kameras im Block haben, wissen alle, wann du nach Hause kommst, wann du dich abgefüllt hast bis zum Abwinken, wann du einen Gips hattest, alles. Aber keiner sagt dir was. So als ob es dich nicht gäbe. Aber sie wissen alles über dich.

Manchmal passt mir das sogar, denn wenn sich alle Tschefuren in unserem Block in meine Angelegenheiten einmischen würden, müsste ich verrückt werden. Und heute, als ich Richtung Golovec rannte, mit zerrissenem T-Shirt, das mir der verrückte Aco zerrissen hatte, und mit blutiger Lippe und total im Arsch, sahen mich alle an, aber taten so, als wäre alles normal und ich hätte nichts. Aber dann drehten sie sich nach mir um und strickten irgendwelche Märchen, und jetzt werden sie in der ganzen Siedlung rumfragen, was los war, und holen dir das Weiße aus den Augen und erfinden irgendwelche verrückten Geschichten und so. Aber keiner, der mich anhält und fragt, ob alles in Ordnung ist, ob ich Hilfe brauche. Jetzt passte mir das, weil ich wahrscheinlich jeden, der mich was gefragt hätte, angesprungen wäre. Ich ging Richtung Golovec und an mir vorüber spazierten auf dem Weg der Erinnerung und Kameradschaft alle möglichen Typen von Fužine. Von diesen Verrückten, die völlig weggetreten in Jogginghose und Stirnband über den Ohren über den Golovec rennen und die Tiere im Wald erschrecken, über die Alten, die bis zum Schloss von Fužine noch nicht alle Krankheiten durchgehechelt haben und deshalb weiter gehen, bis hin zu den Tschefurien, die spazieren gehen und über mexikanische Fernsehserien debattieren und sich aufregen, weil Fernando Maria verlassen hat. Alle sahen mich so total durch den Wind und abgefuckt da laufen und alle taten so, als würden sie nichts Besonderes dabei finden. Die Tschefuren hielten mich wahrscheinlich für einen Fixer, und die Slowenen dachten bei sich, dass wir Tschefuren eben so sind, dass das normal ist.

Nach Millionen Jahren bin ich wieder mal rauf auf den Golovec. Da bringen sie dich in der Grundschule am Sporttag rauf und dann hetzen sie dich, dass du hinterher völlig ausgepowert bist. Und die Lehrerinnen hocken sich auf die Bänke und verqualmen eine ganze Stange Zigaretten, reden gescheit und schlagen den Arbeitstag tot. Das sind die Sporttage von Fužine. Und jetzt hockte ich auf dieser verfickten Bank wie ein Idiot, der aus der Anstalt getürmt ist.

Ich sah auf Fužine hinunter und bereitete mich psychisch darauf vor, vor den Block zurückzukehren, um zu sehen, wo Aco war. Und wo Dejan und Adi waren. Ich wollte, aber ich konnte nicht. Als wäre mein Hintern an der Bank festgeleimt. Ich konnte mich nicht bewegen. Es wurde kalt, die Dunkelheit fiel ein, und ich moderte noch immer auf dem Golovec. Scheißgolovec. Am besten, ich bleibe hier und werde einer von den Irren, die im Wald angeblich Frauen vergewaltigen. Da haben sie sich eine Zeit lang voll darüber das Maul zerrissen, aber richtig bewiesen hat das nie einer. Meiner Schätzung nach wollten damit nur die Mütter ihren Töchtern Angst einjagen, damit sie nicht mit den Jungs auf den Golovec gehen und sich hinter den Bäumen befummeln lassen. Scheißgolovec. Aber ich konnte mich nicht bewegen und wieder runter und zum Block zurückgehen. Ich hatte das Problem, dass ich ganz zerrissen und blutverschmiert war und dass ich das allen Leuten vor dem Block hätte erklären müssen. Und dabei wusste ich überhaupt nicht, was wirklich passiert war und was mit Damjanović war. Eigentlich hätte mir die Flatter gehen müssen, ob ihm was passiert war. Tat sie aber nicht. Ich hatte nur keine Lust zu erklären, warum ich ein zerrissenes T-Shirt anhatte.

Als ich mich dann auf dem Weg der Erinnerung und Kameradschaft nach Hause schleppte, kam mir Prof Slatner entgegengejoggt, den wir in der Grundschule in Biologie hatten. Das ist ein ganz komischer Typ, der in seiner eigenen Welt lebt, Blümchen pflanzt, Herbarien anlegt und in so einem idiotischen Chor singt. Total abgedreht. Der sieht keinen. Und da kommt die Schwuchtel in der gesprenkelten Jogginghose angetrabt und bleibt stehen und lacht und sieht mich an und läuft so vor mir auf der Stelle und fragt mich alles Mögliche.

„Na, warst du spazieren? Trainierst du noch Basket? Und läuft's in der Schule? Wie geht's den Eltern? Und sind die Schulkollegen fleißig?"

Er stellt seine Fragen und läuft vor mir auf der Stelle und ich nicke. Und dann nicken wir uns beide zu und er joggt weiter Richtung Golovec. Genau, das ist es. Der Typ hat meine blutige Lippe und mein zerrissenes T-Shirt gesehen, aber das betrifft ihn nicht. Er hat was Klügeres zu tun. Zum Glück haben alle immer was Klügeres zu tun.

38. Warum die Tschefuren ständig einen auf lustig machen

Dejan und Adi hingen vorm Block ab. Dejan war komplett im Arsch, und Adi war von den zwei Joints, die er allein geraucht hatte, total zugedröhnt. Der Typ ist wirklich bescheuert. Er wird diesen Scheißstoff überhaupt nicht verkaufen, sondern wird ihn in ein paar Tagen selbst verarbeiten. Scheißjunkie. Ich saß in meinem zerrissenen T-Shirt daneben und hörte ihre Debatte, die überhaupt keine Debatte war.

„Weißt du, wo Slovenske Konjice ist? Weißt du, wo das verfickte Dorf ist?"

„Ist das vielleicht in Slowenien?"

Adi pisste sich an vor Lachen über alle seine debilen Ansagen. Er war fertig. Zwei Jumbojets hatte sich der Kretin gedreht und jetzt grinste er wie ein Debiler und schob einen derartigen Schwachsinn raus, dass ich zwischendurch Lust kriegte, dem Irren eine reinzuhauen. Okay, wenn du high bist und dauernd am Grinsen und so, aber dass du dann noch so tust, als wärst du noch stärker high, und noch mehr grinst, das geht mir total auf den Sack. Und Dejan war fast am Weinen.

„Das ist ein Dorf irgendwo am Arsch der Welt. Dort haben sie kein … kein fucking Nichts haben sie. Nur Schafe und Kühe und Traktoren. Und noch mehr Einöde. Lauter slowenische Dorftrottel. Du kannst da nicht leben!"

„Slovenske Konjice ... das ist super."

„Dort wählen sie die Miss Bauernhof! Und fahren mit dem Traktor auf Partys! Das ist so vernagelt, das kannst du dir nicht vorstellen! Weißt du, was das für Debile sind?"

„Dejan Mirtić aus Slovenske Konjice. Genial! Super!"

„Was soll ich mit diesen Bauern, diesen slowenischen? Was soll ich da? Soll ich auf Feuerwehrfeste gehen, oder was? Ich bin ein Tschefur von Fužine. Ich scheiß auf dieses Slovenske Konjice!"

Adi hielt sich den Bauch vor Lachen. Dejan sah ihn an und war total sauer. Es riss ihn und er fing an zu schwitzen und zu zittern. Plötzlich stieß er Adi weg, dass er auf den Boden klatschte. Dabei grinste er immer noch.

„Dejan Mirtić aus Slovenske ..."

Er lag auf dem Boden und lachte. Er redete wirres Zeug. Oder er tat so, als würde er wirres Zeug reden. Und Dejan fing an, nach ihm zu treten. Er ging ihm auf den Sack und konnte sich nicht mehr beherrschen. Ich weiß nicht, ob ich irgendwann schon mal gesehen habe, dass Dejan nach jemandem tritt. Und Adi lag auf dem Boden und reagierte überhaupt nicht auf seine Tritte.

„Du debiler Idiot! Was, wenn dir das passieren würde? Was, wenn deine Mutter zu dir sagen würde, dass du von jetzt an in Slovenske Konjice leben wirst. Ha? Idiot!"

„Sloven... ...ice ... super."

„Verschwind, du Schwuchtel! Du Hohlkopf! Verpiss dich, du und dein ... Slovenske Konjice!"

Dejan ging zur Schaukel, nahm eine Handvoll Sand und schmiss sie Adi direkt ins Gesicht, sodass er aufhörte zu grinsen, weil er den ganzen Mund voll Sandkörner hatte. Und dann drehte Dejan komplett durch und fing an, wie ein Debiler Adi mit dem Sand vom Spielplatz zu bewerfen. Dejan warf und warf. Adi lag auf dem Boden und bedeckte den Kopf mit den Armen. Noch immer war er halb am Grinsen. Diese debile Szene dauerte eine Ewigkeit. Dejan warf eine Handvoll um die andere und kam Adis Gesicht immer näher. Er zog seine Arme weg, um ihn direkt ins Gesicht treffen zu können. Ich rührte mich nicht. Die beiden gingen mir so was auf den Sack. Zwei Debile. Dejan jammerte irgendwas, weil es Sonja jetzt endgültig reichte und sie gesagt hatte, dass sie zurück nach Slovenske Konjice ziehen und sich scheiden lassen wird und dass Dejan und Nataša mit ihr nach Slovenske Konjice müssen. Das war ihre Platte, die sie ständig auflegte und mit der sie Dule drohte, nur jetzt hatte sie angeblich schon gepackt und es war ernst. Dejan wird sowieso die Klasse schmeißen, Nataša hatte die Noten schon fast abgeschlossen und Sonja hatte entschieden, die Koffer zu packen. Mirtić wird sie im Kubana zurücklassen. Er wird wahrscheinlich überhaupt nicht mitkriegen, dass sie nicht mehr da sind. Und Adi ging Dejan frontal an, weil er keinen blassen Schimmer hatte, was er zu ihm sagen und wie er reagieren sollte.

Wahrscheinlich hatte er begriffen, dass alles zusammen eine große Scheiße war. Sowieso, wenn du bei einem Tschefur das Wort Scheidung nur in den Mund nimmst, wird er käsebleich. Scheidung ist für einen Tschefur der totale Niedergang.

Das ist die schlimmste Scheiße von allem. Sogar Slovenske Konjice ist da das kleinere Übel. Weil Tschefuren lassen sich nicht scheiden. Scheiden kann sie nur der Tod. Scheidung ist keine Option, weil Heirat und Familie die größten Heiligtümer sind. Wie willst du runterfahren und den Verwandten erklären, dass du dich hast scheiden lassen. Kannst du nicht. Das kapieren die nicht. Du hast eine Frau, du hast Kinder und alle zusammen leben dieses Gastarbeiterleben in einer Garçonnière, bis du in Rente bist und mit der Frau kommst, um irgendwo mitten in Bosnien in der dreistöckigen Riesenhütte zu leben, an der du dein ganzes gottverdammtes Gastarbeiterleben gebaut hast. Was machst du, wenn du dich scheiden lässt? Wirst du in dieser Riesenhütte allein leben? Wirst du dir selber kochen, waschen, abwaschen? Das bringt das ganze Tschefurensystem zum Einsturz. Das Leben ist kompliziert, nur, wenn du eine Frau hast, kannst du ihr die Schuld an allem geben. Das ist die Tschefurenmentalität. Alle Frauen sind gleich, warum solltest du da eine gegen die andere tauschen, wenn die erste gut kochen kann. Ein Geschiedener aber ist für die Tschefuren das Gleiche wie das ärmste Waisenkind. Dass dich die Frau verlässt, ist für sie die größte Schande auf der Welt. „Wie hast du das erlauben können? Du jämmerliches Weichei. Wer hat dir das beigebracht?“ Meiner Schätzung nach können Geschiedene in Bosnien den Invalidenstatus geltend machen und kriegen Unterstützung vom Staat. „Ihn hat die Frau verlassen!“ und „Er hat beide Arme verloren!“, das ist irgendwo ein und dasselbe.

Adi hatte kapiert, dass Dejan in der Scheiße saß. Aber Adi konnte sich noch nie ernsthaft unterhalten. Er wurde nervös. Wenn du zu Adi sagen würdest, dass seine Mutter gestorben ist, würde er irgendeinen blöden Spruch vom Stapel lassen und selbst darüber lachen. Deshalb machen die Tschefuren ständig einen auf lustig. Weil sie sich nicht benehmen können. Weil sie in den meisten Situationen nicht wissen, wie sie reagieren sollen, und dann irgendwie auf lustig machen und sich herauswinden und sich dumm stellen. In Wirklichkeit ist es ihnen unangenehm und sie wissen nicht, was sie tun sollen. Sie können sich einfach nicht ernsthaft unterhalten. Adi hat sich wahrscheinlich im Leben nicht einmal ernsthaft mit Samira und Mirsad unterhalten, deshalb hat er keinen blassen Schimmer, wie man das macht. Wenn er mal Scheiß gebaut hat, hat Mirsad irgendeinen debilen Spruch rausgehauen und ihm ins Gesicht gelacht, und wenn er einen noch größeren Scheiß gebaut hat, hat er eine gewischt gekriegt. Eine dritte Möglichkeit gibt es nicht. Und Adi hat jetzt echt keine Ahnung, wie er sich ernsthaft unterhalten soll. Nicht im Traum. Und so fängt er an, Dejan zu verarschen. Ein Glück, dass er nicht noch anfängt, ihn zu ohrfeigen.

Adi lag noch immer am Boden. Er lachte nicht mehr, sondern glotzte ganz gestört ins Leere und brabbelte irgendwas, dass ihn keiner verstand. Und Dejan saß total beleidigt auf der Schaukel und schaukelte und kickte den Sand weg und gab den Blöden.

„Volltrottel, muslimischer beschnittener."

Da haben wir's. Jetzt sind wir so weit. Wenn du Dejan total in Rage bringst, kommt er dir mit seinen nationalistischen Sprüchen. Adi hatte wirklich übertrieben mit seinem

Lachen, aber der Debile von einem Dejan hatte nicht kapiert, dass der Blödmann bei all seiner Blödheit auch noch high war wie Hacke von seinem Scheißgras.

„Affe, beschnittener!"

Was für Debile. Du glaubst es nicht. Schluss. Aus. Da vergeht einem alles auf der Welt. Wenn du siehst, wie sich deine zwei Kumpel gegenseitig derart verarschen, möchtest du kotzen. Du fragst dich: Herr im Himmel, mit wem lebe ich da zusammen? Mit wem du dich gesellst, so bist du selbst, wie Radovan sagen würde. Aber was philosophiere ich hier im zerrissenen T-Shirt und mit blutiger Lippe. Ich wusste überhaupt nicht, wo Aco war, und war überhaupt nicht dazu gekommen zu fragen. Ich bin um nichts besser als diese beiden Kretins. Ich bin der gleiche Dreck.

39. Warum wir den Sperrmüll abgefackelt haben

Ich war Aco an der Sprechanlage anrufen gegangen, und Marina hatte mir gesagt, dass sie nicht wusste, wo er war, und dass sie ihn seit in der Früh nicht gesehen hatte. Keiner hatte ihn gesehen oder gehört und keiner hatte die geringste Idee, wo er sein könnte. Das Telefon hatte der Typ ausgeschaltet und er meldete sich bei niemandem. Er und sein verrückter Hohlkopf. Er hatte sich Richtung Rusjan verzogen, aber dort hatte ihn keiner gesehen. Wer soll jetzt wissen, was mit ihm ist. Dejan hatte nur abgewinkt und auf seiner Schaukel den Mund nicht aufgemacht, und Adi hatte rumgetönt und so getan, als wäre er so high, dass er keine Ahnung hatte, wer Aco überhaupt war. Verdammter Junkie, verdammter.

Plötzlich hatte sich Dejan zusammengepackt und war abgehauen nach Haus. Er hatte sich nicht verabschiedet, nichts. Ich schrie hinter ihm her wie ein Idiot, aber er ignorierte mich nicht mal. Der Typ hatte von allem die Nase voll und ging wie das größte Häufchen Unglück zu seinem Block. Er hatte mir immer irgendwie leidgetan, und auch jetzt tat er mir leid. Er ist komplett im Arsch. Das sind diese Familienszenen von Fužine. In jedem dieser Millionen Flats kann es jeden Moment knallen, und aus. Alle sind fertig, nervös, unglücklich, schlecht bezahlt, alle stecken bis zum

Hals im Dreck, wie Radovan sagen würde. Und bei jedem der eine Million Fužiner kann der Film reißen. Es gibt keine zufriedenen und glücklichen Fužiner, weil wenn sie glücklich und zufrieden wären, würden sie nicht in Fužine leben. Das ist Tatsache. Weil es keinen Menschen auf der Welt gibt, der als Kind davon geträumt hat, eines Tages in einer Vorstadt Ljubljanas zu leben, im zwölften Stock, in einer Zweieinhalbzimmerwohnung mit Fünfpersonenhaushalt und Blick auf den Nachbarblock. Kein Kind hat davon geträumt, sein Leben vor dem Block auf einer Bank zu verbringen oder im Kubana oder dass seine größten Feten die Sitzungen des Mieterbeirats sein würden. Kein Kind hat davon geträumt, dass es fünfhundert Euronen Gehalt haben und den ganzen Sommer dafür sparen würde, für drei Wochen nach Bosnien oder Serbien fahren zu können. Kein Kind hat jemals davon geträumt, dass es dreißig Jahre lang von den Leuten schräg angesehen werden würde, weil es die verdammten slowenischen Wörter nicht richtig betonen kann. Kein Kind hat jemals davon geträumt, dass der Höhepunkt seines Tages ein Trip auf den Golovec und ein Jammern über kranke Rücken sein würde. Kein Kind hat jemals davon geträumt, dass es mit Krediten überschuldet und in der Verfügung eingeschränkt in Rente gehen würde und dass es keine Lappen weder für eine Zahnprothese noch für eine Woche in irgendeiner megageilen Therme haben würde. Tatsache ist, dass kein Kind jemals davon geträumt hat, sein Leben in Fužine zuzubringen, und Punkt.

Wir alle träumen von einer Villa in Beverly Hills und Urlaub auf den Bermudas, den Bahamas und Barbados. Und von Jaguars, Rolls-Royce und Ferraris. Und von Rolex und all diesen italienischen Schwuchteleien von Armani und Versace bis Gucci, Dolce und Gabbana. Und drei Monica Bellucci, die dir abwechselnd den Schwanz lutschen. Aber nicht von Fužine und, Gott bewahre, Slovenske Konjice. Scheiß auf ein solches Leben und den, der sich das ausdenkt. Wenn ich das ganze Leben so wie Radovan und Ranka mitten in der Nacht aufstehen und zur Arbeit tigern und dort den ganzen Tag malochen müsste, um dann halbtot nach Hause zu kommen, mich auf die Couch zu schmeißen und streichfähig in die Glotze zu starren, würde ich mir lieber eine Kugel in den Kopf schießen. No Chance. Scheiß der Hund drauf.

Deshalb tat mir Dejan leid. Weil er aussah, als ginge er ins Loch, und nicht nach Slovenske Konjice. Aber das ist sowieso ein und dasselbe. Was soll er mit Sonja und Nataša in Slovenske Konjice? Und mit seiner slowenischen Oma, die ihm Štruklji machen und über gutes Benehmen philosophieren und ihm die Ohren damit volljammern wird, was für Kretins die Tschefuren sind und dass sein Vater der größte Idiot aller Zeiten ist, weil er zugelassen hat, dass sie ihn aus dem Verzeichnis löschen? Das ist wirklich alles zusammen eine große Scheiße. Weiß der Teufel, ob Dejan aus all dem lebend herauskommt.

Adi hatte sich endlich eingekriegt und sich neben mich gesetzt. Wenigstens lag er nicht mehr am Boden wie der größte Vollidiot. Völlig weggetreten sah er mich an und grinste. Was für ein Debiler. Aber er war wirklich komisch, und ich musste über ihn lachen. Ein so debiles Gesicht hatte ich im Leben noch nicht gesehen. Nichts war ihm klar.

„Und? Was machen wir jetzt?“

Was für eine bescheuerte Frage. Bleistifte spitzen, würde Radovan sagen. Was sollen wir zwei im Leben anfangen? Er mit zwei Jumbojets in seinem vernagelten Hirn und ich mit dem zerrissenen T-Shirt und der blutigen Lippe. Wenn uns jemand zwei aufgemalte Schafe geben würde, würden uns sogar die weglaufen.

„Ich hab 'ne Idee!“

Zisch bloß ab, Adi, mit deinen Ideen. Die kannst du dir in die Haare schmieren. Im Leben hast du noch keine vernünftige Idee gehabt. Dich könnten sie ins Guinness-Buch der Rekorde eintragen als den Typ mit den idiotischsten Ideen. Adi hatte einmal die Idee, dass wir den Berg von Fužine kaufen und die Leute abkassieren, die Schlitten und Ski fahren wollen. Ein anderes Mal schlug er vor, dass wir in Fužine die Keller leerklauen und alles dann auf dem Markt verkaufen. Dann schlug er vor, wir sollten eine slowenische Tschefurenpartei gründen. Und dann hatte er die Idee, wir könnten Geld schmuggeln, und wir konnten ihm nicht erklären, dass heute keiner mehr Geld schmuggelt und dass das früher war, im ehemaligen Jugo. Alle diese Ideen hatte er völlig nüchtern, aber jetzt war er sehr weit entfernt davon.

„Wir fackeln den Sperrmüll ab!“

Mann, Adi, du bist der Größte. Das Abfackeln von Sperrmüll ist das populärste Ding von Fužine. Was die Alten auch probierten, dass nicht noch mehr Idioten diesen Scheiß ansteckten, immer fand sich ein Held, der Feuer legte. Weil sich davon zwischen den Blocks so viel ansammelt, dass es geradezu danach schreit, angesteckt zu werden. Wenn du siehst, was die Leute aus ihren Wohnungen heraustragen, wundert es dich wirklich. Irgendwelche armseligen Couchen, irgendwelche alten Kühlschränke, irgendwelche morschen Schränke. Das gibt es nicht. Ich weiß nicht, wie sie sich nicht schämen, das vor den Block zu stellen, dass es dann alle sehen. Da liegen die Haufen dann hundert Jahre, weil die Typen von der Müllabfuhr oder woher sonst sowieso nie dann kommen, wenn sie müssten, weil sie vorher erst die teuren Couchen in Murgle und Trnovo und sonst wo einsammeln müssen. Und dann kommt statt ihrer die Feuerwehr.

Nur, in diesem Jahr hatten die Alten einen großen Plan. Zuerst haben sie die Sachen nicht vor den Block gestellt bis zu dem Moment, wo diese Kretins tatsächlich gesagt haben, dass sie kommen, und dann sollte jemand vor diesem Haufen die ganze Nacht Wache schieben. Sehr mutig. Das wird sowieso wieder so ein Stamenković, der die ersten zwei Stunden möglicherweise noch dort stehen wird, dann aber auf einmal verschwunden ist. Er hat sich nur deshalb gemeldet, damit ihn seine Mira abends rauslässt und er dann in Ruhe auf ein Bier gehen kann. Und dann wird er ihr und allen anderen erklären, dass er die ganze Nacht dagestanden und aufgepasst hat. Und wird noch wollen, dass er nach Stunden bezahlt wird.

„Jetzt sag mir mal, wie willst du das abfackeln!“

„Ist das Leichteste von der Welt! Du nimmst einen Lappen und tränkst ihn mit Benzin. Dann steckst du ihn auf einen Stock, zündest ihn an und rennst los und wirfst ihn auf den Haufen und haust ab. So hat Đoko das letztes Jahr gemacht, und sie haben ihn nicht gekriegt.“

Es hörte sich wirklich so simpel an wie dicke Bohnen. Statt eines Stocks kannst du einen Ast abbrechen, und Adi fing schon an, vom nächstbesten Baum einen Ast abzubrechen. Nur war er zu mager für solche Männerarbeit. Ich grinste ihm ins Gesicht und wollte ihm absichtlich nicht helfen, weil er so blöd war, dass er sich nicht mal einen Ast abbrechen konnte. Und dazu noch vor dem Block, dass ihn nur ja alle sehen konnten. Aber ihm war es wurscht. Samira war mit Mirsad für zwei Tage nach Cazin gefahren und würde ihm nicht durch Fužine nachlaufen.

„Statt eines Lappens kannst du mein T-Shirt nehmen."

Es war sowieso zerrissen. Das war eine ausgezeichnete Idee. Wir verbrennen das Beweismaterial. Adi und ich gingen sofort zur Tankstelle und übergossen das T-Shirt auf die Schnelle mit Benzin und hauten wieder ab. Keiner hatte was mitgekriegt. Adi lieh mir seinen Pullover, der mir aber voll zu klein war und in dem ich wirklich komisch aussah, aber das war jetzt auch egal. Ich ging zu einem Baum neben der Tankstelle, um es ihm zu zeigen und diesen verfluchten Ast zu kriegen. Eine Oma kam vorbei und glotzte uns an.

„Was ist, Oma? Passt dir was nicht? Was glotzt du so, dass dir die Augen rausfallen!"

Adi war mutig, weil die Oma kaum gehen konnte und auch sonst nirgends einer war. Die Oma setzte ihren Weg fort und verschwand. Meiner Schätzung nach war das die erste Person, die sich im Leben wegen Adi angeschissen hat.

„Die dumme Nuss. Soll sie bloß kommen sich beschweren. Ich werde ihr so eine verpassen, dass sich die Brillenschlange an ihren dicken Scheiben verschluckt!"

Endlich hatte ich den verfluchten Ast abgebrochen und wir machten, dass wir zurückkamen zum Block. Wir marschierten mit dem Ast in den Händen und dem benzingetränkten T-Shirt durch Fužine. Ich trug den fünfmal zu kleinen Pullover, und Adi markierte noch immer, dass er high war, und torkelte die Straße runter. Meiner Schätzung nach hat schon hundert Jahre keiner zwei solche Kretins mehr gesehen. Direkt wie für einen superblöden Film. Gott sei Dank war es schon Nacht, und es gab nicht mehr viele Leute. Wir bezogen Posten bei der Trafostation und wickelten das T-Shirt um den Ast. Adi holte ein Feuerzeug heraus.

„Wer steckt es an?"

Adi kriegte jetzt plötzlich Schiss. Der Volltrottel. Er sah mich an wie ein Debiler und drückte mir den Ast in die Hände.

„Ich zünde ihn an, und du läufst. Mann, du bist doch Sportler. Du hast Kondition und so."

Sowieso. Ich hab's ja gewusst. Adi war immer der größte Rohrkrepierer auf der Welt. In der Schule immer laut und mutig, aber wenn es galt, die Lunte ans Pulver zu halten, war von ihm nichts mehr zu sehen. Die Lunte hielt dann ein anderer. Meistens Aco oder ich. Blindgänger, beknackter.

„Zünd an!"

Adi zündete an und mein T-Shirt fing wie verrückt an zu brennen. Beide schissen wir uns an, und Adi wich gleich zurück, und ich als der größte Depp versuchte das brennende T-Shirt von mir wegzuhalten und hüpfte um die Trafostation herum. Was für ein Zirkus. Adi lief weg und brüllte mir irgendwas zu.

„Lauf! Lauuuf! Schnell!"

Adi rannte weg und ging in Deckung. Ich hatte keine Wahl. Ich fing an wie ein Idiot auf den riesigen Sperrmüllhaufen vor unserem Block zuzulaufen. Ich sah mich überhaupt nicht um, sondern lief nur und hielt den Ast hoch über mich und passte auf, dass mir das brennende T-Shirt nicht auf die Erde fällt. Es brannte volle Fackel. Dieser Müllhaufen kam mir jetzt auf einmal furchtbar weit weg vor. Irgendwo am A der Welt. Überhaupt, weil ich nicht so schnell laufen konnte wegen dem verfluchten Ast und dem T-Shirt. Ich sah mich um, ob jemand wo war, der mich sehen und erkennen könnte. Ich sah Šoškić vor dem Market. Der bescheuerte Brummifahrer. Ich zog den Kopf zwischen die Schultern und sah nur noch auf den Boden. Ich sah irgendwo irgendwelche Beine und dann noch welche, und dann war ich endlich am Sperrmüll und schleuderte den Ast direkt mitten in den Haufen.

Wohin soll ich jetzt laufen? Dieser blöde Motherfucker. Adi und seine genialen Ideen. Wir hatten uns überhaupt nicht abgesprochen, wohin ich nach Ende der Aktion laufen sollte. Von allen Seiten Leute, Häuser, Autos, das ganze Programm. Ich rannte an jemand in hundert Jahre alten Adidas vorbei in Richtung Schloss. Auf dem Parkplatz stand ein Auto und drum herum irgendwelche Typen, vor dem Sechser-Block standen die üblichen Verdächtigen, und aus dem Park kamen zwei Mamas. Ich rannte wie wahnsinnig geworden an den beiden vorbei und durch den Park Richtung Schloss. Dort fuhren irgendwelche Scheißbonzen irgendwelche Autos, und vor der Stadt standen irgendwelche Schwulettis mit Krawatten und diese ganze Szene, deshalb bog ich ab zur Ljubljanica. Ich lief den Hang runter bis zur Absperrung. Da waren keine Leute mehr. Wenigstens ein Mal, dass dort keine Fixer rumhingen. Ich drehte mich um und wartete, was weiter passieren würde. Ich wusste weder, ob ich den Sperrmüll überhaupt richtig angezündet hatte, noch ob jemand den Ast und mein zerrissenes T-Shirt rausgezogen hatte. Auf der Brücke sah ich ein paar Leute. Ansonsten war es ruhig. Ganz außer Atem sah ich auf den beschissenen Fluss und versuchte mich zu beruhigen. Was war ich für ein Debiler. Ich fühlte mich so elend, dass ich mich am liebsten geohrfeigt hätte. Was für ein idiotischer Kretin, der mit einem Ast und einem T-Shirt zwischen den Blocks durchrennt, um einen Haufen Sperrmüll anzuzünden. Was für ein Hinterwäldler. Bestimmt hatte mich der ganze Block gesehen und ich hatte mich so blamiert, dass es das Beste wäre wegzuziehen.

Ich war nervös und konnte nicht mehr auf einer Stelle stehen. Langsam ging ich wieder hoch zur Straße und zurück in den Park. Ich zog den Pullover aus und drehte ihn um, damit ich wenigstens ein bisschen anders aussah als vorher. Ich schämte mich voll. Ich fühlte mich echt wie ein Vollidiot. Soll Adi mit seinen Scheißideen doch zum Henker gehen. Debiler Bosnier, debiler. Ich bin aber auch der größte Idiot, dass ich auf ihn höre. Er dreht mich wie ein Ferkel am Rost, der Motherfucker, der idiotische. Soll ihn Samira doch das ganze Leben in Fužine suchen.

Ich war schon am Rand des Parks. Zum ersten Mal hob ich den Kopf und sah Richtung Block, und da war dieses

Feuer. Du glaubst es nicht! Wow! Totales Chaos! Im ganzen Leben hab ich kein solches Irrenhaus gesehen. Das Feuer war höher als die Häuser, alles war hell erleuchtet wie am Tag, die Leute waren auf den Balkons wie zu Neujahr, nur die Böller fehlten noch. So ein Feuer hatte ich noch nicht gesehen. Wahnsinn. Das sollte man aufnehmen. Fürs Fernsehen. Was für eine Show. Ich näherte mich dem Block und starrte wie benommen auf das riesige Feuer und die Häuser ringsum. Was für eine Helligkeit. Wie in so Science-Fiction-Filmen. Mein Gott, das war was. Wir sind die Stärksten, die Stärksten! Immer mehr Leute standen vor den Häusern, auf den Balkons, überall. Ein Irrenhaus. Und das Feuer wurde immer größer. Es prasselte, und du brauchtest echt keine Böller mehr, weil es voll knallte. Eine Megaparty.

Nie im Leben war mir so was Großes gelungen. Gut, diesen Korb in der letzten Sekunde, aber Basket interessierte mich jetzt nicht mehr, und es war sowieso nur die Jugendmeisterschaft. Aber das Feuer war riesig. Und angezündet hatte ich es. Marko Đorđić. Alle schauten zu und bestimmt fanden sie es super und das Größte. Weil es wirklich arg war. Nie im Leben war mir eine so riesige Sache gelungen. In der Schule war mir nie etwas gelungen, und jetzt hatte ich auch noch mit Basket aufgehört. Jetzt war ich wirklich stolz auf mich. Endlich war ich zufrieden mit mir selbst. Und ich war nicht wütend. Ich war wirklich nicht wütend.

Keinem von uns, Adi, Dejan, Aco und mir, war jemals etwas so Großes gelungen. Das war für uns alle vier. Wir sind die Stärksten, die Stärksten! Wir saßen alle in der letzten Bank und wir reihten alle unsere armseligen Vierer aneinander und immer waren wir die Nullen und wenn unsere Eltern in die Schule gingen, kriegten wir alle vier regelmäßig Prügel. Und immer hatten wir Ungenügend in Betragen und immer machten wir Blödsinn und immer waren wir total arm dran und immer wurden wir kritisiert und waren die totalen Loser. Wir hatten uns immer irgendwie aufgeblasen, dass wir die Stärksten sind, aber wir waren doch die lausigsten Loser. Und deshalb ist dieses Feuer für uns alle vier, die man uns verarscht hat, weil es bei uns in der Schule nicht lief und weil es bei den Freifächern und dem ganzen Fickfack und den Deals und den Hottentotten und den Fotzenglotzen nicht lief. Seht euch dieses Feuer an! Was sagt ihr jetzt? Wir sind die Stärksten, die Stärksten! Vielleicht sind wir nicht talentiert für euer Scheißslowenisch und Mathematik und Physik und Geografie und diesen blöden Kram. Vielleicht sind wir talentiert für was anderes, nur habt ihr euch nicht bemüht herauszufinden, was das ist. Ihr verfluchten Arschlöcher. Jeder Mensch ist bestimmt für irgendwas talentiert. Muss er sein. Nur dass ihr gedacht habt, dass wir sowieso blöde Tschefuren sind und dass wir deshalb für nichts zu gebrauchen sind, und dass wir keinen interessieren. Da habt ihr jetzt das größte Feuer auf der Welt. Gebe Gott, dass es euch unterm Hintern brennt! Könnt ihr so ein Feuer machen? Und noch was. Vielleicht sind wir die am talentiertesten Pyromanen auf der Welt, nur dass ihr das nicht zur Kenntnis nehmt. Das ist es nicht. Ihr habt eure Lese-Abzeichen und eure Wettkämpfe in Muttersprache. Bleibt mir bloß vom Leib damit. Wir werden ja sehen, ob jemand von euch ein größeres Feuer machen kann als ich. Wir sind die Stärksten, die Stärksten! Das steht nicht in euren verfickten Büchern. Scheiß auf euren Prešeren und euren Cankar, mir können alle eure Völker und Völkerschaften gestohlen bleiben. Alle sind wir talentiert. Jeder für etwas. Hundertprozentig. Nur sind wir nicht talentiert für euren Scheiß. Einige von uns haben andere Muttersprachen und andere Talente. Aber wir sind alle talentiert und alle können wir große Sachen machen. Nicht nur eure Vorzugsschüler. Aber das interessiert euch nicht. Für euch sind wir nur die lausigen Tschefuren aus der letzten Bank. Wir sind für euch nur die auf -ić!

40. Warum ich wieder mal zu Fuß bis in den zehnten Stock musste

Die Feuerwehr hätte mich fast überfahren, weil ich mitten auf der Straße Richtung Block marschierte. Ich hatte sie nicht gehört, weil ich in einem total abgedrehten Film war. Mit hundert die Stunde. Ein Typ zog mich von der Straße, damit die Feuerwehr an den Block ranfahren konnte. Binnen zehn Minuten waren die angedüst gekommen und hatten mein Feuer in Nullkommanichts gelöscht. Diese roten Feuerwehrheinis. Nur, dann räumten sie eine halbe Stunde lang noch alles auf und spritzten mit Wasser und dieser ganze Scheiß. Man konnte sehen, dass das Profis waren. Und wie klein du bist und was für eine Null. Du kannst noch so 'n Feuer abfackeln, so hoch wie der ganze Block, nur dann kommen die mit ihren Schläuchen und spritzen ein bisschen und ruckzuck ist der ganze Zauber vorbei. Als hätte nie was gebrannt.

Die Leute fingen schon an, sich von den Balkons zurückzuziehen, und auch vor dem Block gab es nicht mehr viele Neugierige. Die Party war vorbei. Ich stand vor dem Block und sah auf den verbrannten Haufen Sperrmüll, den ein Feuerwehrmann noch immer mit Wasser bespritzte. Auf einmal packte mich jemand im Nacken und zog mich zum

Eingang vom Block, dass ich dahinflog wie eine leichte Feder. Das war so ein Schock, dass ich überhaupt nicht wusste, was los war, nur meine Beine schleiften über den Boden durch die eine und dann durch die andere Tür und bis zum Aufzug. Erst jetzt konnte ich mich umdrehen und sah Radovan im Unterhemd mit dem trüben Irrsinnsblick eines Maniacs, der mich wie ein Wahnsinniger hinter sich herschleppte. Vor dem Aufzug warteten irgendwelche Leute, und Radovan drehte sich um und ging Richtung Treppe.

„He! Lass mich los! He!"

„Kein Wort! Ich schlag dir den Schädel ein! Ich will nichts hören."

„Lass mich los!"

„Halt den Mund, hab ich gesagt!"

Radovan wischte mir kurz eine über die Rübe und zog mich gleich die Treppe hoch. Noch immer war er stark wie ein Stier. Unter seinem Speckwanst, der unter dem Unterhemd hervorquoll, war er noch immer ein Bär von einem Mann. Ich hatte keine Chance. Er zog mich wie ein Maniac die Treppe rauf und hörte nicht auf. Ich konnte mich nicht einmal umdrehen, aber ich sah die Leute vor dem Aufzug, die Radovan und mich ansahen, als wären wir Außerirdische. Eine Frau hielt sich die Hand vor den Mund, wie diese Mamas in den Filmen, wenn es was Grauenvolles zu sehen gibt. Aber eigentlich war es ihnen scheißegal und sie konnten sich damit trösten, dass es noch schlimmere Idioten gab als ihre Männer und Söhne.

Im dritten Stock hielt Radovan für einen Augenblick an, und ich konnte mich endlich umdrehen und mich normal auf die Füße stellen und ihn ansehen. Aber als hätte ihn mein Blick endgültig zum Ausrasten gebracht, zog er jetzt noch stärker als vorher, und wir fingen an, noch schneller die Treppe raufzulaufen zum zehnten Stock. Ich schlug mit den Füßen gegen das Geländer, ich verhakte mich an den Stufen, hielt mich an allem fest, was mir unter die Hände kam. Aber Radovan kümmerte das nicht. Er marschierte weiter. Und zog mich so fest, dass Adis Pullover in den Nähten riss und ich kaum atmen konnte.

Ich war die Treppe seit der zweiten Klasse Grundschule nicht mehr zu Fuß raufgegangen. Damals hatte mich Ranka dazu getrieben, dass ich jeden Tag zu Fuß gehe, weil, na ja, was wusste sie, was das ist, ein Aufzug, und ob ich damit allein fahren darf. Auch Ranka hatte davor im Leben keinen Aufzug gesehen. Deshalb bin ich zwei Jahre jeden Tag zu Fuß über die Treppe in die Schule und wieder nach Hause gegangen. Diese Treppe hab ich für mein ganzes Leben zur Genüge genossen.

Radovan und ich kamen in den siebten Stock. Jetzt war er schon komplett hinüber. Ich bin ja dürr, nur bin ich eben lang und habe die paar Kilo. Radovan atmete schwer. Mit einer Hand fasste er sich an die Brust, mit der anderen hielt er mich noch immer fest am Nacken. Jetzt wollte ich ihn nicht mehr ansehen. Dass er keinen Herzkasper kriegt. Und dass er nicht ausrastet und mich die Treppe runterschmeißt. Langsam kam er zu sich und fing wieder an zu ziehen, aber langsam, sodass ich in Wirklichkeit hinter ihm herging.

Wir kamen in den zehnten Stock, und Radovan hielt vor der Tür zum Hausflur an. Noch immer hielt er mich fest. Er tastete seine Taschen ab und suchte die Schlüssel, fand sie aber nicht.

„Verdammter Mist!“

Er klingelte so, dass er fast die Klingel zertrümmerte. Langsam kam Ranka im Pyjama aus der Wohnung, ganz verwirrt und verängstigt und redete irgendwas, nur dass ich sie nicht verstehen konnte, weil die Tür dazwischen war. Sie sah mich und Radovan und machte völlig geschockt die Tür auf.

„Keinen Mucks von dir! Ist das klar?“

„Was …?“

„Ist das klar?“

Ranka gab keinen Mucks von sich, und Radovan zog mich jetzt so fest hinter sich her, dass ich den Hausflur bis zu unserer Wohnung hinter ihm herstolperte. Er stieß mich rein wie einen Affen. Dann zog er Ranka in die Wohnung, dass sie anfing, irgendwas zu winseln. Dann knallte er die Tür zu, dass alles zitterte. Weder ich noch Ranka trauten uns, einen Laut von uns zu geben. Wir sahen uns gegenseitig an und dann wieder Radovan und warteten ganz verängstigt darauf, was er sagen oder machen würde.

41. Warum Radovan plötzlich wieder Schnaps trinkt

Radovan ging in die Küche und öffnete den Schrank. Er nahm die Schnapsflasche heraus, füllte die Drehkappe drei Mal und trank auf ex. Der Schnaps floss über und auf den Boden, weil seine Hände zitterten. Aber das kümmerte ihn nicht. Er stellte den Schnaps zurück in den Schrank, überlegte kurz und holte ihn wieder raus. Er goss sich noch einen ein.

„Setz dich."

Ich setzte mich auf den Stuhl in der Küche, Ranka kam mir langsam nach und setzte sich auf die Couch im Wohnzimmer. Radovan setzte sich auf einen Stuhl mir gegenüber und prustete und rutschte hin und her und konnte sich nicht beruhigen. Er hob den Kopf.

„Scheiß auf das Leben und den, der sich das ausgedacht hat."

Dann stand er wieder auf und ging ins Wohnzimmer. Dort öffnete er den Schrank, nahm etwas heraus und hielt es lange in der Hand. Ranka stand auf und wollte zu ihm. Aber Radovan drehte sich um und kam zu mir und knallte einen Umschlag vor mich auf den Tisch. Dann ging er zum Schrank und nahm wieder den Schnaps heraus. Er wollte sich noch einmal eingießen, aber jetzt zitterten seine Hände zu sehr und er nahm das Whiskyglas aus dem Schrank über dem Spülbecken. Und ich nahm den Umschlag. Es war eine Fahrkarte Ljubljana–Visoko. Einfache Fahrt.

„Morgen fährst du nach Bosnien. Morgen früh Viertel vor sieben geht der Zug."

Radovan nahm Glas und Flasche und stellte beides auf den Tisch. Dann setzte er sich. Ranka vergrub den Kopf in den Händen. Ich glotzte nur auf diese Karte und nichts war mir klar. Was ist das? Was für eine Karte? Was für ein Bosnien? Viertel vor sieben. Das ist in ein paar Stunden. Und nirgends eine Rückfahrkarte.

„Wenn du nicht lernen willst, wenn du keinen Sport machen willst, dann fährst du runter. Da kannst du dir deine Späße abschminken."

Radovan trank ein weiteres Glas Schnaps.

„Und die Drogen."

Was für Drogen? Wo hat er das jetzt her? Der ist doch total verrückt. Und noch immer sah er mich nicht an. Sein Blick ging irgendwo ins Leere, als er seinen scharfen Schnaps austrank, den ihm Milan aus Serbien geschickt hatte. Und Ranka war schon voll am Heulen. Nur, dass sie nichts sagte. Radovan stand auf und ging aus dem Zimmer. Es war zu hören, dass er etwas in den Schränken suchte und sie wütend auf und zu machte. Er schlug mit den Türen, dass es knallte. Überall ringsum war totale Stille, nur er knallte wie verrückt mit den Schranktüren im Flur und in meinem Zimmer. Er kam zurück mit meiner Sporttasche und ließ sie mitten im Zimmer auf den Boden fallen.

„Los, pack seine Sachen. Stopf ihm zack, zack alles in die Tasche. Mach daraus jetzt keine Doktorarbeit."

Ranka rührte sich nicht von der Stelle. Sie heulte in einem fort, und Radovan schnappte nervös nach Luft und rollte mit den Augen und schüttelte den Kopf.

„Was führst du dich jetzt auf, zum Teufel? Haben wir uns abgesprochen? Haben wir das? Haben wir daaas?"

Radovan brüllte wie verrückt und Ranka fing an, mit dem Kopf zu nicken. Aber zugleich mit dem Kopfnicken fing sie noch lauter an zu heulen, sodass Radovan noch nervöser wurde.

„Was ist? Was heulst du denn? Mach jetzt kein Drama! Pack seine Sachen! Hast du mich gehört? Hast du mich gehööört?"

Er brüllte wie ein Idiot. Es war halb zwei in der Nacht. Die Fenster waren offen, die Balkontür, alles. Man musste es bis auf die Straße hinaus hören. Ich erinnerte mich, wie ich einmal, als ich nachts das Finale der NBA schaute, zwischen Detroit und den Lakers, um halb vier Uhr morgens aus dem Block gegenüber hörte, wie ein Typ brüllte und alles kurz und klein schlug und wie die Frau und das kleine Töchterchen um Hilfe schrien und weinten und ihn anflehten, sich zu beruhigen. Alles hörte ich und sah sogar, in welcher Wohnung sich das abspielte, aber ich wusste nicht, was ich tun sollte. Mir war schrecklich zumute. Ich stand auf dem Balkon, sah zu der Wohnung hinüber und hörte diesen fürchterlichen Lärm. Aber ich stand da wie eine Salzsäule, und ich schaffte es einfach nicht, mich zu bewegen. Ich musste daran denken, dass vielleicht auch jetzt jemandem aus dem Block gegenüber, der Radovan hörte, wie er brüllt, und Ranka, wie sie heult, so schrecklich zumute war wie mir damals. Würde dieser Mensch vielleicht die Polizei rufen? Oder würde er auch dort stehen wie eine Salzsäule und zu unserer Wohnung herüberspähen?

Ranka stand langsam auf und fing an, meine Sachen zu nehmen und sie in meine Sporttasche zu werfen. Und Radovan schenkte sich ein neues Glas ein. Und trank es auf ex.

„Bei Oma wirst du schön arbeiten, du wirst ihr mit Opa helfen und dich um das Haus kümmern. Damit du arbeiten lernst und dir deine Dummheiten abgewöhnst. Schluss mit lustig. Du weißt, dass Opa krank ist und dass er senil ist und alles. Und Oma wird deine Hilfe gut brauchen können. Wenn nichts sonst, muss jemand in den Laden gehen und Holz hacken. Und Oma soll dir beibringen, wie du Kühe melkst. Und du wirst im Stall arbeiten. Das wird das Vernünftigste sein für dich. Soll sie dich ruhig richtig einspannen. Das werde ich natürlich mit ihr besprechen. Aber du wirst arbeiten! Hast du mich gehört?“

Ich nickte, obwohl ich noch immer nicht begriff, was vor sich ging. Ich konnte es nicht glauben. Immer mal wieder hatte mich Radovan während seiner Rede auch angesehen. So flüchtig. Und sein Blick hieß wirklich Schluss mit lustig. Dass es keinen Sinn hatte zu protestieren. Auch Ranka protestierte nicht mehr. Sie stopfte meine Sachen in die Tasche. Und Radovan nahm noch ein Whiskyglas aus dem Schrank über dem Spülbecken und goss ein bisschen Schnaps ein. In seines goss er ein bisschen mehr. Das zweite Glas gab er mir. Ich sah ihn an und wusste nicht, was er von mir wollte. Noch nie hatte er mir Alkohol gegeben, obwohl es Tschefurenbrauch ist, dass die Kinder an Schnaps und Bier gewöhnt werden. Jetzt gab er es mir und wollte sogar mit mir anstoßen. Der war total durchgedreht. Oder aber er war schon weich in der Birne von dem Schnaps. Radovan und ich stießen an. Zum ersten Mal im Leben.

„Zum Wohl. Was gewesen ist, ist gewesen. Von jetzt an gehen wir andere Wege. Es gibt keinen Streichel- und Kuschelkurs mehr. Von jetzt an nur noch die harte Hand. Das Leben ist eine komplizierte Angelegenheit. Man kann das nicht so machen, wie du und deine Kumpel sich das vorstellen. Ihr seid nicht Titos Kinder, dass ihr tun könnt, was euch einfällt."

Woher holte er jetzt Josip Broz aus der Versenkung? Du glaubst es nicht. Ranka stopfte noch immer Sachen in die Tasche. Eine war zu klein, und sie holte eine zweite. Radovan saß da und trank seinen Schnaps.

„Viertel vor sechs gehen wir aus dem Haus."

Er sah noch eine Zeit lang Ranka beim Packen zu, dann stand er auf, stellte den Schnaps zurück in den Schrank und ging schlafen. Ich stand auch auf und ging zu Ranka, um ihr beim Fertigpacken meiner Sachen zu helfen. Ich denke nur, dass keinem von uns klar war, wie man für eine Reise in nur eine Richtung packt.

42. Warum Ranka und ich uns an Vela erinnerten

Ranka und ich packten meine Sachen. Eigentlich packte sie, ich ging nur wie eine Mumie hinter ihr her und nickte, wenn sie nicht wusste, ob sie ein T-Shirt oder eine Hose einpacken sollte. Ranka stopfte auf die Schnelle zwei Taschen voll. Das war für sie nie ein Problem gewesen. Immer wenn wir runtergefahren sind, packte Ranka so viele Sachen, dass alle dachten, wir würden umziehen. Was weißt du, wie das Wetter wird. Was weißt du, vielleicht bleiben wir auch einen Tag länger. Vielleicht kommt Milan und wir werden Schnaps brennen. Auf alles muss man vorbereitet sein. Das ist das Motto der Tschefuren. Man weiß nie.

„Brauchst du Wintersachen?"

Wie soll ich das wissen, Ranka, wenn du es nicht weißt? Habe ich mich mit Radovan abgesprochen? Jetzt ist Mai, Ende Mai. Aber das geht mir am Arsch vorbei. Was kümmert mich das. Du und Radovan, ihr habt es so beschlossen und so wird es sein. Was fragst du jetzt mich? Mir ist alles egal. Ich bin überhaupt nicht mehr wütend. Ich fahre nach Bosnien, und fertig. Das sind alle Informationen, die ich habe. Aber bei uns hat man sowieso nie irgendwas im Voraus gewusst. Was weißt du, was sein wird? Alle wussten schon im April, wohin sie im Urlaub fahren, nur Radovan und

Ranka sagten: „Wir werden sehen!“ Sowieso sind wir immer nach Bosnien gefahren, und immer zur gleichen Zeit, und immer für drei Wochen, und immer wusste man bis zum letzten Moment nichts. Radovan war immer total nervös, wenn es verreisen hieß. Das ist dieses Tschefurengetue. Scheiße, wenn du aber nicht weißt, was für einen Idioten du triffst, wenn du durch Bosnien hirschst, und wer dir in Kroatien ans Leder will, weil dein Name Radovan Đorđić ist, und was alles die Bosnier von dir an der Grenze wollen und wie viele Bratwürste und Frischkäse dich die Kroaten nach Hause mitnehmen lassen. Plus dem, dass Radovan und Ranka diese Grenzen zum Kotzen satthaben. Das ganze Leben fahren sie immer dieselbe Strecke Ljubljana–Zagreb–Slavonski Brod–Visoko, und jetzt auf einmal Grenzen. Und dann noch: „Halt, zeig den Pass! Mach den Kofferraum auf! Gib die Grüne Karte! Wen besuchst du in Visoko? Ist Bora ein Verwandter von dir? In welchem Verwandtschaftsverhältnis stehst du zu General Đorđić? Bist du direkt aus Visoko? Bist du mit dem Auto zufrieden? Wie ist es so in Slowenien?“ und all die anderen blöden Fragen, die die bosnischen Zöllner imstande sind, sich auszudenken. Deshalb sind Radovan und Ranka immer nervös, wenn wir runterfahren.

„Ach was, egal, wir schicken es, wenn es nötig wird.“

Aber ja. So ist Ranka. Nema problema. Schickst es einfach. Vielleicht kommst du auch auf Besuch und bringst mir die Moonboots. Und ein Geschenk für Neujahr. Und zum Geburtstag. Wenn du dich dann, am 5. März 2007, noch an mich erinnerst. Dann werde ich runde achtzehn. Dann werde ich volljährig und du bist nicht mehr verantwortlich für mich und brauchst dich nicht mehr wegen meines Blödsinns aufzuregen. Da wirst du schön ausspannen können.

„Brauchst du noch was?"

Ein bisschen Liebe, Aufmerksamkeit, Verständnis und …

„Die Zahnbürste."

Immer vergisst Ranka meine Zahnbürste. Jedes Mal, wenn wir runterfahren, muss ich mir in dieser Bruchbude von einem Laden namens Kod Vele eine neue kaufen. Wahrscheinlich hat sich auch Ranka daran erinnert und angefangen zu lachen. Was ist hier zum Lachen.

„Ich vergesse sie immer. Gut, du würdest dir eine neue bei Vela kaufen."

Und jetzt fing sie noch mehr an zu lachen. Ich lachte auch. Du und deine Vela. Putz du dir doch deine gelben Zähne mit einer Bürste von Vela. Vela ist ein Familienwitz. Das ist eine Nachbarin von Oma und Opa, die schon hundert Jahre alt ist, aber noch immer den Laden im Erdgeschoss ihres Hauses führt. Selbst während des Kriegs hat sie offen gehabt. Bei ihr kriegst du Sachen, die sie überall auf der Welt längst aufgehört haben zu verkaufen. Bei ihr bekommst du Zirodent. Die allerekligste Zahnpasta. Kein Mensch weiß, wo Vela die Sachen herhat, aber weil sie billig sind und weil sie unsere Nachbarin ist, gehen wir dann alle ständig zu Vela um Zahnbürsten und anderen Krimskram.

Und jetzt lacht Ranka, macht sich vor Lachen nass, weil sie sich an Vela und Opa erinnert hat, der immer, wenn jemand sagt, dass er lieber in einen normalen Laden geht, sagt: „Was? Und was fehlt bei Vela?" Aber es fehlt alles. Du hast nicht eine normale Sache zum Kaufen bei Vela, und nie ist bei ihr jemand drin, wenn du hinkommst, und nie siehst du, dass jemand zu ihr geht, aber sie hat diesen Laden schon hundert Jahre. Vela geht die Globalisierung am Arsch vorbei. Am schlimmsten sind die Süßigkeiten, wenn du von Oma fünf bosnische Mark kriegst, dass du dir bei Vela Schokolade kaufst. Dort gibt es keine Milka, sondern nur hundert Jahre alte Zvečevo-Schokolade, die Vela noch zu Zeiten des ehemaligen Jugoslawien gekriegt hat. Aber du musst sie kaufen, weil das von Oma Mila ist.

„Kauf dir eine Bürste bei Vela."

Ich weiß nicht, wann ich zum letzten Mal zusammen mit Ranka gelacht habe. Und auch dieses Lachen ist halb hysterisch. Aber meiner Schätzung nach lachten wir zum ersten Mal im Leben über denselben Witz. Was willst du machen. So ist das im Leben. Ranka und ich haben keine Chance. Es ist uns nicht beschieden. Mit Radovan würde ich mich eher kurzschließen als mit ihr, meiner Mutter. Mit Radovan kann ich mich wenigstens über Sport unterhalten. Mit Ranka habe ich wirklich nichts zum Unterhalten. Außer über Vela und über unsere Familienwitze, über Visoko und unsere ganzen Verwandten.

Bei den Tschefuren ist es ohnehin so, dass sie am besten im Rudel funktionieren. Zum Beispiel unsere Familie, wir drei, wir verstehen uns am besten in Visoko, wenn es dort voller Leute ist, wenn da der volle Betrieb ist. Wenn Ružica und Milan und Dragiša und Dragana und Stjepan und Jovana und alle da sind. Dann sind wir wie eine Familie und sind lustig und haben Spaß und sind zusammen und verstehen uns. Drei Wochen im Sommer und noch ein paar Wochenenden das Jahr über. Dann haben wir Vela und all die internen Familienfehden und Opa Đorđe, über den wir alle lachen, weil er anfängt zu vergessen und die schlimmsten Meldungen rausschiebt. Er fragt, wer Oma Mila ist, und glaubt nicht, dass sie seine Frau ist, weil sie zu alt für ihn ist. Und versucht uns die ganze Zeit einzureden, dass er mit dieser alten Schachtel nicht verheiratet ist, und wird böse, weil wir ihn angeblich verscheißern wollen.

Ansonsten aber herrscht da das gewöhnliche Chaos. Und jetzt lachen plötzlich ich und Ranka mitten in der Nacht über denselben Witz. Die ganze Welt scheint völlig verrückt geworden zu sein. Ranka kriegt sich überhaupt nicht ein, und mir scheint, dass sie vom Lachen direkt ins Weinen wechselt. Sie sitzt neben meiner Tasche und will sie zumachen und kann nicht. Sie lacht immer hysterischer und lauter.

„Leiser da draußen!"

Nur Radovan fehlte noch, und Ranka, als würde sie auf ihn warten. Lachen war es wirklich keines mehr, sondern nur noch Tränen. Da weint Ranka und kann nicht mehr aufrecht sitzen, sondern macht sich lang auf dem Boden und lehnt nur den Kopf an die Wand. Kollaps! Sie liegt da wie hingemäht und weint. Das habe ich jetzt noch gebraucht. Den Kopf hat sie so schief, dass du nur darauf wartest, wann ihr gleich der Hals knackt.

„Leiser!"

Radovan geht das nichts an. Ach, Ranka, was hast du gedacht, als du geheiratet hast. An mich bestimmt nicht. An dich selbst wahrscheinlich auch nicht. Ich sah sie in dieser seltsam gequälten Haltung, den Kopf schief an die Wand gelehnt und in hysterischem Weinen. Und sie tat mir leid. Ich wollte zu ihr gehen und sie umarmen, sie trösten. Aber ich konnte mich nicht rühren. Ich sah wie ein Blödian zu der offenen Tasche mitten im Flur und zu Ranka, die neben ihr auf dem Boden über den ganzen Flur gestreckt lag. Ich sah ihren verdrehten Kopf. Wahrscheinlich tat ihr schon alles weh, aber Ranka konnte nicht aufhören. Den Körper bewegte sie nicht. Ihr Körper war tot, ihre Arme standen so seltsam weg, dass ich dachte, sie fühlt sie nicht mehr. Totale Katastrophe. Nur wenn sie stöhnte, wenn sie zitterte, konnte man sehen, dass sich ihr Körper überhaupt bewegte. Dann ging ich doch zu ihr und nahm ihre Hand. Sie drückte sie so fest, dass ich dachte, mir brechen die Handknochen. Sie griff auch nach meiner anderen Hand. Sie bewegte sich nicht, sie presste nur meine Hand und weinte. Ich dachte, es geht zu Ende mit ihr. Dass sie jetzt komplett durchgedreht ist und nie wieder normal wird. Und dass sie nie mehr meine Hand loslässt. Sie hielt sie so fest, dass ich keine Chance hatte, sie rauszuziehen. So saß ich da, mitten im Flur, über der offenen Tasche, und wand mich, um mich irgendwie so hinzusetzen, dass mir nicht alles wehtat. Und Rankas Kopf war noch immer völlig verdreht und an die Wand gelehnt.

43. Warum bei den Tschefuren nichts geheim bleibt

Ich weiß nicht, ob jemals eine Nacht schneller vergangen ist. Plötzlich stürzte Radovan herein und es galt zum Bahnhof zu sprinten. Nimm dein Bett und geh. Kein Verabschieden. Ranka raffte sich vom Boden auf, sie ging direkt ins Schlafzimmer und kam nicht wieder heraus. Man hörte nur ihr Heulen. Radovan zog sich nur an. Kein Duschen, kein Zähneputzen, kein Rasieren. Ich wollte mir die Zähne putzen, aber Ranka hatte meinen Kulturbeutel eingepackt und alles, und ich wollte jetzt die Tasche nicht wieder aufmachen, weil Radovan einen Tobsuchtsanfall gekriegt hätte und das wäre fatal gewesen.

Die Straßen waren leer, die Ampeln blinkten. Nirgends ein Mensch. Nur Radovan und ich in unserem hundert Jahre alten Opel. Tschefuren müssen ein deutsches Auto haben, koste es, was es wolle, und auch Radovan hatte einen Kredit aufgenommen und sich einen Vectra gekauft. Gut, wenn er unbedingt will. Er hat ihn auf so einem Automarkt gekauft, weil ihm Hadžić aus dem Einser-Block den empfohlen hatte und er von einem unserer Leute verkauft wurde. Nur der Švabo, der baut gute Autos, alles Übrige ist Scheiße. Deshalb fährt halb Bosnien hundert Jahre alte Golf und die andere Hälfte hundert Jahre alte Opel. In Bosnien gibt es die meisten Reserveteile für den Golf pro Einwohner. Auf jeden kommen drei Auspuffe und zwei Vergaser.

Auch der Bahnhof war leer. Nur aus zwei Lokalen dröhnten Danijela und Grašo. Es hallte durch den ganzen Bahnhof. Du kannst den Tschefuren nicht entkommen, wie hoch oder nieder du auch springst. Auf dem Bahnsteig standen nur ein Mann und eine Frau. So ein Opa, dem man aus dem Flugzeug ansah, dass er ein Tschefur war, das war klar wie nur irgendwas, und eine Frau, die wahrscheinlich nur bis Zagreb wollte, weil sie zu fein aussah, als dass sie nach Bosnien fahren würde.

Radovan und ich kamen fünfundzwanzig Minuten zu früh. Ich hoffte, dass mich Radovan hier absetzen und verschwinden würde, aber nein, er hatte sich in den Kopf gesetzt, auf den Zug zu warten. Um sich zu überzeugen, dass ich nicht zufällig in Ljubljana bleibe. Fünfundzwanzig Minuten würde ich deshalb sein stummes Fischmaul ertragen müssen. Ich setzte mich auf eine Bank, während Radovan ganz nervös auf dem Bahnsteig auf und ab lief. Dann ging er zu dem Opa und fragte ihn, ob das der Bahnsteig für Sarajevo war und ob sie durchgesagt hätten, dass der Zug Verspätung hatte, und irgendwas quatschte Radovan mit diesem Opa, der meiner Schätzung nach keinen blassen Schimmer hatte, wo er war und wohin er fuhr. Aber die beiden faserten die Geschichte auseinander und legten ein Puzzle, ganze zehn Minuten. Der Typ erklärte Radovan, dass er nach Kakanj fuhr, dass er in Ljubljana bei Tochter Jasmila gewesen war, die in Nove Jarše wohnte, und dass ihn ihr Mann Andrej zum Bahnhof gefahren habe, nur dass der gleich wieder wegmusste, weil er von sechs an arbeitet. Und er erklärte ihm, dass diese Züge keine Verspätung hatten, weil sie international waren und aus Deutschland kamen, und die Deutschen das in München aufeinander abstimmten, dass dann alles pünktlich sei fast ganz bis Sarajevo. Und er erklärte ihm, dass er vielleicht zum letzten Mal seine Enkelin Sabina und seine Tochter Jasmila gesehen habe, weil er schon alt sei und nicht mehr reisen könne, und Andrej wolle nicht nach Bosnien kommen, weil er lieber im Wohnwagen in Vrsar Urlaub machte.

Noch zehn Minuten. Und Radovan kommt zu mir und setzt sich auf die Bank. Irgendwie sieht er mich an. Vielleicht wird er sich jetzt endlich verabschieden und verziehen, der Sitzpinkler. Aber nein, er sieht mich nur sonderbar an. Und ist voll nervös. Er klopft mit dem Fuß auf den Boden, dass auch ich noch nervös werde wegen dem.

„Habt ihr Damjanović so zugerichtet?"

Was? Uh, verdammt! Woher hat er das jetzt? Wie weiß er? In einer Sekunde war ich schweißnass, bei meiner Mutter. „Ozna sve dozna", hatte Radovan immer gesagt, aber ich wusste nie, wer diese Ozna ist, und das war für mich immer so ein komischer Name. Ich denke, dass ich erst im letzten Jahr kapiert habe, worum es geht. Aber Radovan war schlimmer als diese Ozna. In meinem Kopf herrschte das totale Chaos. Radovan hatte mich in meine Atome zerlegt. Ich glotzte ihn nur noch an wie ein Kalb.

„Habt ihr?"

Meine Beine versagten den Dienst. Ich fing an zu zittern und wollte den Mund zumachen, aber es ging nicht. Ich sah

Aco vor mir, wie er an der Ljubljanica auf den armen Damjanović eintritt, und sah Radovans Gesicht, das nicht wütend war, nicht nervös, gar nichts. Es war nur da und raubte mir auch noch das letzte bisschen Verstand. Ich versuchte den Kopf zu schütteln, aber ich wackelte nur mit dem blöden Schädel links rechts rauf runter. Dieser verdammte Radovan. Wie hatte er mich jetzt drangekriegt? Wo hatte er es erfahren? Der ist absolut nicht normal. Ich musste etwas sagen, aber es war nicht mein Tag.

„Ich habe nicht … Aco hat … Ich war da … aber ich habe nicht … Ich wollte ihn … zurückhalten … Ich war nicht … Papa …"

Ich hatte Papa zu ihm gesagt. Ich weiß nicht, wann ich dieses Wort zum letzten Mal gebraucht hatte. Ich habe keine Ahnung. Aber es wirkte, denn Radovan explodierte nicht, er fing nicht an, nach Luft zu schnappen, nichts von alledem, er wurde nur traurig. Sein Blick war so traurig, dass ich dachte, er fängt gleich an zu weinen. Er glaubte mir. Das war das Wichtigste. Er glaubte mir wirklich. Er sah mich mit diesem traurigen Blick an, und ich sah, dass er mir glaubte. Endlich fuhr der Zug ein. Radovan drehte sich um und sah den Zug, rührte sich aber nicht. Wieder sah er mir direkt in die Augen mit seinem traurigen Blick. Wir waren noch nicht fertig. Das Ende dieser Debatte war noch nicht gekommen. Er wollte noch etwas sagen. Er sah mir direkt in die Augen und konzentrierte sich.

„Damjanović ist … im Koma."

Was? Wa…? Aus. Ich atmete nicht mehr. Ich … nichts. Was für ein Koma? Was? Ich konnte es nicht glauben. Das ist … Das ist … die totale Scheiße! Das ist kein Spaß mehr. Das ist … versuchter Mord. Möglicherweise. Noch immer atmete ich nicht. Aus, es ist aus. Oh, Aco. Oh, Marina. Was machen wir jetzt? Wohin sind wir geraten? Was ist das? Nichts war mir klar. Ich war fertig. Es hatte mich in Atome und Moleküle und alles zerlegt. Was für ein Koma? Was? Ist das wahr? Wird er überhaupt überleben? Was ist das? Eine Katastrophe. Ich kann es nicht glauben. Soll doch alles in den Arsch gehen. Ich kann nicht mehr atmen. Mit mir ist es vorbei. Aco, du größter aller Idioten. Arme Marina. Was für ein Koma? Was? Das ist das Ende.

„Ich habe nicht … ich … Aco …"

Radovan hörte mir nicht mehr zu. Er sah mich auch nicht mehr an. Er stand auf, packte beide Taschen und trabte zum Zug. Und ich saß einfach da.

„Komm schon!"

Irgendwie schaffte ich es aufzustehen und ging ihm nach. Ich ging, als wäre ich high, und stolperte über meine eigenen Füße. Nichts war mir klar. Ich wusste nicht, wo ich war, was ich war, wer ich war. Nichts wusste ich mehr. Schickt mich Radovan nach Bosnien, damit mich die Bullen nicht kriegen? Um mich zu schützen? Um mich vor dem Knast zu retten? Soll das ein Witz sein? Weiß man schon, dass Aco Damjanović zusammengeschlagen hat? Weiß man schon, dass ich dabei war? Mein Herz schlug wie verrückt, dass ich dachte, es fliegt in tausend Fetzen. Ich schwitzte wie nie im Leben, ich zitterte, ich hatte Nebel vor den Augen. Alles. Ich konnte kaum sehen, wohin Radovan vor mir ging. Ich stieß gegen alles Mögliche in diesem Scheißzug. Radovan haute meine Taschen in irgendein Abteil am Ende des Waggons. Im Abteil saß bereits ein Opa, ähnlich dem vom Bahnsteig, nur noch ein bisschen älter und ein noch größerer Tschefur. Radovan verstaute meine Taschen auf der Gepäckablage. Und ich blieb starr mitten im Abteil stehen. Ich konnte mich nicht mehr bewegen.

„Melde dich, wenn du angekommen bist."

Das war es dann. Er drehte sich um und ging. Was? Was jetzt? Ich stand dort mitten in dem verdammten Abteil, und der Zug nach Zagreb, Visoko und Sarajevo fuhr an. Irgendwo fing ich Radovan ein, der auf dem Bahnsteig stand und dem Zug nachsah. Und ich stand noch immer da. Der Opa saß hinter mir, und ich stand. Ich sah aus dem Fenster. Ich sah die Häuser und Wohnblocks von Ljubljana, und alles war so seltsam. Nichts war mir klar. Bald war durchs Fenster auch Fužine zu sehen. Unser verfickter Block. Ich setzte mich, weil mir die Beine schon so zitterten, dass ich keine Kraft mehr hatte zum Stehen.

44. Warum Bosnien total im Arsch ist

Zum ersten Mal im Leben fuhr ich mit dem Zug. Na ja, was willst du machen. So ist das, wenn du Tschefur bist und nur nach Bosnien fährst, und zwar mit einem Opel Vectra. Mir war Radovan immer wieder mit seinen Geschichten vom Zugfahren gekommen. Er hatte nie ein Auto besessen und war immer Zug gefahren. Und zwar schwarz, und irgendein Zigo hat ihm die Brieftasche geklaut, und irgend so ein Türke hat sein Bett im Schlafwagen mit Beschlag belegt, er hat den Bahnhof verschlafen und ist bis Sarajevo durchgefahren, und er ist in Zagreb ausgestiegen auf ein Bier und da ist der Zug ohne ihn weitergefahren, und er ist zur Olympiade gefahren und hat sich schon im Zug mit irgendwelchen Schweden verbrüdert, und sie haben ihn gekriegt, als er schwarzfuhr und ihn der Schaffner aus dem Zug werfen wollte und sie sich geprügelt haben, und eine Zigeunerin hat ihm geweissagt, dass er drei Söhne haben wird und dass sie alle in Amerika leben und Jeeps fahren werden, und die ganze Strecke nach Ljubljana hat er stehen müssen, weil so ein Gedränge im Zug war, und mit den Fans von Dinamo ist er bis Zagreb gefahren und hat sich mit ihnen gestritten, ob Boban besser ist oder Savičević. Geschichten und Geschichtchen. Der Zug ist immer ein Teil der Tschefurenfolklore gewesen.

Na klar, sie fuhren keine teuren Autos und waren gut drauf. Sie waren arm und fuhren mit dem Zug. Und dann taten sie so, als wär der Zug die größte Attraktion und das stärkste Verkehrsmittel. Die Alten geilten sich auf an Lokomotiven und Waggons. Radovan erzählte ständig, dass er sich von allem am meisten wünschte, sich noch einmal in den Zug zu setzen, und das mit mir, und dass wir nach Visoko fahren. Damit ich sehe, was das ist, mit dem Zug zu fahren. Das sollte mein Geschenk zum fünfzehnten und dann zum sechzehnten und auch noch zum siebzehnten Geburtstag sein. Nur war nie der richtige Moment, dass wir beide, Vater und Sohn, uns in den Zug setzten und nach Visoko brausten. Wie die größten Chefs. Der alte und der junge Đorđić. Das hatte sich Radovan gewünscht. Er hatte immer mit mir mit dem Zug nach Bosnien fahren wollen. Das war immer sein großer Wunsch gewesen. Nur, als ich klein war, brach der Krieg aus, dann war die Strecke im Arsch und du wusstest nicht, was für Verrückte mit diesen Zügen fahren, und dann kam schon der Opel Vectra dazwischen, und Radovan hatte keine Lust mehr, sich mit Bahnsteigen und Schaffnern rumzuärgern. Und so werden Radovan und ich nie zusammen mit dem Zug fahren. Davon bin ich jetzt schon überzeugt. Ja, mein lieber Radovan, unser Zug ist abgefahren.

„Wie geht's, Chef? Was gibt's?"

Das kann doch nicht wahr sein. Diese Tschefuren sind wirklich abgedreht. Der Opa ist mindestens fünfundsiebzig und kommt mir mit „Wie geht's, Chef?". Wie sollst du dich da nicht vor Lachen anschiffen. Und noch dazu ein solcher Opa, dem du ansiehst, dass er aus dem hinterletzten Dorf stammt. Aber der scheißt drauf. Der macht die Welt unsicher und genießt. Es kümmert ihn einen Dreck. Mein Gott, Chef!

„Bist du aus Ljubljana?“

„Ja.“

„Also ein Janez. Gut, gut.“

Opa lacht, ich lache auch. Klaro, wenn du aus Ljubljana bist, bist du ein Janez. So ist das nun mal. Nicht wichtig, ob du Tschefur oder Slowene oder Zigo Žarko bist, für die da unten bist du ein Janez. So nennen sie alle, die in Slowenien wohnen, und da ist es egal, ob jemand einer von ihnen ist oder nicht. Wir sind alle Janeze.

„Und wie ist es in Slowenien?“

„Gut.“

„Aber ja. Slowenien ist super. Sei glücklich, dass du aus Slowenien bist. Slowenien war immer am meisten entwickelt. Ihr Janeze wart schon immer mit allen Wassern gewaschen. Und das ist gut so. Aber sag mir, sortiert ihr auch den Müll? Du weißt schon, Eier extra, Plastiktüte extra, Zeitung extra?“

„Ja, das gibt's, aber das machen noch nicht alle.“

„Jaja. Ich sehe, dass ihr schon in Europa seid. Jetzt war ich in Deutschland, und da sortieren alle den ganzen Tag nur diesen Müll. Alles wird kontrolliert, alles ist bekannt. Das ist nicht wie bei uns, dass du machen kannst, wie du willst. Dort dirigiert der Švabo alles. Da herrschen Ordnung und Gesetz. Das ist ein Staat. Und nicht wie unsere Paschaliks. Aber euch Janezen geht's gut, ihr seid jetzt in Europa.“

Uns Janezen geht's gut. So ist es, Opa. Genau so. Uns geht's gut. Alle da unten denken, dass wir Geld scheißen und dass es uns gut geht. Dass es in Europa keine Probleme gibt. Dass da Milch und Honig fließen. So ist es. Wir haben nicht zu jammern, denn bei uns sortieren wir den Müll. Eh, Opa, wenn du wüsstest, dass es in Europa genauso beschissen ist wie in Bosnien oder in Serbien oder in Tungusien.

Opa hat einmal siebzehn Jahre in Deutschland gearbeitet und sich jetzt in den Zug gesetzt und ist Richtung München gedüst, um seine Kollegen und ehemaligen Mitarbeiter zu besuchen. Den Türken Nuri, den Mazedonier Vlade und den Rumänen Cornelio. Lauter deutsche Tschefuren. Opa hat ein bisschen einen draufgemacht, und jetzt fährt er zurück nach Haus. Und erklärt mir, dass in Deutschland alles super ist, weil alle seine Kollegen Häuser und Frauen und Kinder und Pensionen und Audis und alles haben und dass er dasselbe hätte, aber dass er nach Bosnien zurückgegangen ist und ohne das alles geblieben ist, weil er alles im Krieg verloren hat. Die Frau gestorben, die Kinder in der ganzen Welt verstreut, das Haus niedergebrannt, und jetzt reist er mit dem Geld, das ihm seine Kinder aus Amerika und Australien schicken, nach München und besucht Nuri, Vlade und Cornelio.

„Und wie ist es jetzt in Bosnien?"

„Jetzt ist es super. Jetzt haben wir Pyramiden. Wenn jetzt unsere Kühe noch Kamele werden, können wir das Ägyptische Reich gründen."

Die berühmten Pyramiden in Visoko. Da ist ein Bosnier aus Amerika gekommen und hat ganz Bosnien den Bären aufgebunden, dass drei gewöhnliche spitze Berge in Wirklichkeit drei Millionen Jahre alte Pyramiden sind. Das kann wirklich nur einem Bosnier einfallen. Das gibt es nirgends sonst. Die Leute sind wahrscheinlich deshalb alle drauf abgefahren, weil wenn sie schon keine Pensionen und Autobahnen und Zentralheizung und Mülltrennung haben, dann haben sie wenigstens Pyramiden. Was für ein Staat ist dieses Bosnien wirklich. Das ist die größte Niete von Staat auf der Welt. Und da fahre ich hin, um da zu leben. Du glaubst es nicht. Bosnien ist ein Staat, in dem dir Schafe auf der Autobahn entgegenkommen. Bosnien ist ein Staat, in dem dich die Polizei anhält wegen zu schnellem Fahren, dir mit dem Schnellrichter droht und dann sagt: „Urteile selbst, wie hoch deine Strafe wäre, nur denk dran, dass wir zu zweit sind!" Bosnien ist ein Staat, in dem dir der Taxifahrer, wenn du dich mit dem Sicherheitsgurt anschnallen willst, sagt: „Was soll das denn, du Beckenrandschwimmer? Mach dir nicht ins Hemd, das hier ist nicht Europa!" Bosnien ist ein Staat, in dem alle Cappuccino trinken, weil du nie weißt, ob du „kava", „kafa" oder „kahva" bestellen musst. Bosnien ist ein Staat, der eingeschmuggelte Ware ausführt. Bosnien ist ein Staat, der Autos, Busse und Lastwagen einführt, die zu alt sind, um in der Europäischen Union zugelassen zu werden. Bosnien ist ein Staat, wo dir der Doktor Medikamente auf einen Zettel schreibt, den du anschließend an deine Verwandten nach Deutschland schickst. Bosnien ist ein Staat, wo das Gehalt noch immer in Bons ausgezahlt wird. Bosnien ist ein Staat, wo alle nur lachen und sich gegenseitig aufziehen, denn wenn sie ernst blieben, würde es sie dahinraffen vor lauter Armseligkeit, in der sie leben. Bosnien ist ein Staat, wo die Leute schwerer ein Visum bekommen als ein Diplom und ihnen das Visum auch mehr bringt. Bosnien ist ein Staat, wo jeder Mensch seine eigene Tankstelle hat. Bosnien ist ein Staat, wo du eher eine Pyramide findest als einen Bürgen für einen Kredit. Bosnien ist ein Staat, aus dem alle Bosnier geflüchtet und in dem nur Serben, Kroaten und Muslime geblieben sind. Bosnien ist ein Staat, wo die Züge auf dem Bahnübergang halten. Bosnien ist ein Staat, in dem sich die Menschen mit Nostalgie an die Kriegszeit erinnern, wo sie wenigstens hoffen konnten, dass es einmal besser wird. Jetzt wissen sie, dass es das noch lange, lange nicht wird. Und in dieses Bosnien hat mich Radovan verbannt.

„Und wen hast du in Bosnien?"

„Es gibt keinen, den ich nicht habe. Ich habe Oma und Opa. Und Onkel und Tanten und Cousins und Cousinen. Weniger als vor dem Krieg, aber es gibt sie."

„Freut mich für dich. Und wie lange bleibst du?"

„Ja … Wir werden sehen. Ich weiß noch nicht."

„Gut, gut. Hauptsache, du lebst und bist gesund, wo immer du auch bist."

Es gibt keinen, den ich nicht habe. In diesem Bosnien hatten wir immer eine Million Verwandte. Zum Schweinefüttern Đorđićs und Milićs. Das sind die von Ranka. Nur, es ist eines, eine, gut, zwei Wochen mit ihnen zusammen zu sein, etwas ganz anderes aber, längere Zeit. Denn zuerst sind alle aufgekratzt, da steigen Verarsche, Ausgelassenheit, Braten, Schnapstrinken, Singen, Grillen, Kaffeetrinken und das ganze Programm. Unerreicht. Keiner kann ohne den anderen und alle sind glücklich, wenn wir uns sehen, und wir pinkeln uns an vor Lachen und dann steigt ein wahres

Feuerwerk an Witzen und Milan und Dragiša erzählen Geschichten aus alten Zeiten und alle möglichen primitiven Witze und Anekdoten und das alles. Und so ein paar Tage lang, und dann kann keiner mehr so tun, als ginge es ihm super, und alle fangen an, sich gegenseitig zu verarschen, und dann siehst du, dass alle total im Arsch sind, dass ihre Armut ihnen zu schaffen macht, dass sie keine Kraft mehr haben, dass sie nichts haben, dass sie mit den Nerven am Ende sind, dass sie krank sind, zerstritten, traurig, enttäuscht, vereinsamt, dass sie vor uns nur markieren, damit wir uns keine Sorgen machen und damit wir nicht sehen, in welchem Elend sie leben. Alles geht den Bach runter. Ein Jammer. Am Ende kannst du es immer kaum erwarten, dass du wieder wegkommst, nach Hause, nach Slowenien, weil es nicht mehr auszuhalten ist und du die Menschen siehst, die du gernhast, wie sie leiden und wie sie sich quälen, dass sie überhaupt überleben, und wie sie von allem die Nase voll haben, dass sie überhaupt keine Lust mehr haben zu leben. Und immer bist du glücklich, weil du nicht hier lebst, sondern in Slowenien, und du siehst, dass du anders bist und dass du nicht einer von ihnen bist, weil du ein Janez bist und weil du es leicht hast, weil du in Europa lebst und weil du den Müll sortierst.

45. Warum Bosnien nichts für Tschefuren ist

Opa war eingeschlafen, und ich sah aus dem Fenster. Bosnien zog vorüber mit seinen niedergebrannten Häusern, grauen Fabriken und grünen Bergen. Armes Bosnien. Altersschwache Brücken, Makadamstraßen, heruntergekommene Lokale, Häuser ohne Fassaden, alte Männer ohne Zähne, jede Menge Moscheen und Kirchen, alte Omas und kleine Knirpse, die an den Straßen Marmelade und Schnaps verkaufen, Fahrzeuge der Vereinten Nationen, alte deutsche Autos, unbestelltes Land voller Minen, leere, verfallene Bahnhöfe. Das ist Bosnien. Armselig und elend. Traurig.

Ich zog den Vorhang zu und versuchte ebenfalls ein bisschen zu schlafen. Ich musste an Samira denken, wie sie durch Fužine irrt und Adi sucht. Mirsad ist mit seinem Merđo zurück ins beschissene Klagenfurt, und sie ist jetzt allein und läuft herum und sucht ihren Sohn Adnan. Und der sitzt irgendwo in einem stinkigen Keller und raucht sein verdammtes Gras. Ado ist hundert Prozent zugeraucht. Was anderes ist nicht möglich. Wer wird ihm sagen, dass er mal ein bisschen runterkommt. Es gibt niemand. Sanel ist sowieso für alle Zeiten durchgeknallt und jetzt weiß keiner, wo er ist, weil Mirsad ihn verprügelt und aus der Wohnung geschmissen hat. Samira, wenn sie ihn so löchert, wird er nicht mal ignorieren, und sie wird es Mirsad auch nicht sagen, damit er Adi nicht verprügelt und rausschmeißt. Und Mirsad wird es gar nicht mitkriegen, weil er so ein großer Idiot ist. Von Adis Kumpeln wird ihm außer mir sowieso keiner was sagen, weil sie sich nicht einmischen wollen oder selbst kiffen und für sie das alles cool ist.

Möglicherweise würde ihm Aco irgendwann was sagen, nur weiß der Teufel, was mit dem ist. Und was mit Damjanović ist. Das ist Scheiße. Auch wenn der Typ aus seinem Koma wieder aufwacht, ist Aco im Arsch, weil er schon einen Eintrag hat und die Bullen nur darauf warten, dass er seinen Achtzehnten vollmacht, um dann zuzuschlagen. Wenn sie wissen, dass Aco Damjanović zusammengeschlagen hat, geht Aco in den Knast. Außer wenn er abhaut, so wie ich. Nur kann er Marina nicht alleinlassen. Das ist sein Problem. Die arme Marina würde sterben vor Qual ohne ihn. Aber es wird sie auch umbringen, wenn Aco in den Knast geht. Das ist alles so kompliziert, dass du nichts tun kannst. Du kannst mit dem Kopf gegen die Wand rennen.

Und Dejan packt seine Sachen und zieht nach Slovenske Konjice. Der ist noch am meisten im Arsch. Weil Aco aus dem Knast entlassen werden kann, wenn Damjanović wieder aufwacht. Dann geht er für ein paar Monate oder ein Jahr, aber nicht für immer. Aber Dejan wird aus diesem beschissenen Konjice nicht zurückkommen. Dort wird Sonja für ihn eine Stelle finden, und das war's dann für ihn. Der ist fertig. Das ganze Leben wird er Lagerarbeiter sein bei Mercator in Slovenske Konjice. Meiner Schätzung nach würde er lieber anstelle von Aco in den Knast gehen. Aber da kannst du nichts machen, Sanja hatte keinen Bock mehr und ganz Fužine hat gewusst, dass das passieren wird, und sich gewundert, dass es nicht schon früher passiert ist. Und Mirtić wird jetzt endgültig versacken. Wahrscheinlich endet er als Straßenpenner. Den hat sein „gelöscht" fertiggemacht.

Und Radovan und Ranka werden sich gegenseitig massakrieren ohne mich. Bisher bin ich immer eine Art Pufferzone zwischen ihnen gewesen und habe die Situation mehr oder weniger entschärft, aber jetzt steht es schlecht um sie. Radovan kommt sowieso nicht drüber weg, dass ich nicht mehr trainiere, und das nagt an ihm und ich hoffe nur, dass er nicht wieder anfängt zu trinken, wie damals, als sie Ranka sagten, dass sie keine Kinder haben kann. Und sowieso wird sie wieder schuld sein, weil sie mich dazu überredet hat. Das wird ein einziges Gemetzel. Einer wird den anderen komplett in den Wahnsinn treiben. Ein Massaker wird das. Hundert Prozent. Aber das ist mir egal, das geschieht ihnen recht. Wer kann was dafür, dass sie solche Kretins sind.

Die Moderatorin wird sowieso nach Murgle ziehen, zu so einem Teilzeit-Yuppie. Meiner Schätzung nach steht sie auf diesen primitiven Plunder, auf Autos und große Hütten. Irgend so eine Schwuchtel mit Krawatte wird sie sich krallen und sie wird aus Fužine verschwinden. Was willst du machen, das ist so. Sie wird einen Stecher kennenlernen, dann gibt's ein bisschen Fickificki, und zack, Hochzeit, Haus, Kinder. Und dann wird sie alt, dick und hässlich werden und nicht zum Ansehen und unglücklich sein und nerven, und ihr Stecher wird sich eine Jüngere suchen. So geht das in der Liebe. Genauso wie bei Sonja. Auch Sonja war eine geile

Schnitte, als sie jung war, und jetzt ist sie für die Anstalt. Die Moderatorin ist nichts für mich. Ich bin nicht ihr Typ. Ich habe auch nicht genug Knete in der Tasche. Und ich bin nicht gestylt und habe keine Krawatte. Die steht nicht auf uns Tschefuren von Fužine. Ich habe nicht mal das Geld, mir eine Zeitung zu kaufen. Ja, so ist das. Nur dass sie trotzdem ein steiler Zahn ist. Erste Sahne. Das ist die steilste Schnitte weit und breit. Es gibt im ganzen verdammten Bosnien keine bessere. Die heißesten Schnitten sind von Fužine.

Fužine ist sowieso genial. Denn welches Viertel hat seine eigenen Witze? Fužine hat so viele, wie du willst. Der beste ist der: Was machen die Slowenen in Fužine? Sie suchen ihre Autos. Und der, dass Fužine ein Olympiadorf ist, weil alle in Trainingsanzügen rumlaufen und jeder eine andere Sprache spricht. Fužine ist genial. Ich würde im Leben nicht woanders leben wollen. Wenn du es mit dieser Müllkippe Bosnien vergleichst, mit dieser Lachnummer von Staat, dann ist Fužine Hollywood. Die größten Kings kommen von Fužine. Das ist überhaupt kein Vergleich, weil das hier ist die totale Katastrophe.

„Siehst du, noch ein bisschen und dann bist du in Visoko."

Opa ist aufgewacht. Ach, Opa. Wenn du wüsstest, dass ich am liebsten vorbeidüsen würde an diesem verfluchten Visoko. Wer soll dort mehr als drei Wochen leben? Wer soll das aushalten in diesem Bosnien? Bosnien ist nichts für uns Tschefuren. Tschefur sein in Slowenien, das bin ich wenigstens gewohnt, Janez sein in Bosnien, das ist ein ganz neuer Frust.

46. Warum ich am Bahnhof hängen geblieben bin

Im ganzen Leben habe ich mich nicht so elend gefühlt wie in dem Moment, als ich aus dem Zug stieg. Ich dachte, ich müsste kotzen. So übel war mir im Bauch, dass ich kaum gehen und mich, die beiden Taschen mitschleppend, kaum vom Boden lösen konnte. Ich wusste nicht, ob überhaupt wer von meinen Leuten wusste, dass ich kam, ob jemand auf dem Bahnhof auf mich wartete. Und wer? Sehen wollte ich sowieso niemanden. Ich schämte mich, erklären zu müssen, warum ich jetzt hier war, und mir etwas ausdenken zu müssen, und ich hatte auch keine Ahnung, ob Radovan jemandem was gesagt hatte oder ob ich selbst allen alles erklären musste. Überhaupt war ich nicht bereit, jemanden zu sehen. Ich zitterte vor Aufregung, als ich mich auf dem Bahnhof nach einem bekannten Gesicht umsah. Als mir schien, als würde ich Dragiša sehen, blieb mir das Herz stehen. Ich machte mir voll in die Hose. Aber Gott sei Dank, es war nicht Dragiša, und es war keiner von meinen Leuten. Ein paar Menschen waren da, aber die liefen sofort auseinander. Der Bahnhof Visoko blieb leer.

Es war ein so trauriger Anblick. Ein zerfallenes verlassenes Gebäude, und nirgends konntest du überhaupt sehen, dass das ein Bahnhof ist. Wenn es nicht die Gleise gegeben hätte, keine Chance, dass du kapierst, dass es was mit Zügen zu tun hat. Das war Visoko und Bosnien in all seinem Glanz. Der Zerfall des Systems. Es gab nichts, wo ich mich hätte hinsetzen können. Und nirgends eine Menschenseele. Aber das passte mir. Das war in Wirklichkeit perfekt.

Ich schmiss mich einfach ins Gras und lehnte mich an eine der beiden Taschen. Ich versuchte mich zu beruhigen, die Gedanken zu sammeln, wie man sagt. Ich wusste nicht, ob ich zu Dragiša gehen oder ob ich zu Opa und Oma latschen sollte. Bis zu Dragiša konnte man möglicherweise auch zu Fuß gehen. Bis zu Oma und Opa müsste ich ein Taxi nehmen. Aber zu nichts von dem hatte ich Lust. Deshalb blieb ich im Gras sitzen. Ich hatte auch keine Lust, bis zur Stadt zu marschieren. Ihr wisst nicht, wie es in Visoko ist. Das war möglicherweise früher mal eine Stadt, als Radovan noch klein war, aber heute wäre es wirklich das Beste, wenn man, wie Dragiša sagt, Asphalt, Ampeln und Verkehrszeichen abschaffen würde, um die armen Menschen nicht zu verwirren. Visoko ist voll von irgendwelchen neuen Leuten, die während des Kriegs aus den Bergen herabgestiegen sind, und Visoko ist ein richtiges Kaff geworden, in dessen Mitte das zerstörte einstige Symbol der Stadt steht, das Kaufhaus Vema. Eine Stadt, deren Hauptattraktion das Kaufhaus ist, kannst du sowieso vergessen. Aber das Hauptproblem ist, dass alle, die was im Kopf haben, sowieso nach Sarajevo gehen. Oder nach Amerika. Und die meisten Serben und Kroaten sind während des Kriegs gegangen, wer nicht von allein gegangen ist, bei dem wurde nachgeholfen. Nur ein paar sind geblieben, so wie mein Opa und meine Oma, und ein paar sind zurückgekommen, so wie mein Onkel Dragiša. Ansonsten aber ist die Multiethnizität so wie in ganz Bosnien auch hier den Bach runtergegangen. Jetzt kriegst du in den Bars, als wäre Ramadan, keinen Alkohol mehr, aber in den Läden blüht seither das Geschäft, weil sich sowieso alle abfüllen.

Aber so ist das. Das ist Bosnien. So ist das in allen Städten, und es gibt keinen Unterschied, ob sie serbisch, muslimisch oder kroatisch sind. Elend und Not sind in Bosnien die einzigen multiethnischen Kategorien. Hier ist es ein Ereignis, wenn sie eine Videothek oder einen CD-Shop aufmachen. Kein Wunder, dass in Visoko Pyramiden der Hit sind und dass hier T-Shirts, Schlüsselanhänger, Pharaonen-Fackeln, Cheops-Pita und der ganze Plunder zu diesem Thema verkauft wird. Wenn diese Leute einmal wirklich geglaubt haben, dass ihnen Slobo, Franjo und Alija ein besseres Leben verschaffen werden, dann ist das, dass sie an Pyramiden glauben, ein Klacks dagegen. Aber in Visoko haben sie gute Tschewape. Garantiert ohne Schweinefleisch. Und in der Nähe, bei den Kroaten in Kiseljak, gibt's einen super Market mit billiger Schmuggelware. Und nach Sarajevo führt jetzt eine Autobahn. Das erste Stück Autobahn im Staat. Und Petrol hat eine Tankstelle aufgemacht, und jetzt brauchst du keine Angst mehr zu haben, dass dir ein Bosnier mit Wasser vermischtes Benzin einfüllt. Und ein paar gute Bäckereien gibt es in der Stadt und zwei normale Kaffeehäuser. Und eine Polizeiwache.

Und abends schauen alle Sjećanja. Diese Sendung auf TV Visoko, die nur Todesanzeigen bringt. Preselio na ahiret und so Sachen. Kein Ton, nur die Bilder der Todesanzeigen. Und alle schauen das und kommentieren dann: „Sind das etwa schon drei Jahre, seit Šefik gestorben ist? Ist das von Mirsad Šećergovićka der Vater? Seine Frau ist doch im Krieg gestorben oder noch davor! Waren Leute bei der Beerdigung?“ und ähnlich nebulose Meldungen. Das ist ihre Gesellschaftschronik. Jeden Abend zur Primetime schauen sie Todesanzeigen und zählen bei sich selbst nach. Morbide bis zum Gehtnichtmehr, aber ihnen gefällt das, und sie lassen kein Sjećanja aus, da fährt die Eisenbahn drüber.

Was soll man dazu sagen? So ist es, wenn deine Leute von da unten sind. Aber aufgepasst, Visoko, jetzt komme ich, Marko Đorđić. Lass mich nur hochkommen aus dieser verdammten Wiese. Ich habe es mir bequem gemacht, und jetzt mag ich natürlich nicht aufstehen. Aber ich muss. Ich muss zu Oma und Opa, damit ich Radovan melden kann, dass ich da bin, damit dieser Warmduscher nicht die Panik kriegt. Seine Panik geht mir so was von am Arsch vorbei. Wenn es seinetwegen wäre, würde ich auf diesem Drecksbahnhof übernachten, nur, dann wird er alle Verwandten verrückt machen und es gibt Chaos. Deshalb habe ich keine Wahl.

Ich stand auf und ging Richtung Stadt. Ich werde zu Fuß bis zu Dragiša gehen, und wenn ein Taxi vorbeikommt, werde ich es anhalten und mit ihm zu Oma und Opa fahren. Soll ein Asteroid drauf scheißen. So ist das, aber was soll's, man muss kämpfen. Die Straßen sind dreckig, der Asphalt ist voller Löcher, alles ist im Arsch, aber ihr schafft mich nicht. Mich haben die Slowenen nicht geschafft, mich werdet auch ihr Bosnier mit Radovan und allen Đorđićs an der Spitze nicht schaffen.

Nur nirgends eine Menschenseele. Ein Golf kam die Straße runter, das war alles. Ich ging Richtung Stadt und sah die heruntergekommenen Häuser. In Bosnien hast du zwei Sorten Häuser. Neue, grauenvoll fluoreszierende blaue und grüne Paläste, mit Säulen und Statuen und goldenen Einfriedungen und diesem primitiven Plunder, und all die anderen schönen normalen würfelförmigen bosnischen Häuser, die schon zwanzig Jahre nicht hergerichtet worden sind und alle der Reihe nach immer schneller verfallen. Bosnien ist wirklich ein seltsames Stück Erde. So als hätte Gott ein wenig experimentiert und auf einem Stückchen Land alles auf den Kopf gestellt. Das ist Bosnien.

Und dann, wie ich gerade an diesen zerfallenen Häusern vorbeilaufe, an einem verlassenen Hof, sehe ich einen Korb. Für Basket. Aber mit einem morschen Holzbrett und einer Fahrradfelge statt einem Ring. Eine verrostete Felge natürlich. Alles zusammen an einen Baum genagelt. Ich blieb stehen und sah mich um. Alles war leer, nirgends ein Mensch. Unter dem Korb aufgestapelt irgendwelches Alteisen und Abfälle. Aber mich hatte die Lust gepackt, einen Dreier zu werfen. Nur einen Dreier. Ich stand gerade so weit weg vom Korb, als würde ich auf Dreierdistanz stehen. Und es überkam mich, den räudigen Ball in die Hände zu nehmen. Um ein paar Dribblings und Rollings und Dunkings zu machen. Es hatte mich wirklich gepackt. Ich stand da und sah zu dem Korb und suchte ringsum, ob es nicht irgendwo einen Ball gab. Wenigstens einen durchlöcherten. Aber klar, dass da keiner lag. Ich sammelte einen Stein vom Boden auf und warf ihn auf den Korb. Ich verfehlte ihn hundert die Stunde, aber es machte mir richtig Spaß. Dann warf ich noch einen, einen größeren. Und noch einen. Ich warf Steine auf den Korb und tat so, als würde ich dribbeln. Wie ein Debiler. Scheißbasket. Wieso komme ich jetzt mitten in dieser Senkgrube Bosnien auf die Idee, derart rumzualbern? Ich stand da in diesem verlassenen Hof eines verfallenen bosnischen Hauses mitten in Visoko und warf Steine durch eine verrostete Fahrradfelge. Totales Pathos.

Aber etwas drückte mich von innen. Eine seltsame Übelkeit. Plötzlich kam mir der Gedanke, dass ich vielleicht Scheiße gebaut hatte, weil ich mit dem Training aufgehört und Basket aufgegeben hatte. Dass mir das noch leidtun wird und so. Ich sah zu dieser verrosteten Felge und mich packte wirklich irgendwas im Bauch und in der Brust. Ich fühlte mich total seltsam. Scheißbasket. Aber ich hatte nicht. Ich hatte wirklich nicht. Ich hatte keine Scheiße gebaut. Alles hatte ich so gemacht, wie es sein musste. Genau so. Alles von A bis Z. Ich lass mir doch nicht von den Schwuchteln in den Sportwesten ins Hirn ficken. Es gibt schließlich im Leben noch hundert andere Dinge außer Basket.

Ich erinnerte mich, wie Radovan einmal herumphilosophierte, dass der Unterschied zwischen Kindern und Erwachsenen darin besteht, dass Kinder ihre Fehler nicht sehen. Aber sie, sie sehen sie, na klar. Ich dachte, dass ich womöglich meine Fehler wirklich nicht sah, weil ich noch ein Kind war. Noch einmal fragte ich mich das selbst und noch einmal gab ich mir dieselbe Antwort. Wenn ich alles noch einmal von Anfang an machen könnte, würde ich noch einmal dasselbe tun. Ich war mir hundert Prozent sicher. Für alles. Keine Fehler. Denn was hätte ich ändern können? Alles hatte ich getan, so gut ich konnte. Was soll's, besser kann ich es nicht. So haben mich Radovan und Ranka gemacht. Bedenkt man, von wem ich bin, dann bin ich noch gut, würde Dragiša sagen. Es könnte wirklich noch hundert Mal schlechter sein.

Und ich stand da unter dieser Fahrradfelge, die einen Korb markierte, und mir kam es vor, dass ich mich noch mehr hätte in die Scheiße reiten können, dass ich im Vergleich mit Adi, Aco und Dejan genau genommen noch ein Glückspilz war. Die hatten sich hineingeritten, ich hatte mich gerettet. Radovan hatte mich gerettet. Und deshalb würde ich alles noch einmal genauso machen. Lediglich zwei Sachen würde ich womöglich anders machen. Ich würde mir das Finale der Champions League zwischen Arsenal und Barca noch einmal von Anfang an in Ruhe ansehen, weil ich in Wirklichkeit noch immer nicht weiß, wer überhaupt gewonnen hat. Und der alten Tschefurin aus dem Aufzug würde ich meine Chicago-Bulls-Kappe geben. Das wär 'ne Show, wenn sie damit durch Fužine spazierte.

Jahre später
Warum die Tschefuren in Quarantäne sind

Unsere, also die von denen jetzt, faselt etwas über das Immunsystem, und Ranka starrt sie an, als würde die Frau die Ziehung der Lottozahlen wiederholen. Radovan sitzt dabei und raucht. Er ist nervös und scheißt sich an, glaubt aber angeblich nicht, dass das Virus existiert. „Alles erfunden", wiederholt er und hat jeden Tag eine andere Theorie, weshalb.

Gestern war diese überdrehte kleine Schwedin schuld, die gegen die globale Erwärmung kämpft. „Fick das Eis, das verfickte", sagte Radovan und erklärte mir, dass schon zehn Jahre alle nur von dem Eis in der Antarktis reden. Und dann haben sie das Virus erfunden, damit die ganze Welt zum Stillstand kommt und das Eis nicht weiter schmilzt. Weil für diese übergeschnappten Schweden das Eis wichtiger ist als die Menschen. Und heute heißt für ihn der Schuldige Trump. „Da hast du ihn!", katapultiert es ihn von der Couch, als sie sagen, dass die Amis 750 Milliarden Dollar ausgeben werden.

„Für das Geld würde ich drei Virusse erfinden!"

Radovan brüllt Ranka und mich an, weil wir beide glauben daran, dass das Virus existiert und dass man aufpassen und zu Hause bleiben muss. Und weil wir ihn angeblich nicht rausgehen lassen. Aber das stimmt überhaupt nicht.

„Da ist die Tür, geh, wohin du willst", sagt Ranka drei Mal am Tag zu ihm, wenn sie sein Gezeter nicht mehr aushält.

„Und das tu ich, das tu ich, verlass dich drauf! Ich geh in das Altersheim da unten und lass mich an der Tür anstecken!", droht Radovan, bewegt sich aber nicht vom Fleck. Selbst in den Mercator geht er nicht. Sechzehn Tage hat er die Wohnung nicht verlassen. Er ist nicht mal zu Bole gegangen. Weil Bole, wenn du Radovan fragst, hundertprozentig infiziert ist. Bole geht drei Mal am Tag in den Laden, und das sind sechs Fahrten mit dem Lift, ein kleiner geschlossener Raum, jedes Mal ein oder zwei Minuten. Kannst es dir ja selber ausrechnen.

„Warum machst du nicht wenigstens mal einen Spaziergang auf den Golovec?", fragt ihn Ranka.

„Da hätte ich viel zu tun. Das fehlte mir gerade noch, dass ich jetzt anfange, auf Berge zu klettern!"

Und schon hat Radovan die neue Theorie, dass die Quarantäne von diesem Gargamel erfunden wurde, damit die Tschefuren zu Slowenen werden und anfangen, Ausflüge in die Natur zu machen, statt in die Kneipe zu gehen.

„Sie denken sich nur was aus, das können sie. Letztes Jahr haben sie die Islamisierung erfunden, jetzt erfinden sie eine Epidemie!"

Ich hab ja gewusst, dass uns diese Skifahrer einmal den Kopf kosten werden. Weil die können nicht schön wie die Tschefuren sich in den Ferien ein bisschen um Oma und Opa kümmern, und Ruhe im Karton. So sind sie eben, die Slowenen. Die spielen nicht Tennis, die spielen Badminton.

Und die können nicht einfach Rad fahren, die müssen gleich mountainbiken, denen bike ich was in den Arsch. Und wahrscheinlich können sie dann nicht nur Ski fahren, sondern müssen in die Dolomiten Ski fahren gehen. Und da hast du es dann. Die Tschefuren sind in den Winterferien in ihre Derventas gefahren, aber die Slowenen in die Dolomiten. Die Tschefuren haben Kajmak und Würste und drei Kilo mehr mit nach Haus gebracht, und die Slowenen ihre Thule-Boxen voller Virusse.

Aber weshalb sind dann nicht nur die Slowenen in Quarantäne, frage ich mich. Nein, ich meine, wirklich, weshalb müssen auch wir Tschefuren in Quarantäne sein? Ich hab mich mit keinem Skifahrer zusammengetan. Im ganzen Leben nicht. Ehrlich. Ich meine, ich wollte einmal auf Tuchfühlung mit einer ganz heißen Skifahrerin gehen, nur hat sie mich abfahren lassen. Der Einzige, den ich kenne und der irgendwas mit Italien zu tun hat, ist dieser Sarma, der für die Pfeifen von Inter Mailand im Tor steht, aber auch den kenne ich eigentlich nicht gut, besser kennt ihn ein Kumpel von mir, Maki aus Štepanjc, also, soll er in Quarantäne gehen zusammen mit den Slowenen, wenn es sein muss, aber nicht ich. Und Radovan und Ranka. Ich denke, dass euch klar ist, dass das keine Logik hat. Ich, Radovan und Ranka in Quarantäne. Und das ohne Fußball und ohne NBA.

Und auch die Meinige hat sich angemacht, sie will sich nicht mehr mit mir treffen. Sie sagt, dass wir nicht aus einem gemeinsamen Haushalt sind. Und dabei ist das eine Situation, geradezu ideal, um zusammenzukommen, du brauchst überhaupt nicht in den Wald zu fahren, du kannst mitten im

Zentrum parken und hast deine Ruhe wie im Hotel. Aber was willst du machen, wenn wir nicht aus einem gemeinsamen Haushalt sind. Es ist nicht zu glauben. Benutzen wir nicht dieselben Töpfe und Tassen, ha? Und den Stabmixer? Ich kapier das echt nicht. Wenn sie wenigstens zu mir sagen würde: Zieh Leine, Tschefur! Dann wüsste ich wenigstens, wie viel es geschlagen hat.

Und es ist keiner da, der sich mit mir auf einen Haufen tun würde. Aco im Häfen, Dejan in Slovenske Konjice, und Adi denkt, dass er Risikogruppe ist, weil er Muslim ist und Muslime immer Risikogruppe sind. Dazu raucht er noch und hustet.

Und jetzt sitze ich ganze Tage in der Wohnung, starre die Decke an und höre Radovan. Wisst ihr, was das für eine Qual ist? Ich habe, ehrlich, schon vor zwei Tagen zu Gott gebetet, dass ich das Coronavirus kriege. Dass sie mich auf die Intensive bringen und an den Respirator anschließen. Damit ich ein bisschen Luft kriege.

Nach sechzehn Tagen bin ich fertig. Ich glaube nichts mehr. Ich schaue auch keine Nachrichten mehr. Dieser Spaziergang zum Golovec ist für mich wie ein Orgasmus. Der Höhepunkt des Tages. Noch ein, zwei Tage, und ich fange an, mit mir selbst zu reden. Für euch ist das vielleicht kein Problem, weil ihr so klug seid und ihr euch über kluge Sachen mit euch selbst unterhalten könnt. Aber ich werde noch verrückt, ganz bestimmt werde ich das.

Sollen eure Ski doch alle in der Quarantäne verrotten!

Ich hab ja gewusst, dass uns diese Skifahrer noch den Kopf kosten werden.

Anmerkungen

S. 9 *Roter Stern:* Roter Stern Belgrad (Crvena Zvezda); Fans: *zvezdaši, delije* („Helden").

S. 9 *Željezničar:* FK Željezničar Sarajevo; Fans: *manjaci* („Maniacs").

S. 9 *Olimpija:* Olimpija Ljubljana; Fans: *Green Dragons.*

S. 9 *Slovan:* Slovan Ljubljana; Fans: *Red Tigars.*

S. 9 *Murgle:* Prominentenviertel von Ljubljana.

S. 10 *Šamari geri:* nach *mawashi-geri* (Tai Jutsu) gebildet: „Ohrfeigen-Kick".

S. 10 *Cime:* Sebastjan „Cime" Cimirotič (*1974), slowenischer Fußballer mit internationaler Karriere.

S. 10 *Prešerec:* Kurzform für Prešernov trg („Prešeren-Platz").

S. 10 *Maribor:* FK Maribor.

S. 11 *Janez:* von Nicht-Slowenen in Ex-Jugoslawien gern verwendete Bezeichung für Slowenen.

S. 12 *Panathinaikos:* Panathinaikos Athen.

S. 12 *Kinder:* Kinder Bologna, heute Virtus Bologna, Basketballverein.

S. 12 *Arkan:* Željko „Arkan" Ražnatović (1952–2000), während der Jugoslawienkriege Anführer der paramilitärischen Serbischen Freiwilligengarde und mutmaßlicher Bandenchef.

S. 12 *Ceca:* Svetlana „Ceca" Ražnatović (*1973), serbische Folk-/Turbo-Folk-Sängerin, Ehefrau von Arkan.

S. 12 *Gurović:* Milan Gurović (*1975), serbischer Basketballprofi und -trainer.

S. 12 *Draža Mihailović:* (1893–1946), serbischer General und Tschetnik-Führer während des Zweiten Weltkriegs.

S. 14 *Janša:* Janez Janša (*1958), slowenischer Politiker, ehemaliger und aktueller Ministerpräsident. Als Regimekritiker wurde er im kommunistischen Jugoslawien im sog. Laibacher Prozess (1988) zu achtzehn Monaten Haft verurteilt.

S. 15 *Milka Planinc:* (1924–2010), serbische Politikerin, Ministerpräsidentin von 1982 bis 1986.

S. 16 *Jugovina:* nostalgisch-familiär für Jugoslawien.

S. 16 *Prešeren:* France Prešeren (1800–1849), slowenischer Nationaldichter.

S. 16 *Cankar:* Ivan Cankar (1876–1918), slowenischer Schriftsteller und Dichter.

S. 17 *J. Lo:* Jennifer Lopez (*1969), US-amerikanische Sängerin und Schauspielerin.

S. 17 *Severina:* Severina Kojić (*1972), kroatische Popsängerin.

S. 18 *Kurac palac portugalac:* sinnfreies Reimspiel („Schwanz, Daumen, Portugiese").

S. 21 *Kübel:* Gefangenentransporter, dt.: Grüne Minna.

S. 21 *Miroslav Ilić:* (*1950), serbischer Volkssänger.

S. 21 *Šaban Šaulić:* (1951–2019), jugoslawischer Folk- und Turbo-Folk-Sänger.

S. 23 *Mitar Mirić:* (*1957), serbisch-bosnischer Folksänger.

S. 25 *Šiška:* Stadtteil von Ljubljana.

S. 25 *Dravlje:* Stadtteil von Ljubljana.

S. 25 *Črnuče:* Stadtteil von Ljubljana.

S. 25 *Šmarna gora:* „Marienberg", Anhöhe nördlich von Ljubljana.

S. 26 *Golovec:* Anhöhe am südöstlichen Stadtrand von Ljubljana.

S. 28 *Sarma:* Krautroulade.

S. 28 *Sportske: Sportske novosti*, kroatische Sport-Tageszeitung.

S. 31 *Pink:* Serbisches kommerzielles TV-Programm.

S. 31 *24sati:* = 24ur, Abendnachrichten im slowenischen POP-TV.

S. 31 *Trenja:* donnerstägliche konfrontative Diskussionssendung im slowenischen POP-TV (2002–2009).

S. 32 *Merđo:* Mercedes.

S. 32 *Emporium:* Fashion-Galerie mit Mode-Weltmarken in Ljubljana.

S. 32 *Švabo:* Schwabe, allgemein für „der Deutsche".

S. 33 *Dnevnik:* zweitbeliebteste, mitte-links-orientierte, anspruchslose slowenische Tageszeitung.

S. 33 *Novice: Slovenske novice*, verbreitetste, anspruchslose slowenische Tageszeitung.

S. 38 *Musaka:* Gericht aus Auberginen und Hackfleisch; *Pita:* Strudelteig mit Hackfleischfüllung; *Sataraš:* Gemüseeintopf aus Paprika, Tomaten, Zwiebeln und Gewürzen.

S. 39 *Getafe:* Getafe F. C. (Madrid).

S. 39 *Alaves:* Deportivo Alavés, spanischer Fußballverein aus Vitoria-Gasteiz, der Hauptstadt des Baskenlandes.

S. 40 *Seka Aleksić:* Svetlana „Seka" Aleksić (*1981), bosnisch-serbische Turbo-Folk-Sängerin.

S. 41 *Krajevec:* gemeindeeigener, im Unterschied zu den Schulhofplätzen allgemein zugänglicher Platz.

S. 41 *Rašo Nesterović:* Radoslav „Rašo" Nesterovič (*1976), slowenischer Basketballspieler.

S. 41 *Vor der Gastgewerblichen:* Gastgewerbliche = Gastgewerbeschule.

S. 42 *Rusjan:* Kurzform für Rusjanov trg („Rusjan-Platz").

S. 48 *nach Ježica, zu den Frauen:* Žensko košarkarsko društvo Ježica – Frauen-Basketballverein Ježica (Vorort von Ljubljana).

S. 48 *Sagadin:* Zmago Sagadin (*1952), renommierter slowenischer Basketballtrainer mit europäischer Karriere.

S. 53 *wenn Mujo Fata pempert:* Mujo und Fata sind als bosnisches Liebes- bzw. Ehepaar „Hauptdarsteller" unzähliger derber Witze.

S. 53 *dass er Tanja Ribič und Rebeka Dremelj nageln würde ...:* Tanja Ribič (*1968), slowenische Schauspielerin und Sängerin; Rebeka Dremelj (*1980), slowenische Sängerin und Moderatorin; Jelena Karleuša (*1978), serbische Sängerin und Mode-Ikone; Nataša Bekvalac (*1980), serbische Popsängerin, Model und Schauspielerin.

S. 57 *Čipša none:* albanisch: *ta qifsha nanën* („Ich ficke deine Mutter").

S. 57 *Sollen doch die Nejcis und Rančićis für euch spielen:* Nejc und Rančić sind Markos nicht gerade talentierte Mannschaftskameraden, mit denen sie sicher „keinen Blumentopf gewinnen" werden (Anm. des Autors).

S. 60 *löschten ihn aus dem Verzeichnis:* „Gelöscht" und ihres Rechtsstatus beraubt wurde in der Republik Slowenien eine große Bevölkerungsgruppe nichtslowenischer Herkunft, indem sie durch einen umstrittenen Erlass des Innenministeriums vom 26. Februar 1992 aus dem slowenischen Einwohnerregister gestrichen und in ein Ausländerverzeichnis überführt wurde. In den slowenischen Medien ist noch bis 2009 von 18.000 „Gelöschten" die Rede. Betroffen waren allerdings insgesamt 25.671 Personen.

S. 61 *kurzi-turzi:* sinnlos-lautmalerisch aus bosnisch *kurci* („Schwänze") und *turci* („Türken").

S. 62 *Mile Kitić:* (*1952), bosnischer Turbo-Folk-Sänger.

S. 73 *Portal:* Gaststätte in Ljubljana mit serbischen Spezialitäten.

S. 74 *Želja:* Željezničar Sarajevo, Fußballklub.

S. 74 *Milan Kučan:* (*1941), slowenischer Politiker, von 1991 bis 2002 Staatspräsident.

S. 79 *Yasushi Akashi:* (*1931), UN-Beauftragter im Bosnienkrieg.

S. 79 *Boutros Boutros-Ghali:* (1922–2016), von 1992 bis 1996 UN-Generalsekretär.

S. 86 *gospa, gospe:* (Nominativ und Genitiv), „gnä' Frau".

S. 87 *jeder Bečirović und Laković und Ačimović und Zahović und Cimirotić und Backović:* Sani Bečirovič (*1981), slowenischer Basketballspieler und -trainer; Jaka Lakovič (*1978), slowenischer Basketballspieler und -trainer; Milenko Ačimovič (*1977), slowenischer Fußballer; Zlatko Zahovič (*1971), slowenischer Fußballer; Sebastjan Cimirotič (*1974), slowenischer Fußballer; Ognjen Backovič (*1980), slowenischer Handballer.

S. 87 *uns die Eltern mit ihren beschissenen Pedenjpeds und Muca Copataricas und Ježeva kućicas und Grga Čvaraks füttern:* Pedenjped („Spannenlang" bzw. „Däumling"), Protagonist einer Gedichtsammlung des slowenischen Dichters Niko Grafenauer (*1940); *Muca Copatarica* („Das Pantoffelkätzchen"), Märchen der slowenischen Kinderbuchautorin Ela Peroci (1922–2001); *Ježeva kućica* („Das Häuschen des Igels"), Verserzählung für Kinder des jugoslawischen Schriftstellers Branko Ćopić (1915–1984); Grga Čvarak, Held der gleichnamigen Gedichtsammlung für Kinder des kroatischen Dichters, Journalisten und Boxers Ratko Zvrko (1920–1998).

S. 88 *Jovanović Zmaj:* Jovan Jovanović Zmaj (1833–1904), serbischer Dichter der Romantik.

S. 89 *Prežihov Voranc:* (eigentlich Lovro Kuhar; 1893–1950), slowenischer Schriftsteller und kommunistischer Politiker.

S. 90 *Slava:* Fest des serbisch-orthodoxen Familienheiligen.

S. 92 *Pregl:* Kurzform für Preglovec, Preglov trg („Pregl-Platz").

S. 97 *sowieso nur Tee gekauft. Droga Portorož. Tausendundein Zug:* „Tee" steht für minderwertigen Stoff. Der slowenische Nahrungsmittelkonzern Droga Portorož produziert unter anderem den „1001-Blüten-Tee", auf den hier mit „Tausendundein Zug" angespielt wird.

S. 99 *Halid Bešlić:* (*1953), bosnischer Folk-Sänger.

S. 99 *Dragana Mirković:* (*1968), serbische Folk- und Popsängerin.

S. 108 *Tozd:* Temeljna organizacija združenega dela, Terminus aus der jugoslawischen Selbstverwaltung („Basisorganisation der vereinten Arbeit").

S. 108 *Vič:* Stadtteil von Ljubljana.

S. 109 *Transition:* in den Nachfolgestaaten Jugoslawiens Übergang vom sozialistisch-planwirtschaftlichen zum marktwirtschaftlichen Wirtschaftssystem.

S. 125 *Povšetova:* Straße in Ljubljana, Synonym für das dort befindliche Gefängnis.

S. 131 *Lepa Brena:* (*1960), jugoslawische Folk- und Popsängerin.

S. 132 *„Sedišta se tresu u mom mercedesu!“* – „Die Sitze beben in meinem Mercedes!“

S. 132 *„Plava ciganko! Plava ciganko! Ceo grad zbog tebe zna me, u crno si zavila me! Plava ciganko! Plava ciganko!“* – „Blonde Zigeunerin! Blonde Zigeunerin! Deinetwegen weiß die ganze Stadt von mir, du hast mich in Schwarz gehüllt! Blonde Zigeunerin! Blonde Zigeunerin!“

S. 133 *Ćiro Blažević:* Miroslav „Ćiro“ Blažević (*1935), Fußballtrainer aus Bosnien und Herzegowina.

S. 133 *„Armaturu čupaš iz temelja sreće, niko tako draga voljeti te neće.“* – „Du reißt die Armatur aus dem Fundament des Glücks, keiner wird dich, Liebste, so lieben.“

S. 134 *Nuša Derenda:* (*1969), slowenische Popsängerin.

S. 134 *Saša Lendero:* (*1973), slowenische Schlagersängerin.

S. 134 *„Prijatelju Đemo, idem u San Remo, pričuvaj mi Fatu, dok pjevam sonatu.“* – „Freund Đemo, ich geh nach San Remo, pass du mir auf auf Fata, und ich sing 'ne Sonata.“

S. 139 *BK TV:* serbischer Privatsender (Inh. Bogoljub Karić), in Belgrad beheimatet, über Satellit auch in Fužine präsent.

S. 139 *diese Šešeljs, Draškovićs, Koštunicas:* Vojislav Šešelj (*1954), nationalistischer serbischer Politiker, Gründer und Vorsitzender der Serbischen Radikalen Partei; Vuk Drašković (*1946), serbischer Politiker und Schriftsteller, Mitbegründer der Serbischen Erneuerungsbewegung; Vojislav Koštunica (*1944), serbischer Politiker, von

2000 bis 2003 Präsident der Bundesrepublik Jugoslawien, von 2004 bis 2008 Premierminister Serbiens.

S. 157 *Odmevi:* spätabendliche Informationssendung zu aktuellen Tagesereignissen auf TV Slovenija.

S. 179 *„Sanela, Sine!“ … „Daniela, Sine!“ … „Sanja, Sine!“:* Der Vokativ von „sin“ (Sohn) wird in Bosnien als Koseform auch für Mädchen verwendet.

S. 182 *Omizje:* bekannte Fernseh-Diskussionsrunde zu ernsthaften Themen.

S. 185 *Brodarec:* Kurzform für Brodarjev trg („Brodar-Platz“).

S. 191 *„Ne hodi čez progo, je smrtno nevarno.“* – „Das Überschreiten der Gleise ist lebensgefährlich.“

S. 191 *Međimurje:* nördlichste Gespanschaft (= Bezirk) Kroatiens, zwischen den Flüssen Drau und Mur an der Grenze zu Slowenien und Ungarn gelegen.

S. 193 *Weg der Erinnerung und Kameradschaft:* Gedenkweg entlang dem im Februar 1942 von italienischen Okkupationstruppen gezogenen und ab September 1943 von der deutschen Wehrmacht noch befestigten Stacheldrahtzaun rings um die Stadt Ljubljana.

S. 205 *Štruklji:* slowenischer Topfenstrudel.

S. 227 *Kod Vele:* „Bei Vela“.

S. 227 *Zirodent:* deutsche Zahnpastamarke.

S. 232 *Danijela:* Danijela Martinović (*1971), kroatische Popsängerin.

S. 232 *Grašo:* Petar Grašo (*1976), kroatischer Popsänger.

S. 233 *„Ozna sve dozna“:* „Ozna erfährt alles“ – OZNA = Odjeljenje za zaštitu naroda („Abteilung für Volksschutz“), jugoslawische Geheimpolizei. Geflügeltes Wort für „Nichts bleibt geheim“.

S. 239 *unsere Paschaliks:* Paschalik = Würde oder Amtsbezirk (Provinz) eines Paschas.

S. 241 *ob du „kava“, „kafa“ oder „kahva“ bestellen musst:* Entsprechend der Volkszugehörigkeit kann man in Bosnien drei Bezeichnungen für Kaffee hören: *kava* (kroatisch), *kafa* (serbisch) und *kahva* (bosniakisch).

S. 251 *Slobo, Franjo und Alija:* Slobodan Milošević (1941–2006), Präsident der Bundesrepublik Jugoslawien; Franjo Tuđman (1922–1999), kroatischer Staatspräsident; Alija Izetbegović (1925–2003), Präsident der Republik Bosnien und Herzegowina.

S. 251 *Sjećanja:* „Gedenken".

S. 251 *Preselio na ahiret:* bosnisch: „Übersiedelt ins Jenseits".

S. 253 *ein paar Dribblings und Rollings und Dunkings:* Beim Rolling lässt der Spieler den Ball über Unter- und Oberarm oder über die Schulter laufen, beim Dunking wird der Ball vom hochspringenden Spieler in den Korb „gestopft".

S. 257 *Unsere, also die von denen jetzt:* Die Rede ist von Prof. Dr. Bojana Beović, Infektologin, Professorin an der Medizinischen Fakultät Ljubljana, Leiterin der Fachberatergruppe (hinsichtlich der Coronavirus-Epidemie) in der Regierung von Janez Janša.

S. 258 *Gargamel:* Comicfigur; böser Zauberer und Feind der Schlümpfe in der gleichnamigen Comicserie.

S. 259 *in ihre Derventas gefahren:* Derventa, bosnische Kleinstadt.

S. 259 *Kajmak:* Schichtsahne aus Kuh-, Büffel-, Schaf- oder Ziegenmilch.

S. 259 *Sarma:* Samir „Sarma" Handanović (*1984), slowenischer Torwart bosnischer Herkunft bei Inter Mailand.

S. 259 *Štepanjc:* Štepanjsko naselje, Stadtteil von Ljubljana.

Inhalt

TransferBibliothek CLX
Die Originalausgabe ist 2008 bei Študentska založba (Knjižna zbirka Beletrina), Ljubljana, unter dem Titel *Čefurji raus!* erschienen.

www. beletrina.si

Die Drucklegung erfolgte mit freundlicher Unterstützung durch die Abteilung für deutsche Kultur in der Südtiroler Landesregierung.

AUTONOME PROVINZ BOZEN SÜDTIROL
PROVINCIA AUTONOMA DI BOLZANO ALTO ADIGE
Deutsche Kultur

Mit Unterstützung durch das Programm Kreatives Europa der Europäischen Union.

Kofinanziert durch das Programm Kreatives Europa der Europäischen Union

Mit Unterstützung durch die Slowenische Buchagentur / Stiftung TRUBAR.

JAK
JAVNA AGENCIJA ZA KNJIGO RS

Das Coverfoto stammt von © Krix Berberian.

Lektorat: Joe Rabl

Grafische Gestaltung und Umschlag: Dall'O & Freunde
Druckvorbereitung: Typoplus, Frangart
Printed in Europe

ISBN 978-3-85256-837-9

www.folioverlag.com

E-Book ISBN 978-3-99037-116-9